JN317876

詩稿用紙の草稿の上に描かれた猫のスケッチ

賢治自筆水彩画

賢治自筆水彩画

賢治自筆水彩画

賢治自筆水彩画

賢治自筆水彩画。童話「月夜のでんしんばしら」と関連するものとみられる。

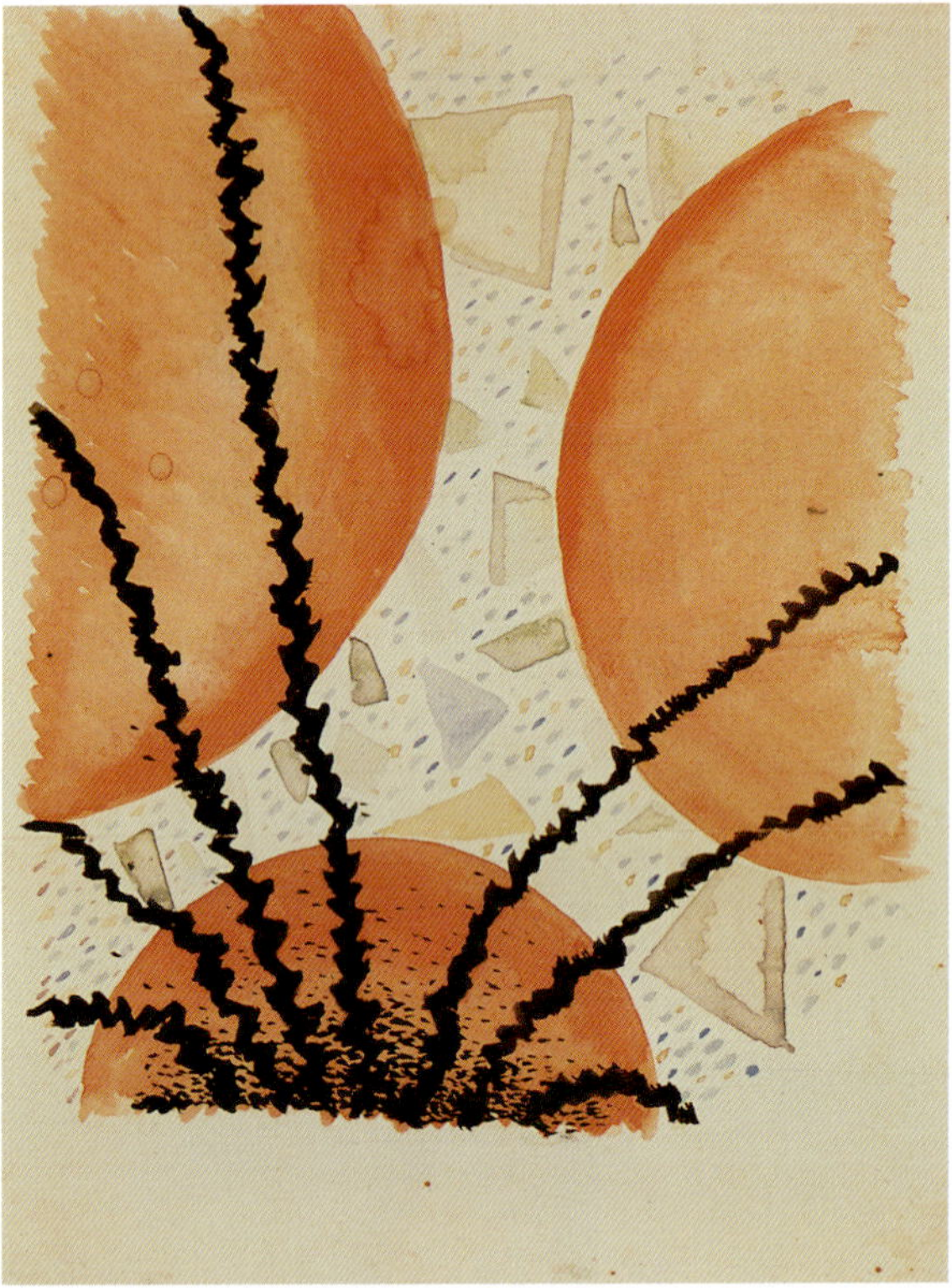
賢治自筆水彩画

作品草稿中の絵画

原稿用紙に描かれた動物戯画

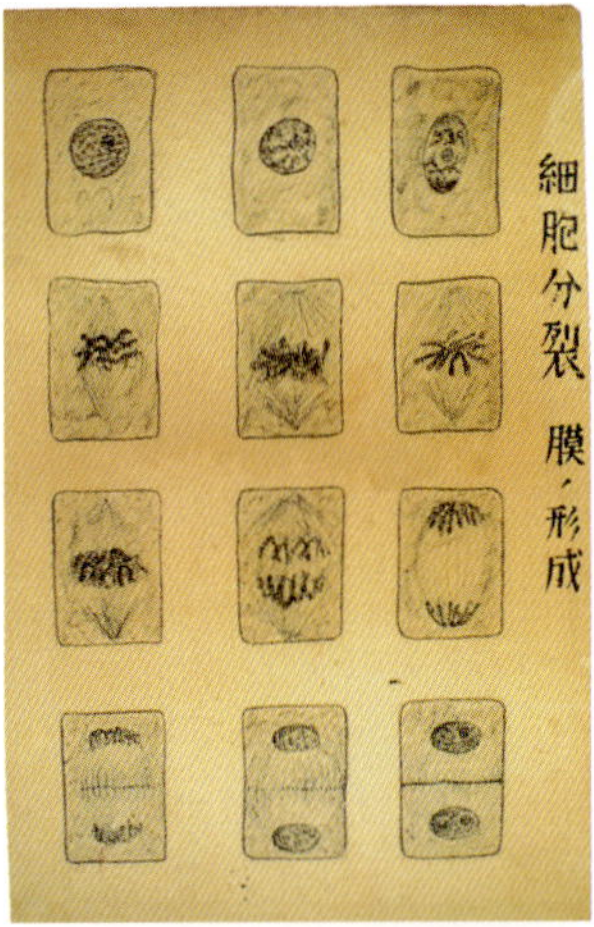

細胞分裂の際の「細胞内部の変化」を描いた教材用絵図

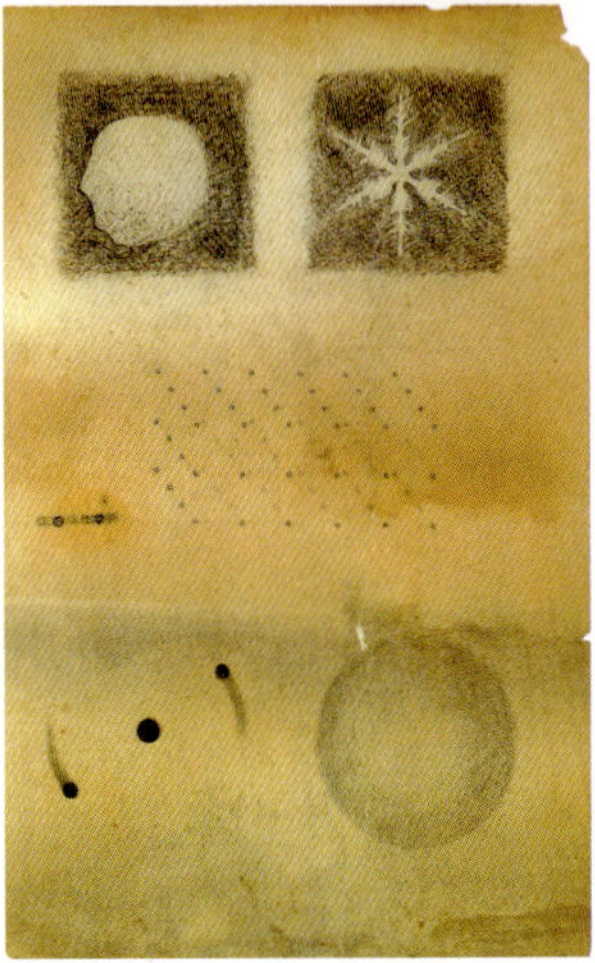

「雪の結晶と原子・分子」を描いた教材用絵図

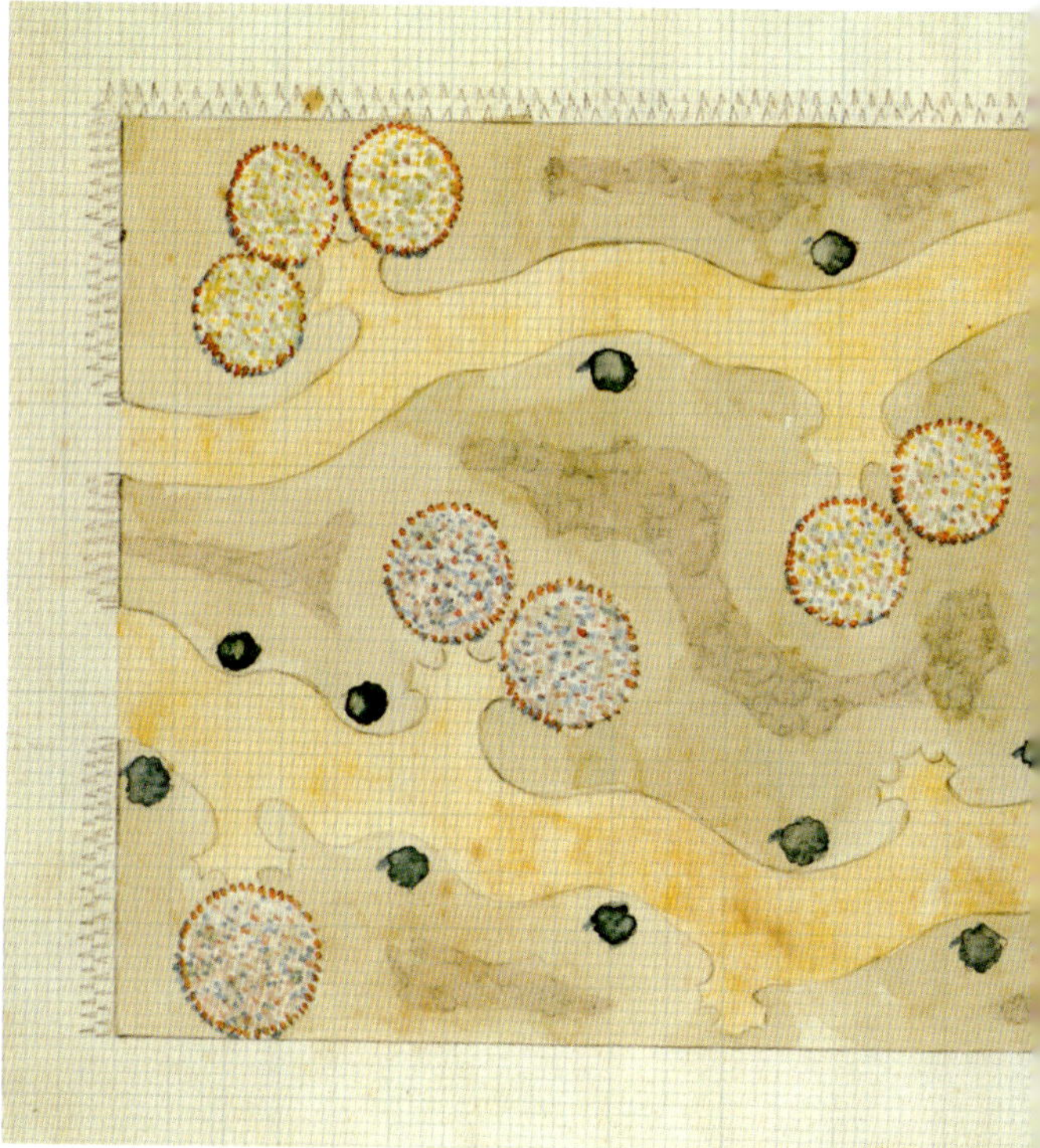

花巻温泉南斜花壇設計図

北十字《きたじふじ》とプリオシン海岸

「おっかさんは、ぼくをゆるして下さるだらうか。」

いきなり、カムパネルラが、思ひ切ったといふやうに、少しどもりながら、急きこんで云ひました。

ジョバンニは、

(あゝ、さうだ、ぼくのおっかさんは、あの遠い一つのちりのやうに見える橙いろの三角標のあたりにゐらっしゃって、いまぼくのことを考へてゐるんだった。)と思ひながら、ぼんやりしてだまってゐました。

「ぼくはおっかさんが、ほんたうに幸になるなら、どんなことでもする。けれども、いったいどんなことが、お

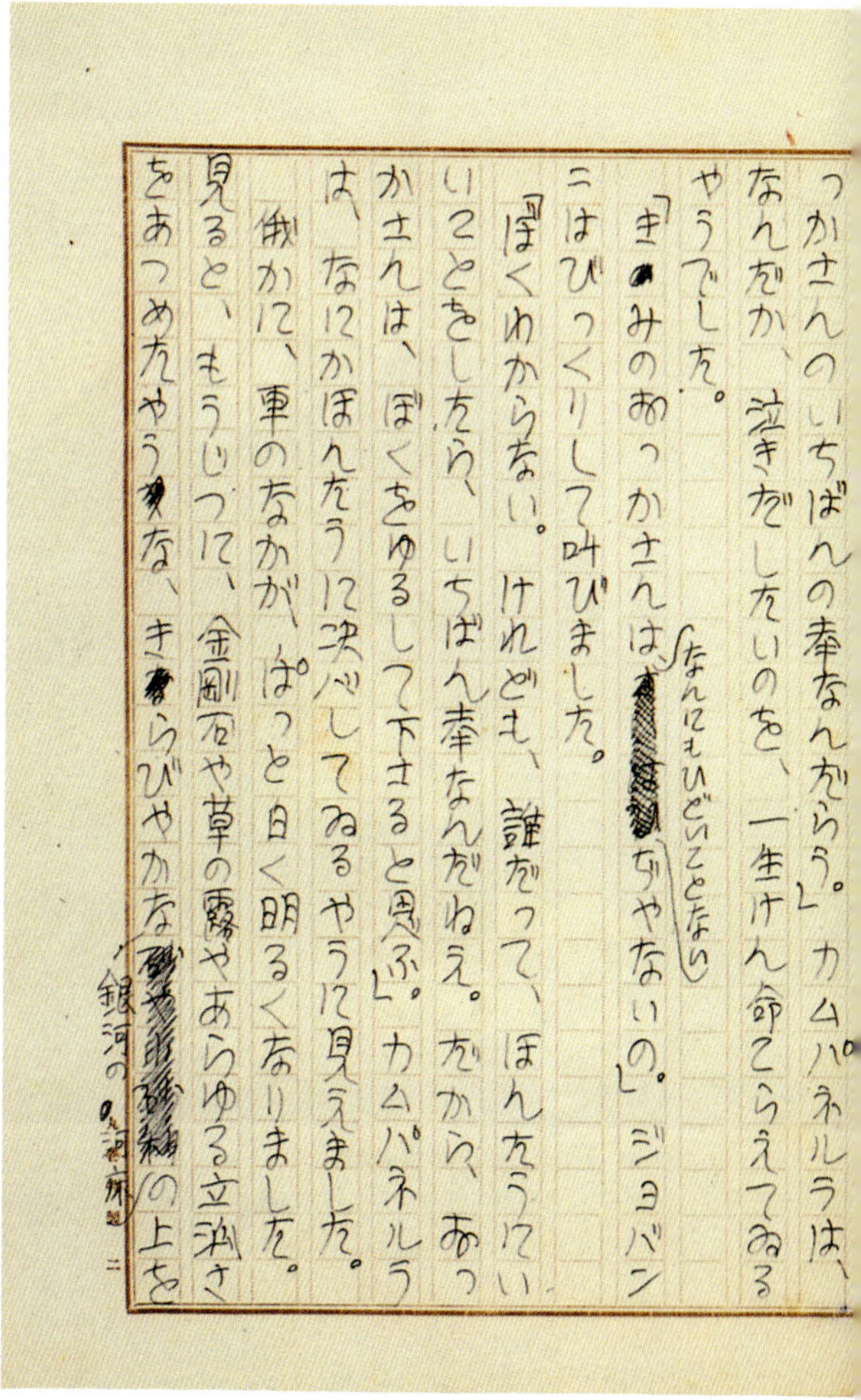
つかさんのいちばんの幸なんだらう。」カムパネルラは、
なんだか、泣きだしたいのを、一生けん命こらえてゐる
やうでした。
「き[redacted]みのおっかさんは、[redacted]なんにもひどいことないぢゃないの。」ジョバン
ニはびっくりして叫びました。
「ぼくわからない。けれども、誰だって、ほんたうにい
いことをしたら、いちばん幸なんだねえ。だから、おっ
かさんは、ぼくをゆるして下さると思ふ。」カムパネルラ
は、なにかほんたうに決心してゐるやうに見えました。
俄かに、車のなかが、ぱっと白く明るくなりました。
見ると、もうじつに、金剛石や草の露やあらゆる立派さ
をあつめたやう[redacted]な、き[redacted]らびやかな[redacted]銀河の河床の上を
二

「銀河鉄道の夜」自筆原稿

硝子板に映った賢治肖像（浅井愼平撮影）

ちくま学芸文庫

図説 宮澤賢治

天沢退二郎　栗原 敦　杉浦 静 編

筑摩書房

目次

第3章　花巻農学校教師時代　一九二一年―一九二六年（大正十年―大正十五年）……71

図説　宮澤賢治

凡　例

一、本書は『写真集　宮澤賢治の世界』（一九八三年十月、筑摩書房）をもとに、その後に発見された資料をふまえ、新たに図版やキャプション、編者による論考を加えて、編纂しなおしたものである。

一、〔　〕のついた題名は、作者の付した題名が不明もしくは無題の作品において、本文の第一行によって代用したもの、慣用によって付した場合を示す。

一、年代は可能な限り西暦、元号を併記したが、キャプション部分では紙面の都合上、基本的に西暦のみとした。巻末の「宮澤賢治略年譜」を参考とされたい。

一、本文扉の戯画は宮澤賢治によるものである。

写真・図版協力一覧
林風舎／宮沢賢治記念館／求道会館・岩田文昭・碧海寿広（八三～八四頁宮澤トシ書簡）／宮沢賢治学会イーハトーブセンター／栗原敦／杉浦静／筑摩書房資料室

本文デザイン　神田昇和

第1章 幼少年時代

（明治二十九年—大正四年）

1896–1915

宮澤賢治は一八九六（明治二十九）年八月二十七日（戸籍簿では八月一日）、岩手県稗貫郡里川口町（現在の花巻市豊沢町）の宮澤政次《まさじ》郎《ろう》・イチの長男として生まれた。

家業は祖父喜助が開業した質・古着商で、喜助は長男政次郎の助けを得て家業を発展させた。政次郎は勤勉、厳格な性格で、花巻仏教四恩会の世話役を務め、仏教講演会や大沢温泉夏期仏教講習会の開催を支えるなど、熱心な仏教信者だった。母イチの実家は鍛冶町

1912年頃以降の豊沢町。大正期の花巻川口町商店街の中心地。右側の家並の十数軒目に賢治生家がある。

の商家で、父善治《ぜんじ》の代に大きく発展した。イチは母サメ（通称サキ）の仏心に篤い徳を受けて、明るく自然なユーモアでつつむことのできるやさしい人柄だった。

賢治は一九〇三（明治三十六）年四月、花巻川口尋常高等小学校に入学。三年生の担任教師八木英三が語り聞かせる童話を好み、また鉱物・昆虫・植物採集、絵はがき蒐集などに熱中して、家の人から「石コ賢さん」と呼ばれたりした。

成績優等で小学校を卒業、一九〇九（明治四十二）年四月、岩手県立盛岡中学校に入学、寄宿舎に入る。二年生の六月、初めて岩手山に登り、感動。山野に親しむ一方、やがて短歌の制作を始め、文学的表現活動の第一歩を踏み出す。四年の三学期、寄宿舎舎監排斥事件で四、五年生全員が退寮を命じられ、北山の清養院に下宿。曹洞宗報恩寺で参禅。一九一四（大正三）年三月、盛岡中学校を卒業。祖父の意向で商人の子として進学が許されない中、卒業成績も芳しいものではなかった。しかし、この幼少年時代に、生涯を貫く基盤、文学・宗教・自然への深い関わりが整えられ、賢治の宇宙の中で豊かに根づきはじめていることが認められるのである。

中学校卒業後、岩手病院で鼻の手術を受ける。手術後熱が下がらず入院を続けるうち、看護婦に初恋。退院後の暗鬱な日々の後、秋に島地大等編『漢和対照妙法蓮華経』を読み激しく感動。盛岡高等農林学校への進学が許され、受験勉強に邁進することになった。

母方の祖父宮澤善治と祖母サメ（前列中央の2人）。善治は地方屈指の実業家となり経済の発展に尽くし、町会議員として町政に寄与した（写真は賢治没後のもの）。

宮澤家の人びと

祖父、喜助。質・古着商を経営。

晩年の母イチ

若き日の政次郎

晩年の父政次郎

生い立ち

1902年小正月の記念写真。賢治5歳、妹トシ3歳。撮影者は父の弟宮澤治三郎。当時まだ珍しいカメラマンで、三陸大津波の写真報道もしている。

1906年8月大沢温泉夏期仏教講習会。暁烏敏を囲む宮澤家親類縁者。前列左から2人目賢治、2列右端トシ、後列左から2人目政次郎。

1911 年 8 月大沢温泉夏期仏教講習会。中央法衣姿が島地大等、最前列左から 3 人目の子どもの背後が賢治。

1914年（推定）8月大沢温泉夏期仏教講習会。法衣姿は尾崎文英（推定）。座っている人のうち、右から6人目が賢治。

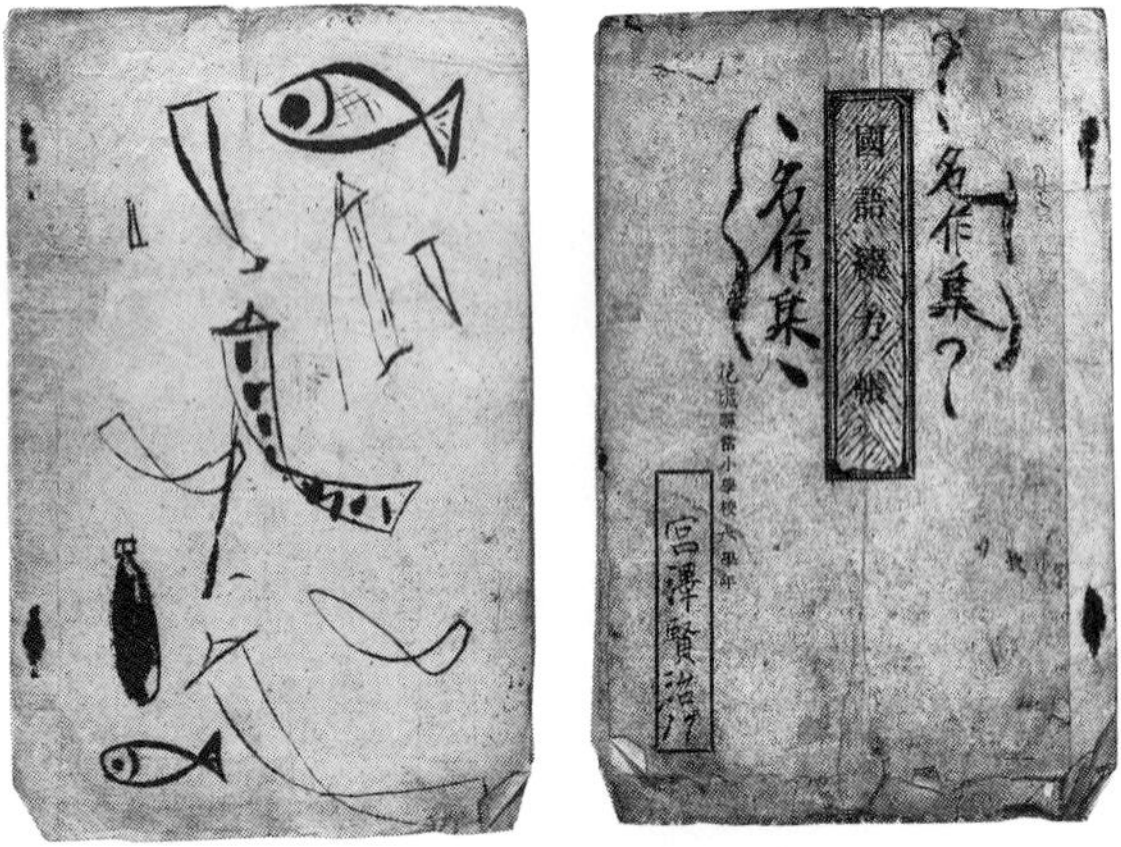

小学校６年の「国語綴方帳」表紙。毛筆の文字、戯画は賢治によるもの。

あの古校舎には我等は四年の上迄居て習った。
尋常二年の時の二学期から尋常三年の二学期
の末まであそこで習い、それから新校舎に来たが二月
ならずして焼けて再度あの学校に入って今年のす
ぐせんだってまで入って居た。
その間には北風がぶーぶーと吹くと一しょに雪が入
って、寒かった事もあった。
雨がふったりするとすぐもって来てすぐ入って来
て教室中が水だらけになったこともあった。
しかし、あの古校舎からこの新校舎にうつって来る時は
やはりなごり惜しかった。
あゝ、我等と一しょに四年の上も苦楽を共にしたあ
の校舎も今は捨てられて、この寒い時に只一人、
あの風あたりの強いところで寒さに泣いてゐるで
あろう。今は我等はこのべんきょうしやしい所に居
るのだが、なんとなくあの校舎はなつかしい。

綴方帳　尋常五、六学年

「国語綴方帳」収録の綴り方「古校舎をおもふ、」本文。新校舎焼失のため２度旧校舎で学んだ思い出を記す。

中学校生活

盛岡中学校内丸校舎、通称白堊城。寄宿舎自彊寮の黒壁城と併称された。

1910年盛岡中学校1年3学期。前列左が賢治、後列右が従兄橋本英之助。寄宿舎同室者との記念撮影と思われる。

1910年9月25日岩手山登山記念撮影。前列左から賢治、宮澤嘉助、後列左から加藤謙次郎、長沢〔雄二〕(推定)。

盛岡中学校2年。1911年2月21日寄宿舎九室記念撮影。右から賢治、松尾重雄、武安丈夫、吉田豊治。

1913年2月。従兄橋本英之助（のち喜助）の卒業を記念して献呈した写真。上級学校へ進学せず商家を継ぐ従兄のために、今後を励ます自作短歌5首を表裏に書き添えている。

1913年2月18日盛岡中学校寄宿舎卒業生送別記念撮影。最上段右から3人目が賢治。この年3学期に舎監排斥運動が燃え上がり、その結果4、5年生全員が退寮させられる。

1913年2月(推定)橋本英之助送別記念撮影。前列左が英之助、その後ろが賢治。英之助は父喜七を07年に失い、祖父喜助の跡取りとしてきまっていた。

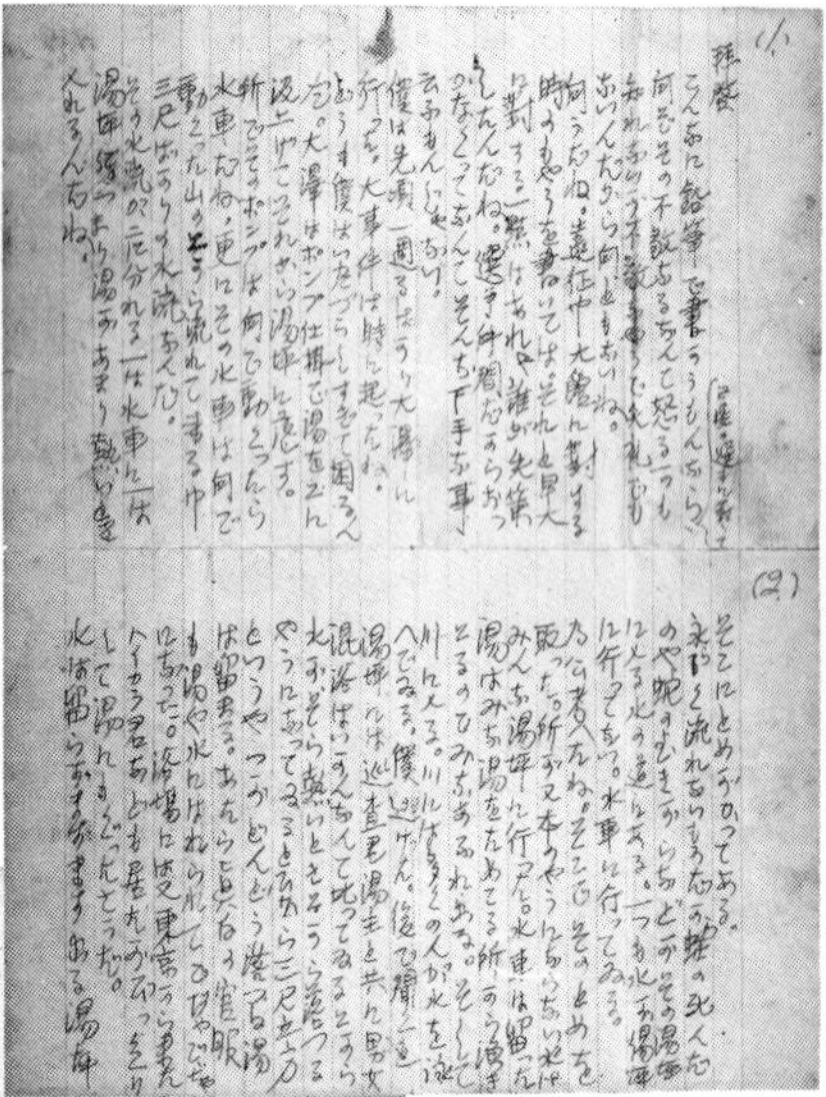

1910年9月(8月の誤記と推定)19日付藤原健次郎宛書簡。藤原は入学時に同室の2年生でこの1学期も同室。内心を生々しく吐露して親しさがよくうかがえる内容。

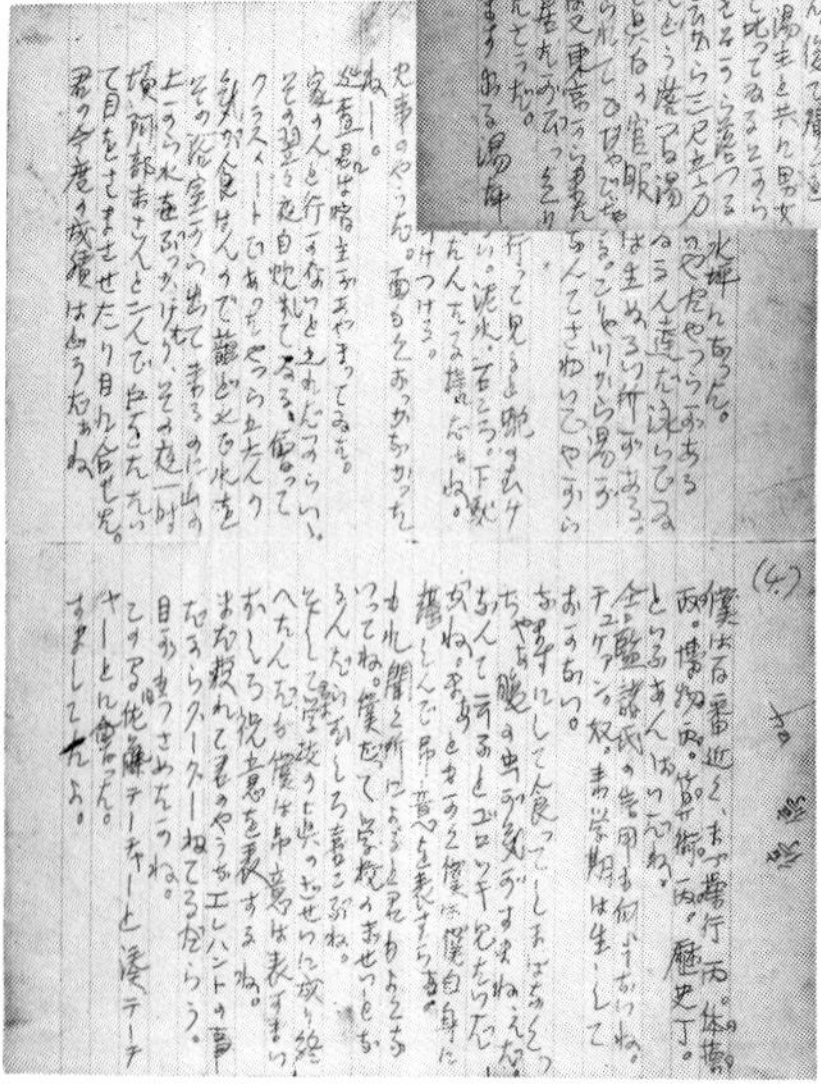

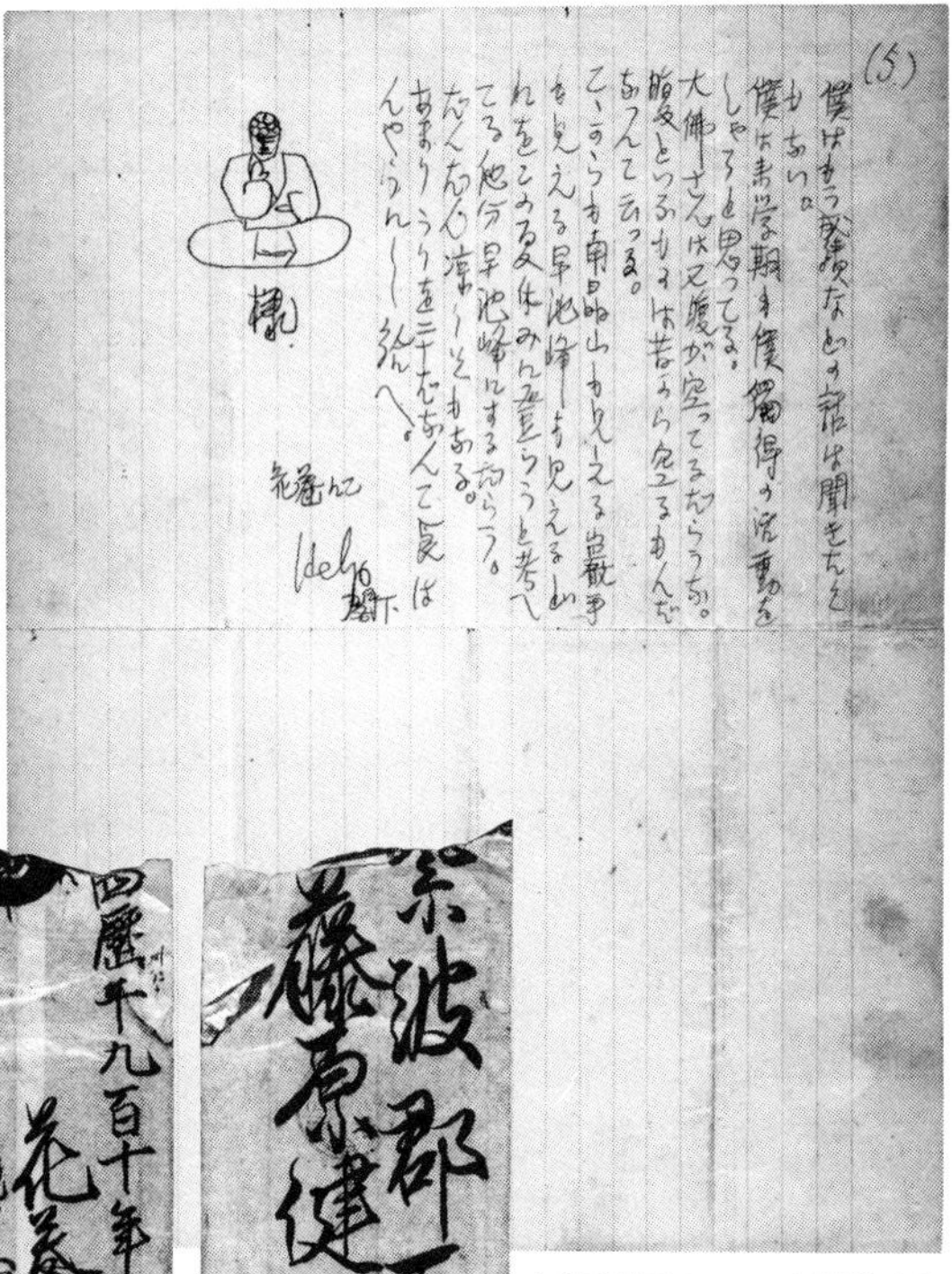

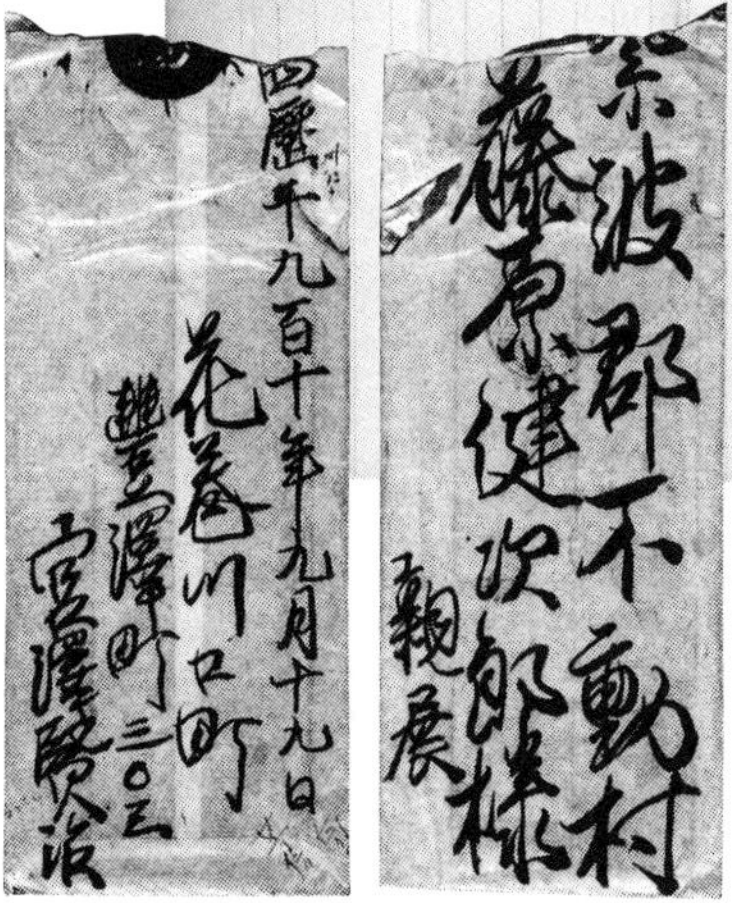

大仏は藤原の、help は賢治のあだ名。藤原は野球の名手として活躍するがこのあと９月29日にチフスで死去。

1915年2月26日盛岡高等農林学校入学願書用写真。学年が進むにつれ学業成績にはむらが目立ち、「卒業生調」「備考」欄の人物評語も芳しくない中学時代だった。実情は、後年の回顧に、上級学校への進学が望めない中で、学業に身が入らなかったことを語ったというとおりだろう。卒業を機に鼻の手術を受けるが、原因不明の発熱が続き、退院後も不調が晴れなかったが、秋になって進学が許され飛び立つ思いで受験勉強に打ち込む日々を迎える。生涯の信仰の核心である「法華経」との出会いも、同じ頃にすでにもたらされていた。入学試験実施日のほぼ1ヶ月前の撮影である。

若いお父さんとお母さん

栗原　敦

良く晴れた夜の野原。雪の起伏は遠く月あかりに照らされて続き、その間を一条の軌道が、両側に電信柱の列を連ねて、はるかに延びている。そんな場所を一人歩いて行く冬の夜を心に描いてみよう。

遠い響きにふりかえると、やがて夜汽車が近づいて来て、窓々から暖かい光を投げて過ぎて行く。取り残されたような気分、夜汽車の過ぎ去ったむこうの果てに、どこまでも引き込まれて行くような郷愁、月のあかりと自分だけがあの乗り物の行く先を知っていたかのような思い――。

宮澤賢治の作品はしばしばこんな果てしない感情をかきたててくれる。それは、時に切なく、時に明るい。たとえば明るい秋の昼間の場合には、「松がいきなり明るくなつて／のはらがぱつとひらければ／かぎりなくかぎりなくかれくさは日に燃え／電信ばしらはやさしく白い碍子をつらね／ベーリング市までつづくとおもはれる／すみわたる海蒼《かいさう》の天と

／きよめられるひとのねがひ」(「一本木野」冒頭) というごとく、永遠の彼方をのぞんで小さな自分が洗われるようだ。

「(習作)」と自ら添えていた小品「氷と後光」でも、冬の夜汽車を描いて、真夜中過ぎ、まだ眠らずにいる若い夫婦の会話の中にこう書き込んでいた。

　月あかりの中にまっすぐに立った電信柱が、次次に何本も何本も走って行き、けむりの影は黒く雪の上を滑りました。

外をながめて「今夜は外は寒いんでせうか。」とつぶやく「若いお母さん」に、「若いお父さん」が答えている。

「そんなぢゃないだらう。けれども霽れてるからね。こんな雪の野原を歩いてゐて、今ごろこんな汽車の通るのに出あふとずゐぶん羡しいやうななつかしいやうな変な気がするもんだよ。」
「あなたそんなことあって。」
「あるともさ。お前睡くないかい。」

「睡れませんわ。」

二戸郡と岩手郡の境にある「七時雨《ななしぐれ》」山の傾斜を越えて早朝に盛岡に停車するという設定だから、作中の列車は青森から上野に向かっているのだろうが、「若いお父さん」の「羨しいやうななつかしいやうな変な気がする」体験は、まさしくそのまま作者賢治の体験であったにちがいない。

＊

天地の中に一人立って永遠に向かう旅に引き寄せられているようなこういった感覚は、早くから宮澤賢治につきまとっていたらしいが、彼の信仰心が高まる時、一気に出家、出離という観念と結びつくものだったのではなかろうか。

大正六年九月の祖父喜助の死のあとにも「忽ちに出家をも致すべき」思いを抱いたことがあったようだし、七年の春近くには「私一人は一天四海の帰する所妙法蓮華経の御前に御供養下さるべく」云々と父に願ってもいた。

賢治にとって両親は、厳父、慈母の典型ともいうべき姿であったという。今はその父を見よう。

父宮澤政次郎は、弟治三郎の早逝や自身の病弱などから浄土真宗の信仰に深入りしたといい、篤信の仲間と年々東京その他の著名な僧侶たちを迎えて講習会を開くといった人物だったが、同時に、経済感覚に優れ堅実な企業家精神にあふれる合理的な現実主義者でもあったようだ。特に私に印象深いのは、賢治の妹シゲの思い出に「お父さんも兄さんも、両頭の蛇のようなものでした。お父さんは、兄さんを高僧にでもならせたかったでしょうし、お父さんは自分では大実業家になりたいところもありました。」「また兄さんは、お父さんのいう世俗的な成功は、頭から否定しました。」（森荘已池「賢治の妹さんから聞いたこと　三」昭43・1「宮澤賢治全集」月報6）という箇所があったり、政次郎自身暁烏敏に宛てて、暁烏の金沢における同行者の一人藤原鉄乗が花巻に来た際に言った言葉を「小生ニ対シテハ今度逢ヒタル中ノ一番悪キ人間ナリトノ難有讃辞ヲ賜ハリ身ニ余ル光栄ト存候」（大6・12・11）と知らせるところがあったりする一面だ。というのも、藤原の評言も政次郎の強い気性や鋭い知力を見抜いてのことに相違なかったが、賢治の身に潜んでいた、とかく空想的にも見える現世離脱の願望を、現実的な眼で厳しく批判しつづけた者こそこの父親であったと、それらが物語っているように思われるからだった。

もちろんそれは、若い息子の側からは自分の理念を容認しない、世俗的、功利的態度にすぎないと見えていたのかも知れなかった。

＊

「氷と後光」の若い両親のわが子に注ぐ愛情は、眼つきや口もとの似かよいを語りあう会話ににじんでいるし、なぜか一時冷えてしまったスチーム暖房に、自分たちのコートや外套でこどもを護ろうとするところにもよく映し出されている。再び通いだした暖房に安心してうとうとすると、すでに汽車は盛岡に着いており、早朝の乗客たちが入って来る。

窓はいちめん蘭か何かの葉の形をした氷の結晶で飾られてゐました。

汽車はたち、あちこちに朝の新らしい会話が起りました。

やがて「窓の蘭の葉の形の結晶のすきまから、東のそらの琥珀が微かに透えて見えて来」たのは、ちょうど花巻を過ぎる頃ではなかったろうか。眼をさましたこどもをあやす母親、洗面に立ってくる父親。そんな朝の様子の寸描のあと、窓の氷が作りだす後光の美しい場面がつづく。日がのぼり、黄金いろになった窓の氷を「北極光」に喩え、青ぞらを透かして見せる氷の美しさを「飾り羽根のやう」だと讃えた両親は、次にこう描かれる。

「さあ、又お座りね。」こどもは又窓の前の玉座に置かれました。小さな有平糖のやうな美しい赤と青のぶちの苹果を、お父さんはこどもに持たせました。

「あら、この子の頭のとこで氷が後光のやうになってますわ。」若いお母さんはそっと云ひました。若いお父さんはちょっとそっちを見て、それから少し泣くやうにわらひました。

「若いお父さん」はこどもがいつか自分たちを超えて去って行く時を予感する。そして、それを「かなしいやうにも思はれるけれども」、たじろぐことなく受けとめなければならないし、むしろ「さう祈らなければならない」という。

窓のガラスの「氷」の「後光」に最初に気づいたのは「若いお母さん」であった。そして「若いお父さん」の語る理念にだまってうつむいたのも。

理念に耐える「若いお父さん」は、賢治にとってのあるべき父性イメージだったかも知れない。けれども、うつむく「若いお母さん」の沈黙が、はたして単純な同意だけでありえたのかどうか――。

長からぬ生涯を駆け抜けるように生きて、ついに人の子の親となることもなかった宮澤賢治に、「あらゆる生物のために、無上菩提を求めるなら」と記しながらも、こどもとの別れの予感を「若い」両親の側から描く作品のあったことが、なぜかしらいたましいようにも思われてくる。

第2章

盛岡高等農林学校時代

（大正四年―大正十年）

1915―1921

専心努力が実り、一九一五（大正四）年四月、盛岡高等農林学校（農学科第二部、後の農芸化学科）に首席入学を果たし、寄宿舎（六月に自啓寮と改称）に入った。

入学以来級長、特待生（二、三年）、旗手（三年）となるなど優等生で通した。生活ぶりは、健康に留意し、試験前でも「早寝遅起」を旨としたという。学業においては、当時最先端の自然科学的知見に触れ、物質の科学の体系と秩序を理論的、実験的に学んだ。さらに高等農林学校の設立理念や農芸化学がもつ、実際に役立てうる社会的役割や科学技術的側面にも深い認識を得た。

全国から集まった学友との交友も刺激となって、「校友会々報」に短歌を発表、さらに一九一七（大正六）年謄写版による学内同人雑誌「アザリア」を創刊。短歌の他、断章的散文を発表。

いっぽう、絶えず仏教の研鑽を重ねて、願教寺の講習会に友人も誘い、折々報恩寺に参禅した。また、地質調査を旨としつつ、友人と連れ立ち、あるいは単独で山野跋渉を繰返した。自然との融合、宇宙的一体感も深められたとみられる。

一九一八（大正七）年三月に卒業後、「地質土壌。肥料」研究のため研究生として在籍、関豊太郎主任教授のもとで「実験指導補助」、岩手県稗貫郡の土性調査に従事。一時肋膜炎の徴候が見られたが、調査報告書と土性図を完成して一九二〇（大正九）年五月研究科を修了した。この間、日本女子大学校在学中の妹トシが病臥、入院。一九一八年十二月末から帰郷する一九一九年三月初めまで上京して看護に努める。

関教授から助教授に推薦する話を受けたが、父子ともに辞退を選ぶ。家業を手伝いながら新たな実業の可能性を探るが見通しの見えないまま、田中智学著『本化摂折論』、加藤文雅編輯校訂『日蓮聖人御遺文』などに学び、一九二〇年、田中が創設した日蓮主義の在家信仰団体国柱会に入会する。

信仰はいよいよ燃え上がり、また父との法論も激しさを増して、一九二一（大正十）年一月、ついに意を決して上京、国柱会館を訪問。本郷の東大前にある小出版社で謄写版製版・校正などを仕事に自活しつつ、国柱会の宣伝・奉仕活動に従事するが、国柱会理事高知尾智耀《たかちおちよう》の教えに示唆され、後年の覚え書きに記された「法華文学ノ創作」を志す。ここに、改めて賢治の本格的な文学的表現活動が始まるのである。

盛岡高等農林学校全景図。1902年創立、05年開学。農学科・林学科・獣医学科の3年間の課程よりなる。開学時より養蚕室、家畜病院を付置、寄宿舎も敷地内に設置された。13年に農学科を2部制とし、第1部を「農学全般をやるもの」、第2部を「農芸化学をやるもの」と専門を分けた。賢治は15年4月に農学科第2部（賢治が卒業して研究生になった18年に農芸化学科と改称）に入学。

高等農林学校生活

1915年4月撮影。盛岡高等農林学校農学科第2部15年度教授陣および1〜3年生（推定）。2列目左から4人目が賢治。賢治は首席合格であった。前列大礼服姿が第2代校長佐藤義長。なお、賢治は県外からの入学生に盛岡市内を案内し、土曜、日曜を利用して、単独であるいは友人と周辺の山野に鉱物採集に出掛け、夏期休暇中には市内願教寺の仏教講習会に友人を誘って参加するなどしている。

盛岡高等農林学校本館。1912 年完成の木造２階建て洋風建築。

農学科第２部の校舎（1918 年農芸化学科と改称の頃。当時賢治は研究生）。

関豊太郎（1868－1955）。賢治入学時の農学科第２部の部長・教授。賢治の得業論文を審査、土性調査に助手としてあたらせる。

農学科の化学実験室風景。左後方窓を背にして賢治。農芸化学が調査と実験に裏付けられた物質の科学であることを学んだ。

盛岡高等農林学校校庭。左の本館は1912年の完成、2階は大講堂。

盛岡高等農林学校寄宿舎。1915年6月に自治寮となり自啓寮と改称。

1924年頃の江刺郡米里村人首。菊慶旅館2階からの眺望。正面は五輪峠。17年8月から9月にかけての江刺郡地質調査旅行中に人首を訪れ、また24年にも詩篇「人首町」を残している。

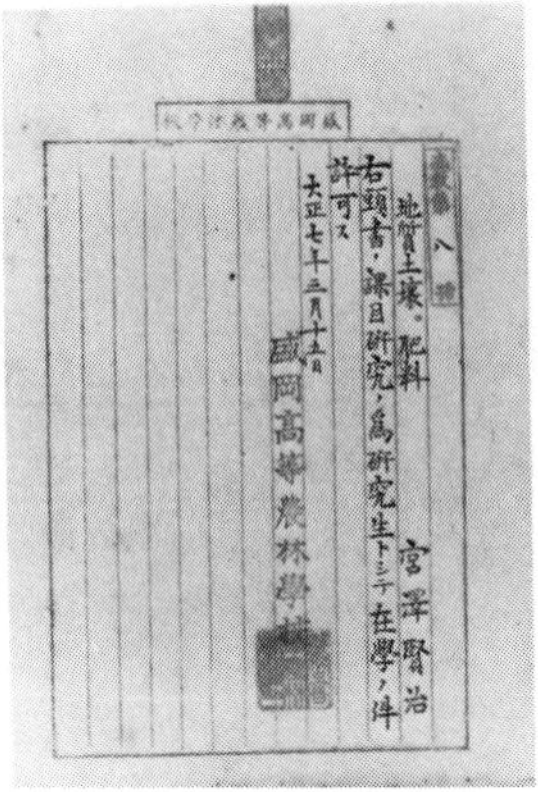
第八號

地質土壌・肥料　宮澤賢治

右願書ノ課目研究ノ為研究生トシテ在學ノ件許可ス

大正七年三月十二日

盛岡高等農林學校

研究生として在学許可を受けている。

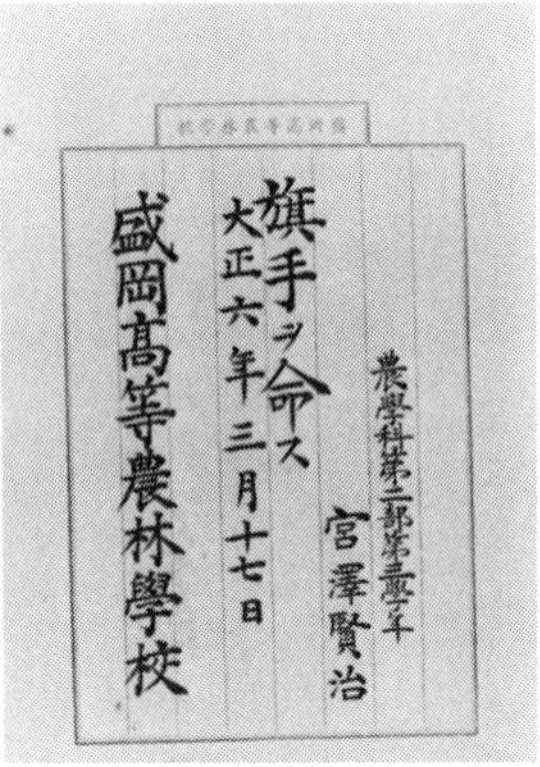
農學科第二部第壹年　宮澤賢治

旗手ヲ命ス

大正六年三月十七日

盛岡高等農林學校

全校総代の旗手に任命された。

1917年9月2日消印の保阪嘉内宛はがき。種山ヶ原周辺の放牧馬を東に、伊手から西方の蛇紋岩の露出など地質調査の一端を描く。

1916年7月15日撮影、16年度盛岡高等農林学校校友会委員。最上段左から3人目が賢治。

学友たち

1917年6月9日撮影、17年度盛岡高等農林学校校友会委員。3列目左から4人目が賢治。校友会の委員としては徳育部に所属。

１９１６年５月27日撮影、盛岡高等農林学校植物園にて、寮の同室者たちと。腹這いは保阪嘉内、左から萩原弥六、原戸（工藤）藤一、賢治、伊藤彰造、岩田元兄。２年生の賢治が室長で他は新入生。１週間前の20日（土）に寮の懇親会があり、このメンバーで出し物に創作劇を上演している。

盛岡高等農林学校時代、右端にストックを手にする賢治。

1916年春から初夏頃、盛岡高等農林学校自啓寮の同室者たちと。前列左から原戸（工藤）藤一、伊藤彰造、保阪嘉内、後列左から萩原弥六、賢治、岩田元兄。

1917年8～9月に江刺郡地質調査（岩谷堂から入り人首等を起点に周辺を調査）をしたメンバーで18年3月に記念撮影。マント姿が賢治、後列左から佐々木（工藤）又治、鶴見要三郎、原勝成。

盛岡高等農林学校卒業（1918年3月）記念写真。「盛岡高等農林学校卒業アルバム」に貼付されたもの。同期卒業の友人に献呈したものが複数残されており（高橋秀松宛は開運橋際盛岡写真所台紙に貼付、献呈署名されている）、親しい友人同士で交換したと見られる。

「アザリア」と仲間たち

1917年10月31日撮影、盛岡高等農林学校学内同人誌「アザリア」の中心メンバー。前列左から小菅健吉、河本義行、後列左から保阪嘉内、賢治（小菅・宮澤は3年、河本・保阪は2年）。

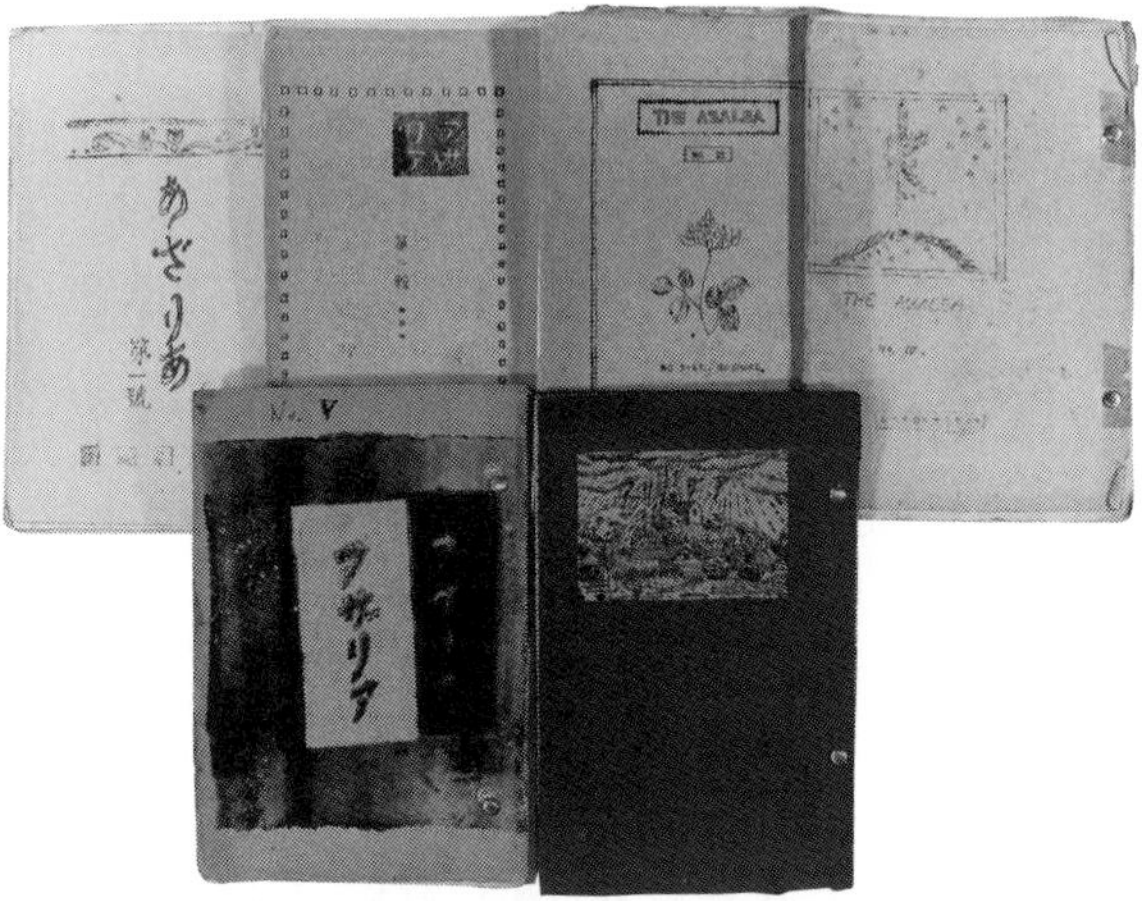

「アザリア」（西洋しゃくなげにちなむ命名）は1917年7月1日発行～18年6月26日発行（推定）まで6冊刊行された謄写版印刷の学内同人誌。短歌・俳句・散文を自由に発表する場として同人各自が手綴じして刊行。賢治は短歌と散文「『旅人のはなし』から」、「復活の前」、「〔峯や谷は〕」を発表。

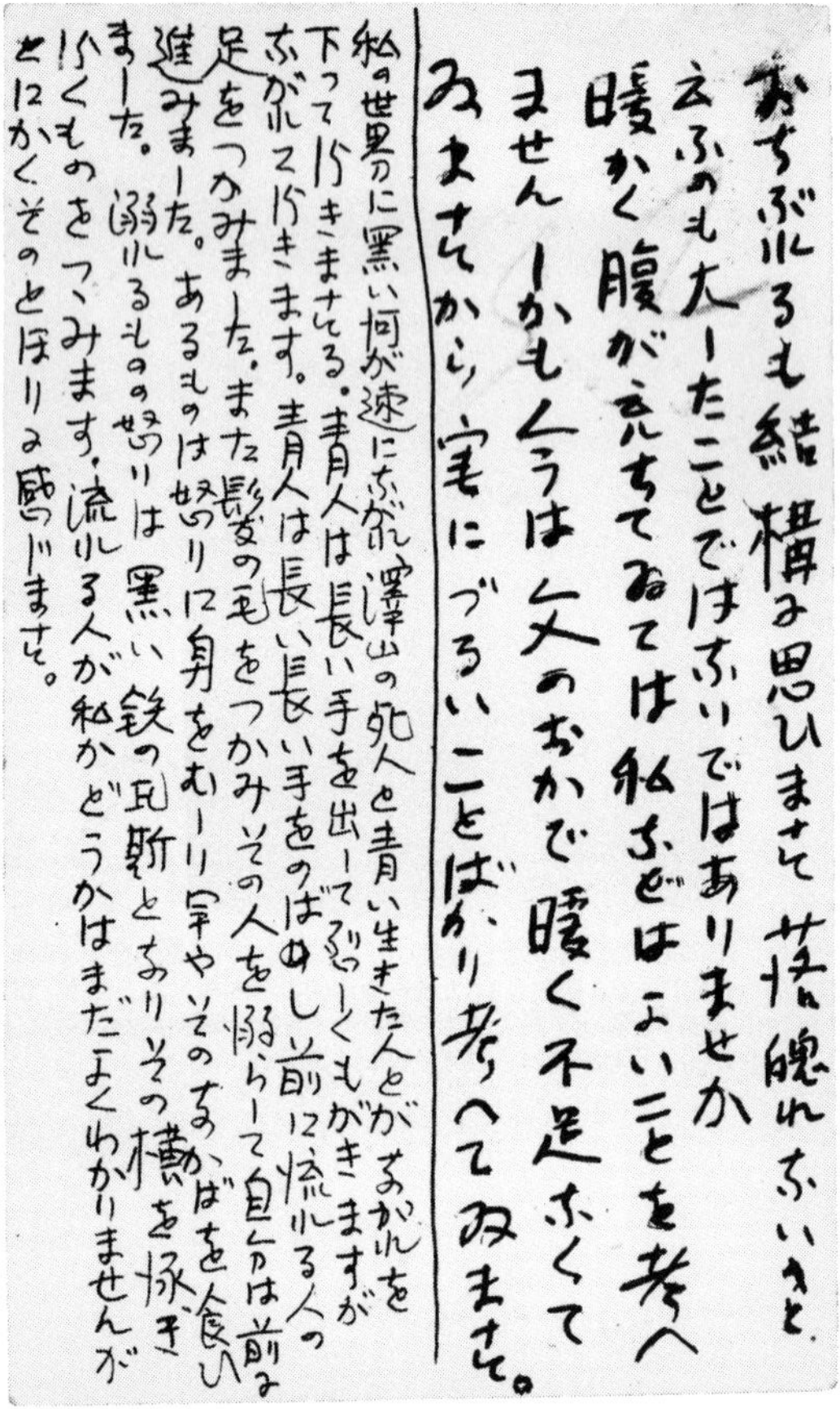
おちぶれるも結構と思ひます 落魄れないと
云ふのも大したことではないではありませんか
暖かく腹が充ちてゐては私などはよいことを考へ
ません しかも今は父のおかげで暖く不足なくて
ゐますから 実にづるいことばかり考へてゐます。

私の世界に黒い河が速にながれ澤山の死人と青い生きた人とがながれを
下って行きまする。青人は長い手を出して烈しくもがきますが
ながれて行きます。青人は長い長い手をのばし前に流れる人の
足をつかみました。また髪の毛をつかみその人を溺らして自分は前に
進みました。あるものは怒りに身をむしり早やその半ばを食ひ
ました。溺れるものの怒りは黒い鉄の瓦斯となりその横を泳ぎ
行くものをつゝみます。流れる人が私かどうかはまだよくわかりませんが
とにかくそのとほりに感じます。

1918年10月1日消印保阪嘉内宛はがき。「歌稿〔A〕」の「青びとのながれ」（次頁図版に掲出）を思わせる。

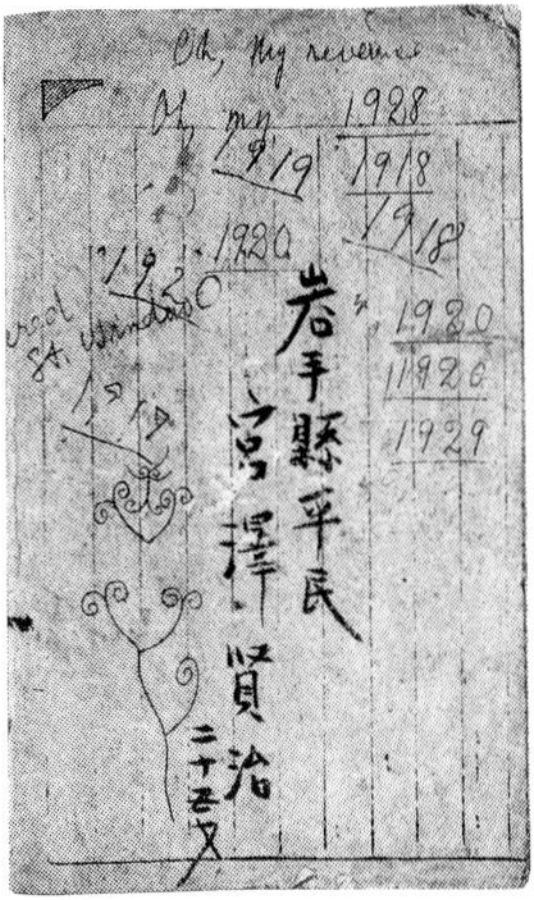

同裏表紙、賢治筆

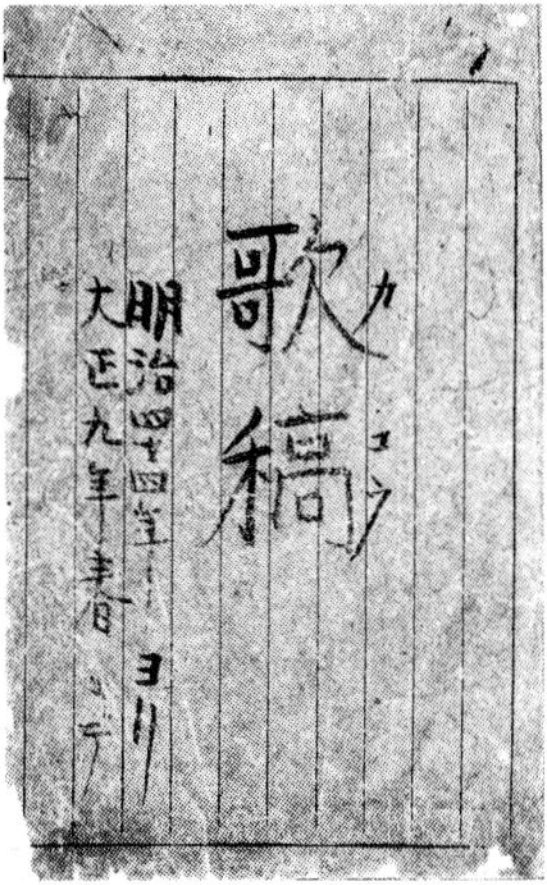

「歌稿〔A〕」表紙

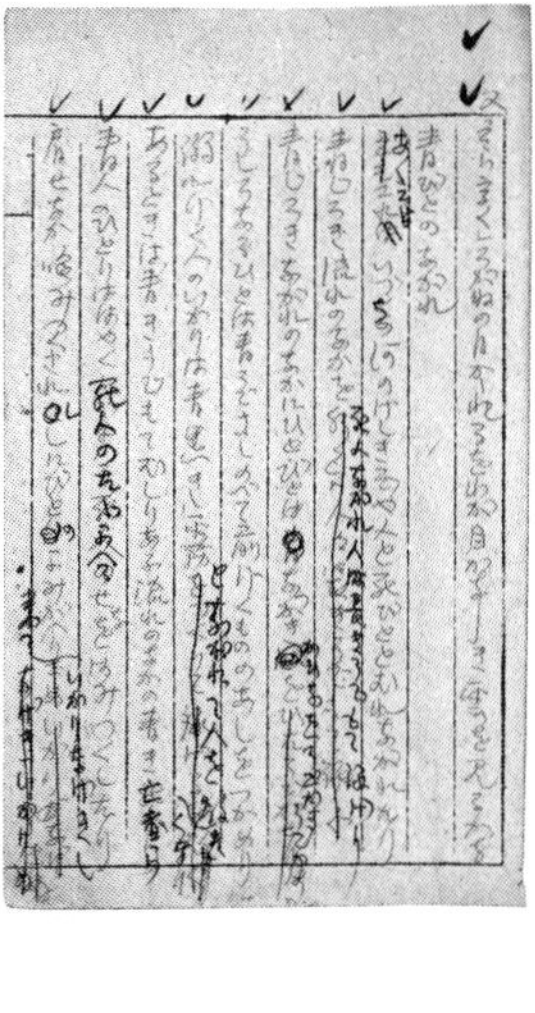

中学生時代に開始された賢治の短歌を妹のトシが罫紙に清書した稿本（末尾部分には一部下の妹シゲによる清書も含む）。手入れと表紙は賢治筆。左は連作「青びとのながれ」冒頭8首。

〔手紙〕

無題のまま活版印刷され、郵送や手渡しその他で別々の折に配布された文書。仮に不特定の人々への「〔手紙〕」として呼びならわされている４点のうちの３点。上段２点は浮世絵版画の雲の一部を模刻したカットの入った上質和紙、下段は洋紙を使用。仏教説話を下敷きにした竜の話や娼婦の話、それに幼い妹ポーセを亡くした兄チュンセの話である。

むかし、あるところに一疋の竜がすんでゐました。

力が非常に強く、かたちも大層恐ろしく、それにはげしい毒をもつてゐましたので、あらゆるいきものがこの竜に遭へば、弱いものは目に見ただけで気を失つて倒れ、強いものでもその毒気にあたつてまもなく死んでしまふほどでした。

この竜はあるとき、よいこゝろを起して、これからはもう悪いことをしない、すべてのものをなやまさないと誓ひました。

そして静かなところを、求めて林の中に入つてじつと道理を考へてゐましたがとうとうつかれてねむりました。

全体、竜といふものはねむるあひだは形が蛇の様になるのです。

この竜も睡つて蛇の形になり、からだにはきれいなるり色や金色の紋があらはれてゐました。

そこへ猟師共が来まして、この蛇を見てびつくりするほどよろこんで云ひました。

「こんなきれいな珍らしい皮を、王様に差しあげてかざりにして貰つたらどんなに立派だらう」。

そこで杖でその頭をぐつとおさへ刀でその皮をはぎはじめました。竜は目をさまして考へました。

「おれの力はこの国さへもこわしてしまへる。この猟師らなぞはなんでもない。いまおれがいきをひとつすれば毒にあたつてすぐ死んでしまふ。けれども私はさつき、もうわるいことをしないと誓つたしこの猟師をころしたところで本当にかあいさうだ。もはやこのからだはなげすてゝ、こらへてこらへてやらう」。

すつかり覚悟がきまりましたので目をつぶつて痛いのをじつとこらへ、またその人を毒にあてないやうにいきをこらして一心に皮をはがれながらくやしいといふこゝろさへ起しませんでした。

猟師はまもなく皮をはいで行つてしまひました。

竜はいまは皮のない赤い肉ばかりで地によこたはりました。

この時は日がかんかんと照つて土は非常にあつく、竜はくるしさにばたばたしながら水のあるところへ行かうとしました。

このとき沢山の小さな虫が、そのからだを食はうとして出てきましたので竜はまた、

「いまこのからだをたくさんの虫にやるのはまことの道のためだ。いま肉をこの虫らにくれて置けばやがてはまことの道をもこの虫らに教へることができる。」と考へて、だまつてうごかずに虫にからだを食はせとうとう乾いて死んでしまひました。

死んでこの竜は天上にうまれ、後には世界でいちばんえらい人、お釈迦様になつてみんなに一番のしあはせを与へました。

このときの虫もみなさきに竜の毒へたやうに後にお釈迦さまから教を受けてまことの道に入りました。

このやうにしてお釈迦さまがまことの為に身をすてた場所はいまは世界中のあらゆるところをみたしました。

このはなしはおとぎばなしではありません

わたくしはあるひとから云《い》ひつけられて、この手紙《てがみ》を印刷《いんさつ》してあなたがたにおわたしします。どなたか、ポーセがほんたうにどうなつたか、知《し》つてゐるかたはありませんか。チュンセがさつぱりごはんもたべないで毎日《まいにち》考《かんが》へてばかりゐるのです。

ポーセはチュンセの小《ちい》さな妹《いもうと》ですが、チュンセはいつもいぢ悪《わる》ばかりしました。ポーセがせつかく植《う》ゑて、水《みづ》をかけた小《ちい》さな桃《もも》の木になめくぢをたけて置《お》いたり、ポーセの靴《くつ》に甲虫《かぶとむし》を飼《か》つて、二月《ふたつき》もそれをかくして置《お》いたりしました。ある日《ひ》などはチュンセがくるみの木にのぼつて青《あを》い実《み》を落《おと》してゐましたら、ポーセが小《ちい》さな卵形《たまごがた》のあたまをぬれたハンケチで包《つゝ》んで、「兄《にい》さん、くるみちやうだい。」なんて云《い》ひながら大《たい》へんよろこんで出《で》て来ましたのに、チュンセは、「そら、とつてごらん。」とまるで怒《おこ》つたやうな声《こゑ》で云《い》つてわざと頭《あたま》に実《み》を投《な》げつけるやうにして泣《な》かせて帰《かへ》しました。

ところがポーセは、十一月《ぐわつ》ころ、俄《にはか》に病気《びやうき》になつたのです。おつかさんもひどく心配《しんぱい》さうでした。チュンセが行《い》つて見《み》ますと、ポーセの小《ちい》さな唇《くちびる》はなんだか青《あを》くなつて、眼《め》ばかり大《おほ》きくあいて、いつぱいに涙《なみだ》をためてゐました。チュンセは声《こゑ》が出《で》ないのを無理《むり》にこらえて云《い》ひました。「おいら、何《なん》でも呉《く》れてやるぜ。あの銅の歯車《はぐるま》だつて欲《ほ》しけややるよ。」けれどもポーセはだまつて頭《あたま》をふりました。息《いき》ばかりすうすうきこ

印度のガンヂス河はあるとき、水が増して烈しく流れてゐました。

それを見てゐる沢山の群集の中に、尊いアショウカ大王も立たれました。

大王はけらいに向つて「誰かこの大河の水をさかさまにながれさせることのできるものがあるか」と問はれました。

けらいは皆「陛下よ、それはとても出来ないことでございます」と答へました。

ところがこの河岸の群の中にビンヅマティーと云ふ一人のいやしい職業の女が居りました。大王の問をみんなが口々に相伝へて云つてゐるのをきいて「わたくしは自分の肉を売つて生きてゐるいやしい女である。けれども、今、私のやうないやしいものでさへできる、まことのちからの、大きいことを王様にお目にかけやう」と云ひながらまごころこめて河にいのりました。

すると、あゝ、ガンヂス河、幅一里にも近い大きな水の流れは、みんなの目の前で、たちまちたけりくるつてさかさまにながれました。

大王はこの恐ろしくうづを巻き、はげしく鳴る音を聞いて、びつくりしてけらいに申されました「これ、これ、どうしたのじや。大ガンヂスがさかさまにながれるではないか」

人々は次第をくわしく申し上げました。

大王は非常に感動され、すぐにその女の處に歩いて行つて申されました。

「みんなはそちがこれをしたと申してゐるがそれはほんたうか」

女が答へました。

「はい、さやうでございます。陛下よ」

「どうしてそちのやういやしいものにこんな力があるのか、何の力によるのか」

「陛下よ、私のこの河をさかさまにながれさせたのは、まことの力によるのでございます」

「でもそちのやうに不義で、みだらで、罪深く、ばかものを生けどつてくらしてゐるものに、どうしてまことの力があるのか」

「陛下よ、全くおつしやるとほりでございます。わたくしは畜生同然の身分でございますが、私のやうなものにさへまことの力はこのやうにおほきくはたらきます」

「ではそのまことの力とはどんなものかおれのまへで話して見よ」

「陛下よ。私は私を買つて下さるお方には、おなじくつかへます。武士族の尊いお方をも、いやしい奴隷をもひとしくうやまひます。ひとりをたつとびひとりをいやしみません。陛下よ、このまことのこころが今日ガンヂス河をさかさまにながれさせたわけでございます」


チュンセは困つてしばらくもぢもぢしてゐましたが思ひ切つてもう一ぺん云ひました。「雨雪《あめゆき》とつて来てやろか。」「うん。」ポーセがやつと答へました。チュンセはまるで鉄砲丸《てつぽうだま》のやうにおもてに飛《と》び出しました。おもてはうすくらくてみぞれがびちよびちよ降《ふ》つてゐました。チュンセは松《まつ》の木の枝《えだ》から雨雪《あめゆき》を両手《りやうて》にいつぱいとつて来《き》ました。それからポーセの枕《まくら》もとに行《い》つて皿《さら》にそれを置《お》き、さじてポーセにたべさせました。ポーセはおいしさうに三《み》さじばかり喰《た》べましたら急《きふ》にぐたつとなつていきをつかなくなりました。おつかさんがおどろいて泣《な》いてポーセの名《な》を呼《よ》びながら一生けん命《めい》ゆすぶりましたけれども、ポーセの汗《あせ》でしめつた髪《かみ》の頭《あたま》はたゞゆすぶられた通《とほ》りうごくだけでした。チュンセはげんこを眼《め》にあてて、虎《とら》の子供《こども》のやうな声《こゑ》で泣きました。

それから春《はる》になつてチュンセは学校《がつかう》も六年《ろくねん》でさがつてしまひました。チュンセはもう働《はたら》いてゐるのです。春《はる》に、くるみの木《き》がみんな青《あを》い房《ふさ》のやうなものを下《さ》げてゐるでせう。その下《した》にしやがんて、チュンセはキャベヂの床《とこ》をつくつてゐました。そしたら土《つち》の中《なか》から一《ひと》ぴきのうすい緑《みどり》いろの小《ちひ》さな蛙《かへる》がよろよろと這《は》つて出《で》て来ました。

「かへるなんざ、潰《つぶ》れちまへ。」チュンセは大《おほ》きな稜石《かどいし》でいきなりそれを叩《たた》きました。

それからひるすぎ、枯《か》れ草《くさ》の中《なか》でチュンセがとろとろやすんでゐましたら、いつかチュンセはぼおつと黄《き》いろな野原《のはら》のやうなところを歩《ある》いて行《ゆ》くやうにおもひました。すると向《むか》ふにポーセがしもやけのある小《ちひ》さな手《て》で眼《め》をこすりながら立《た》つてゐてぼんやりチュンセに云《い》ひました。

「兄《にい》さんなぜあたいの青《あを》いおべべ裂《さ》いたの。」チュンセはびつくりしてはね起《お》きて一生けん命《めい》そこらをさがしたり考《かんが》へたりしてみましたがなんにもわからないのです。どなたかポーセを知《し》つてゐるかたはないでせうか。けれども私《わたくし》にこの手紙《てがみ》を云《い》ひつけたひとが云《い》つてゐました「チュンセはポーセをたづねることはむだだ。なぜならどんなこどもでも、また、はたけではたらいてゐるひとでも、汽車《きしや》の中で苹果《りんご》をたべてゐるひとでも、また歌《うた》ふ鳥《とり》や歌《うた》はない鳥《とり》、青《あを》や黒《くろ》やのあらゆる魚《さかな》、あらゆるけものも、あらゆる虫《むし》も、みんな、みんな、むかしからのおたがひのきやうだいなのだから。チュンセがもしもポーセをほんたうにかあいさうにおもふなら大《おほ》きな勇気《ゆうき》を出《だ》してすべてのいきもののほんたうの幸福《かうふく》をさがさなければいけない。それはナムサダルマプフンダリカサスートラといふものである。チュンセがもし勇気《ゆうき》のあるほんたうの男《をとこ》の子《こ》ならなぜまつしぐらにそれに向《むか》つて進《すす》まないか。」それからこのひとはまた云《い》ひました。「チュンセはいいこどもだ。さアおまへはチュンセやポーセやみんなのために、ポーセをたづねる手紙《てがみ》を出《だ》すがいい。」そこで私《わたくし》はいまこれをあなたに送《おく》るのです。

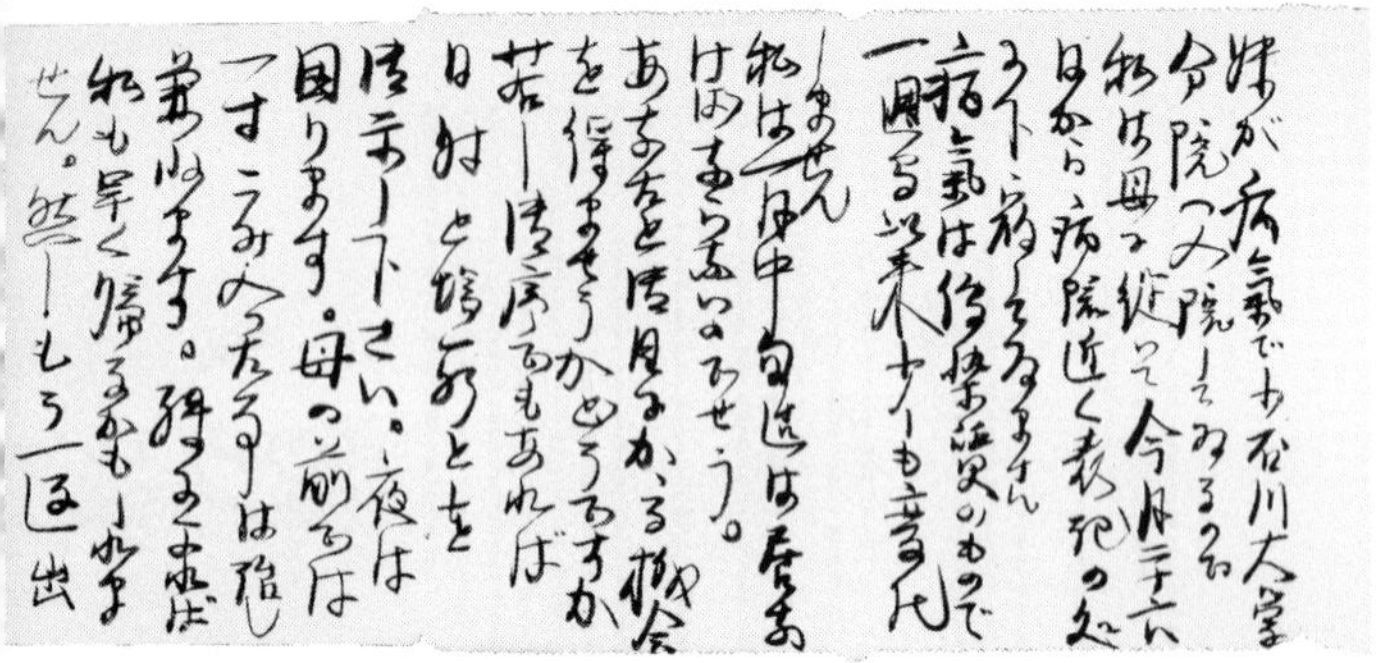

1918年12月31日付保阪嘉内宛封緘はがき。日本女子大学校に在学中の妹トシがインフルエンザから高熱を発して入院、母イチに従って看護のため急遽上京したことを知らせる。

東京

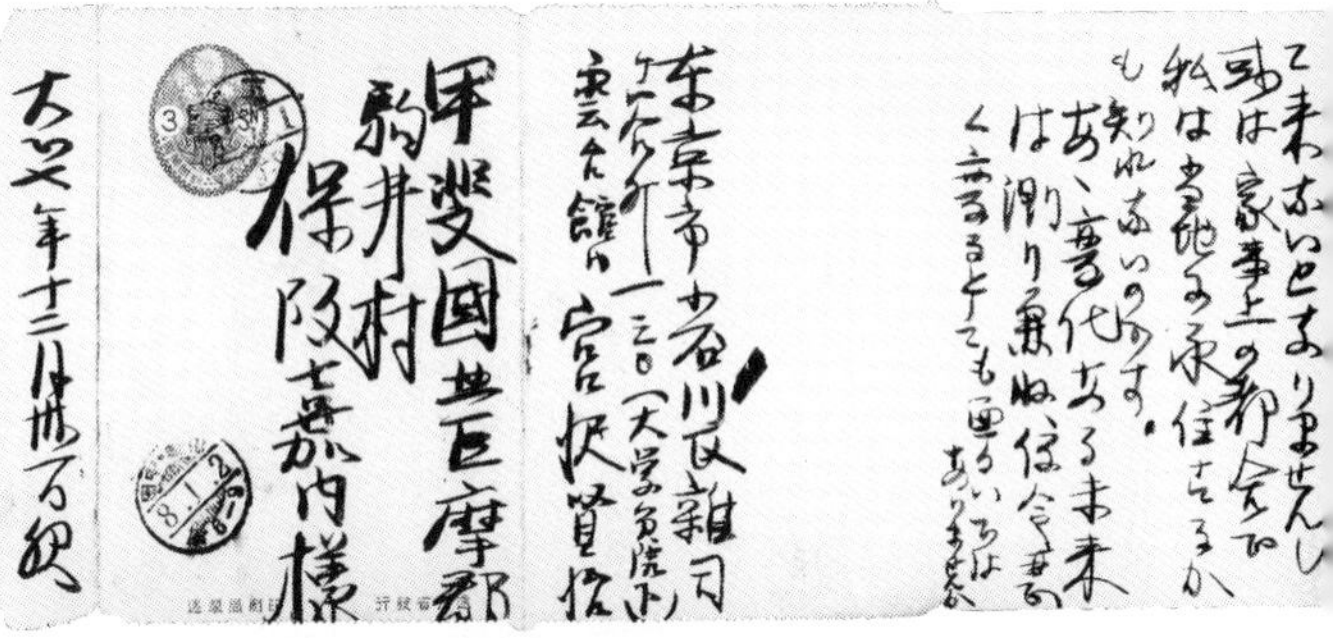

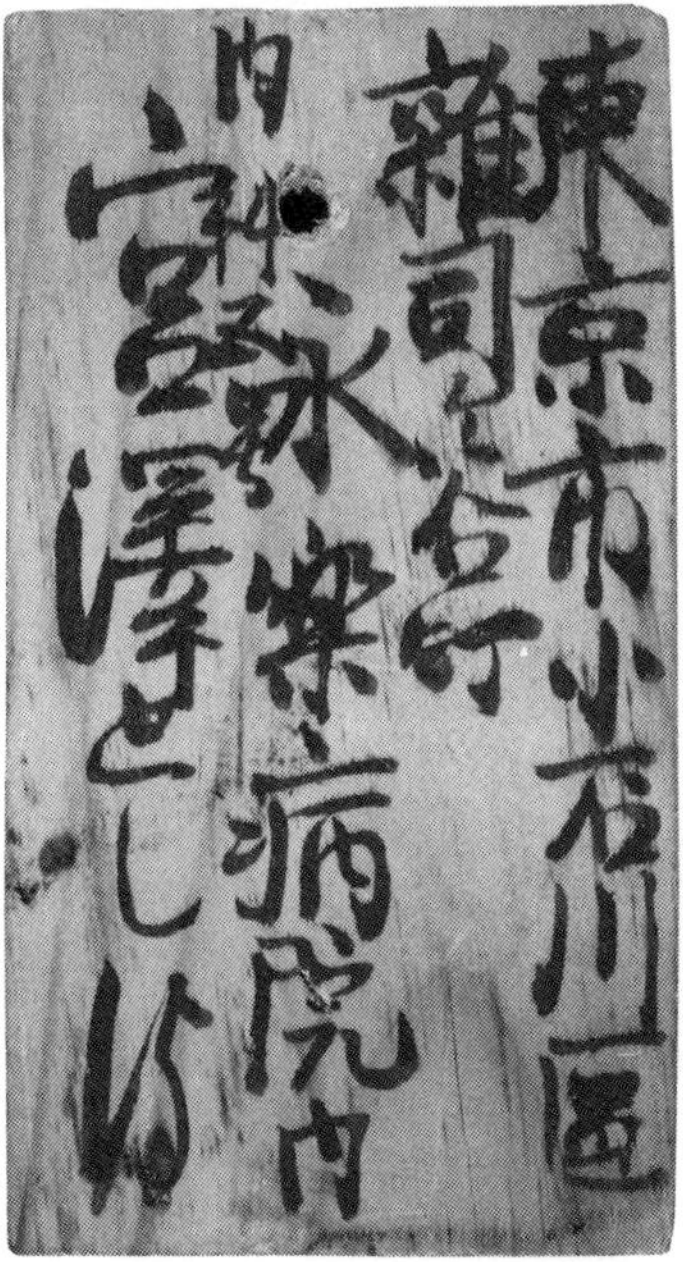

トシ入院先宛の荷札。東京帝国大学医科大学附属医院分院が正式名称だが、永楽病院は前身を引き継いだ通称。1月中頃には小康を得て、母は帰郷、賢治は退院まで心の籠もった看護を続ける。トシは2月下旬退院し、迎えに来た母、叔母の岩田ヤスとともに揃って3月3日帰郷。

賢治が宿とした雲台館。小石川区雑司ヶ谷130で病院から徒歩約3分。賢治は毎日父宛に病状を報告した。

トシが入院した東京帝国大学医科大学（1919年4月より医学部）附属医院分院。

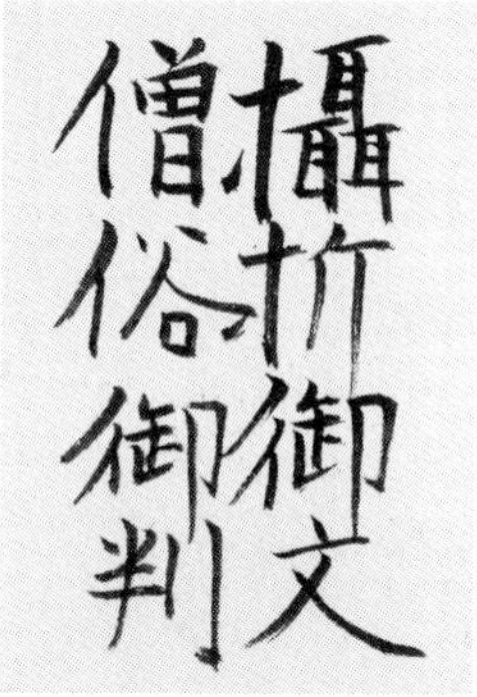

攝折御文
僧俗御判

自身の学びに1920年頃田中智学著『本化摂折論』や加藤文雅編輯校訂『日蓮聖人御遺文』などから抜粋筆写してまとめたもの。

大正期の金石舎。滞京中に自身の職業の見込みをつけたかった賢治が、岩手の鉱物資源や宝石の商品化に関わって、父との手紙の中で水晶堂と並べて話題にした神田小川町の宝石商。

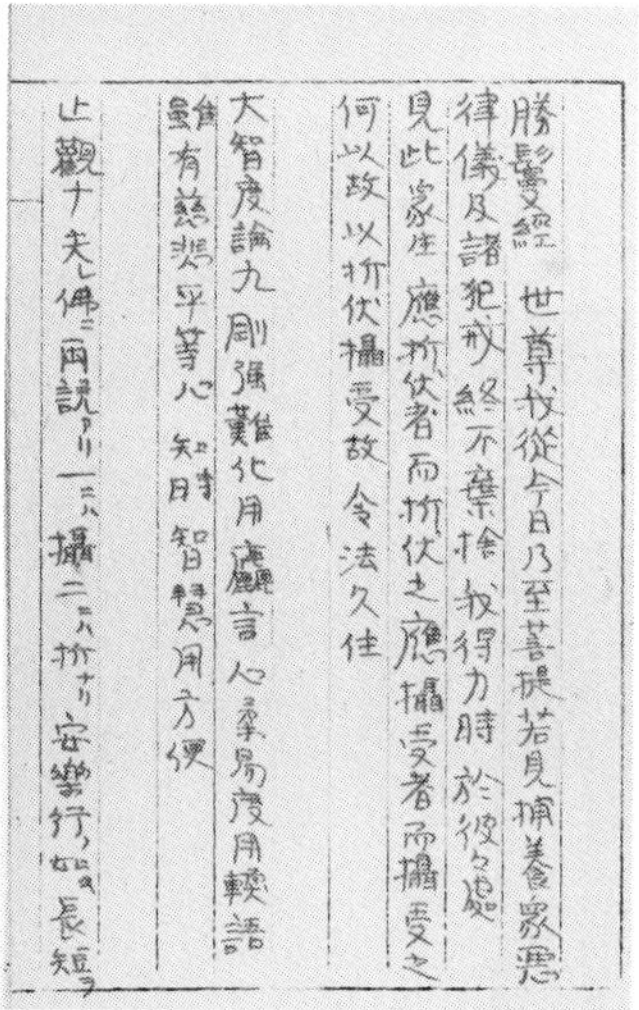

勝鬘経 世尊我従今日乃至菩提若見捕養衆悪
律儀及諸犯戒 終不棄捨 我得力時 於彼々処
見此衆生 應折伏者而折伏之 應攝受者而攝受之
何以故 以折伏攝受故 令法久住
大智度論九 剛強難化用麤言 心柔易度用軟語
雖有慈悲平等心 知時智慧用方便
止観十 夫仏ニ両説アリ 一ニハ攝 二ニハ折ナリ 安楽行ノ如キハ長短ヲ

罫紙を使って筆写した抜粋の冒頭部分。

大正十年

1918（大正7）年3月の盛岡高等農林学校卒業とともに研究生として在学を許可された賢治は関教授の助手として稗貫郡の土性調査などに従事するが、8月には実験指導補助を解かれる。肋膜の変調という健康上の理由などによるのだが、補充調査や報告書の作成を行いつつ、妹トシ発病の知らせに上京して看護、新たな実業を模索するが、19年3月の帰郷後は店番生活を続けるなどの中で、法華経信仰と日蓮の事蹟への探究を深めてゆく（姉崎正治『法華経の行者日蓮』も読んでいたという）。やがて在家信仰を旨とする国柱会の運動と出会い、20（大正9）年に入会することになる。父や浄土真宗同信の有力者阿部晁らとの法論も激しく交わされた。ついには、21（大正10）年1月に家出上京、上野桜木町にあった国柱会館を訪ね、国柱会理事・講師の高知尾智耀に面会。一旦は家の知人小林六太郎家に落ち着き、赤門前で主に帝大の講義録を出していた小出版社に謄写版製版・校正のアルバイトを得て本郷菊坂町稲垣方に間借り。秋の初めにトシ病気の知らせを受けて帰郷するまで、国柱会の奉仕活動に従った。

国柱会理事、高知尾智耀

国柱会創始者、田中智学

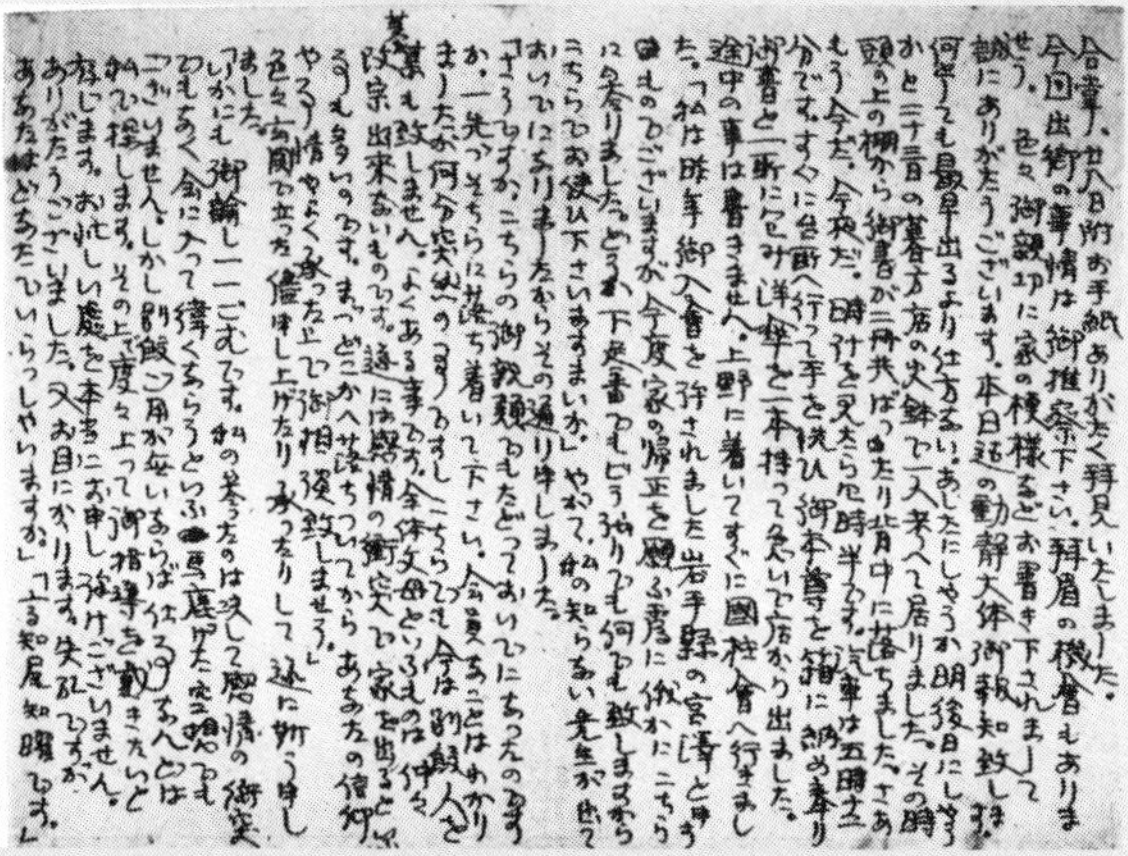

合掌。廿八日附お手紙ありがたく拝見いたしました。
今回出御の事情は御推察下さい。拝眉の機會もありま
せう。色々御親切に家の様様などお書き下されまして
誠にありがたうございます。本日迄の動静大体御報知致します。
何せうても最早出るより仕方ない。あしたにしやうか明後日にしやう
かと二十三日の暮方店の火鉢で一人考へて居りました。その時
頭の上の棚から御書が二冊共ばったり背中に落ちました。さあ
もう今だ。今夜だ。時計を見たら四時半です。汽車は五時十
分です。すぐに台所へ行って手を洗ひ御本尊を箱に納め奉り
御書と一所に包み洋傘を一本持って急いで店から出ました。
途中の事は書きません。上野に着いてすぐに國柱會へ行きまし
た。「私は昨年御入會を許されました岩手縣の宮澤と申す
ものでございますが今度家の帰正を願ふ為に俄かにこちら
に参りました。どうか下足番でもビラ貼りでも何でも致しますから
こちらでお使ひ下さいますまいか。」とやって私の知らない先生が出て
おいでになり[illegible]からその通り申しました。
「さうですか。こちらの御親類でもたどっておいでになったのです
か。一先づそちらに落ち着いて下さい。會員なことはわかり
ました。何分突然のことですし、こちらでも今は[illegible]
募集も致しません。よくある事ですが全体父母といふものは仲々
改宗出来ないものです。遂には感情の衝突で家を出るといふ
ことも多いのです。まづどこかへ落ちついてからあなたの信仰
やる事情もよく承った上で御相談致しませう。」遂に断り申し
色々[illegible]で立った儘申し上げたり承ったりして
ました。「いかにも御諭し一々ごもっともです。私の参ったのは決して感情の衝突
のみでなく、會に入って[illegible]
ございません。しかし別段ご用が無いならば仕方ありませんへども
私で探します。その上で度々上って御指導を戴きたいと
存じます。お忙しい處を本当にお申し訳けございません。
ありがたうございました。又お目にかかります。失礼ですが
あなたはどなたでいらっしゃいますか。」「高知尾知耀です。」

1921年1月30日付関徳弥宛書簡。賢治と相次いで国柱会に入会した父の従弟徳弥に出京事情を伝える。

十界曼荼羅。国柱会から授与された本尊。

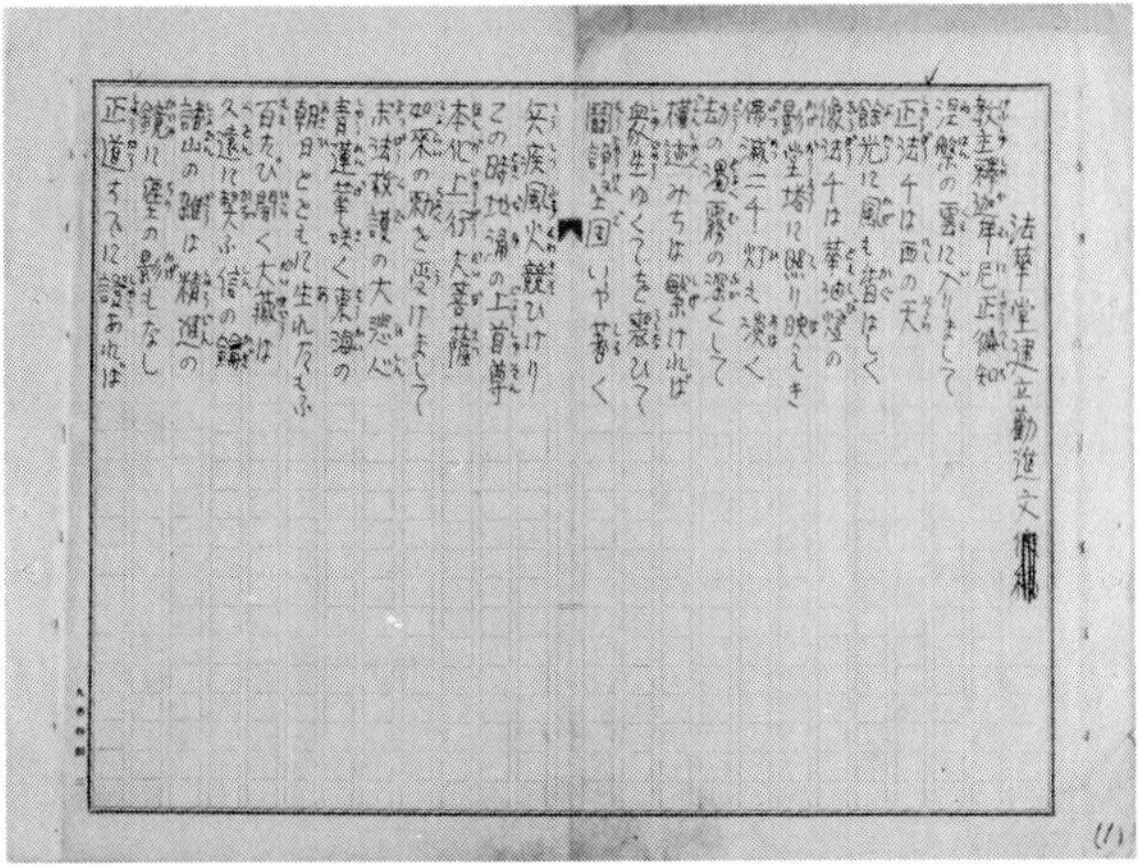

法華堂建立勧進文
教主釈迦牟尼正徧知
涅槃の雲に入りまして
正法千は西の天
余光に風も香はしく
像法千は華池宝の
影を堂塔に照り映えき
仏滅二千灯え淡く
法の滋露の深くして
権迹みちは繁ければ
衆生ゆくてを惑ひて
闘諍堅固いや旺く
天災疾風火競ひけり
この時地涌の上首尊
本化上行大菩薩
如来の勅を受けまして
お法救護の大悲心
青蓮華咲く東海の
朝日とともに生れたまふ
百たび聞く大蔵は
久遠に契ふ信の鑰
諸山の谿は精進の
鏡に塵の影もなし
正道すでに證あれば

(1)

法華堂建立勧進文。大正 14 年秋頃（推定）に書かれた。

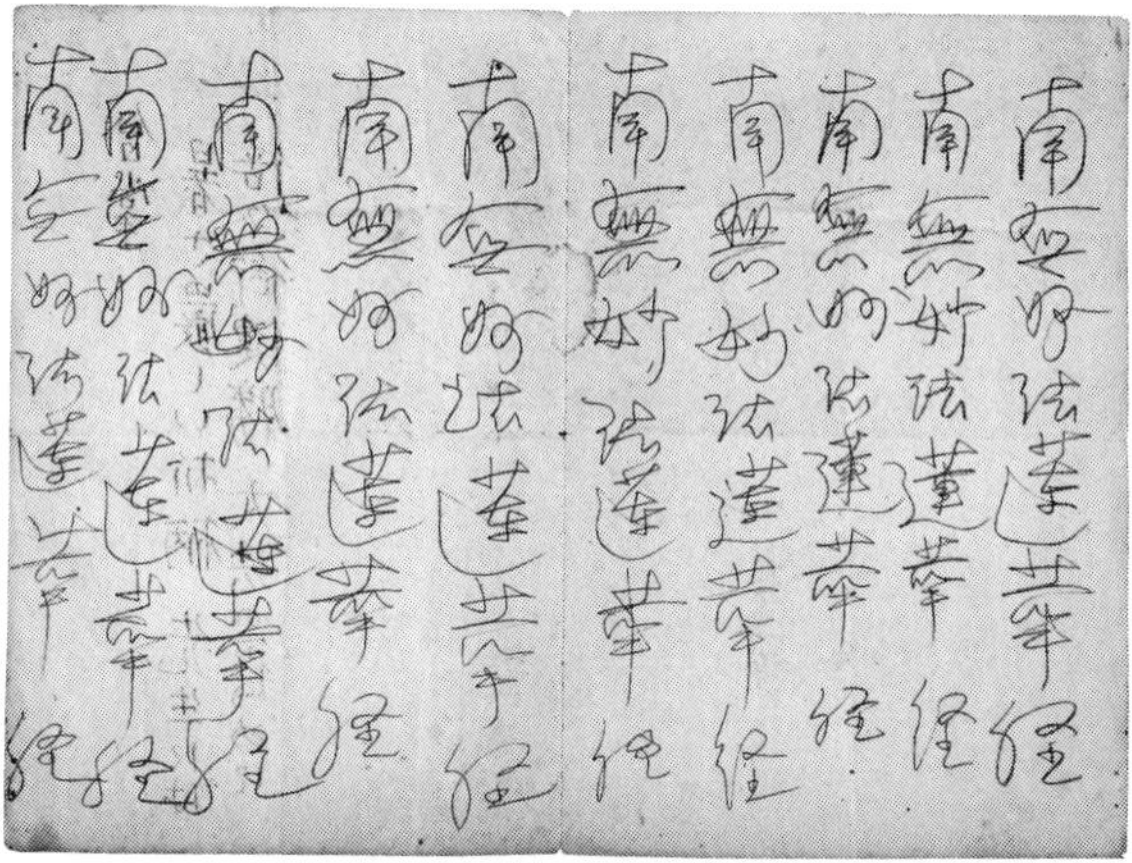

法華経への帰依を表明する題目書写。高知尾智耀宛（推定）書簡下書き裏面に記されたもの。

田中智学の街頭布教。自在に諧謔を交え、しかも理路整然と天性の弁舌の才をふるったという。

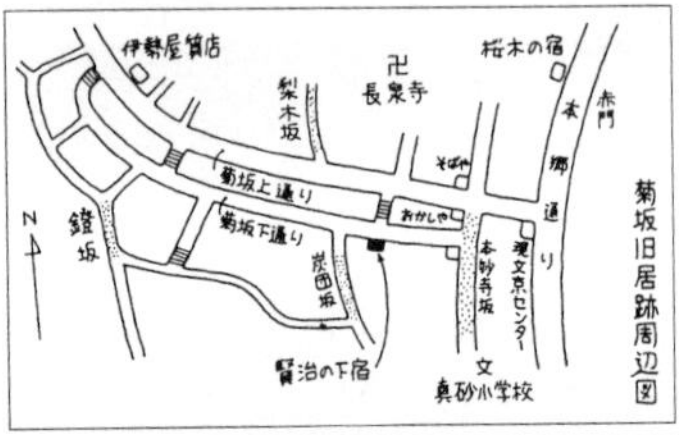

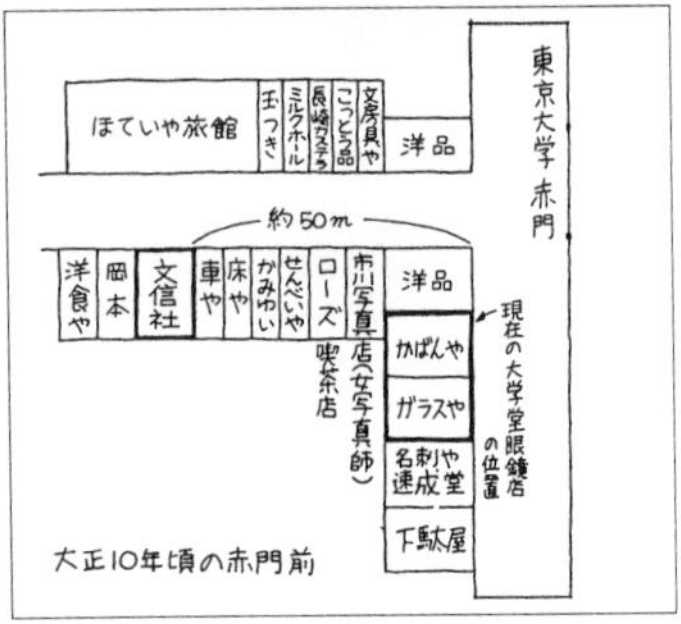

賢治が2階3畳間を借りた本郷区菊坂町の稲垣家と稲垣信次郎・かつ夫妻。ここから赤門前にあったアルバイト先の文信社と上野桜木町の国柱会館に通う。左は稲垣家・文信社周辺図（井上ひさし・こまつ座編著『宮澤賢治に聞く』所載。ただし稲垣家はマークよりやや西）。この3畳間で賢治は童謡「あまの川」を書き、帰郷の際には童話の原稿をトランクに詰めて持ち帰った。

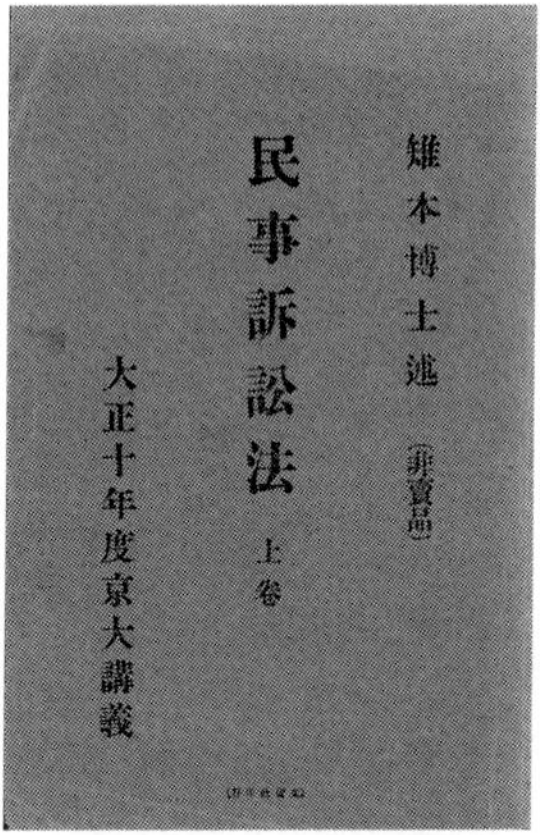

賢治が働いていた頃の文信社（社主は石田嘉一）の出版物。

嘫木会成立宣言文（1921年6月18日在京岩手県出身青年が結成）。同志名中に賢治も含まれている。

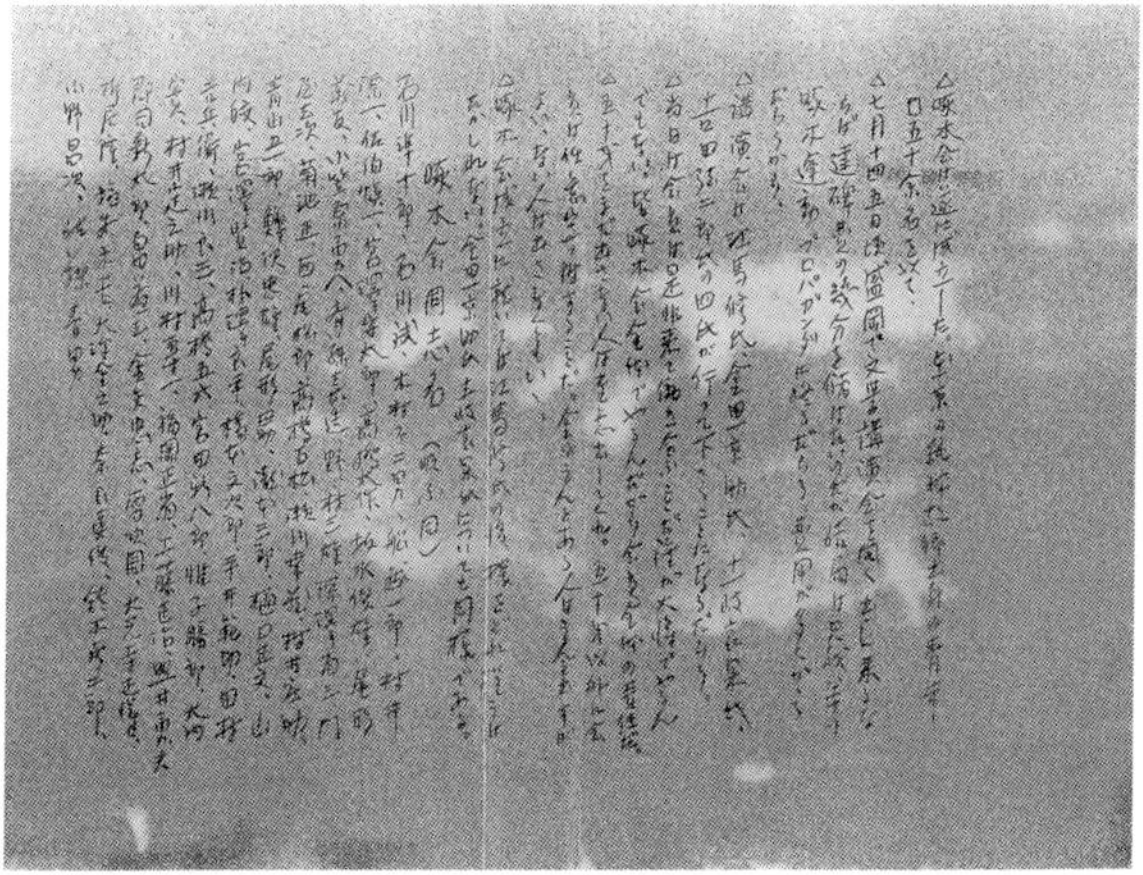

明治期の帝国図書館。幾度もの上京の折に、賢治は繰り返しここに通った。

東京

入澤康夫

するが台雨に銹びたるブロンズの円屋根に立つ朝のよろこび。
霧雨のニコライ堂の屋根ばかりなつかしきものはまたとあらざり。
青銅の穹屋根は今日いと低き雲をうれひてうちもだすかな。
かくてわれ東京の底に澱めりとつくづく思へば空のゆかしさ。

賢治はその三十七年の一生の間に、現在わかっている限りで九回の上京をしている。右に掲げたニコライ堂の短歌は、その第二回の上京時に作られ、大正五年八月十七日付で親友の一人へ送られた二十首の中に含まれているものである。

九回の上京の年月と概要を列記してみると、次のようになる。

第一回　大正五年三月。盛岡高農二年の時の修学旅行（関西方面）の途中、往路・復路ともに、東京へ足を停めている。

第二回　大正五年七月。月末に上京し、八月一ぱいドイツ語の講習会を受講。
第三回　大正六年一月。家の商用のために上京して、三日ばかり滞在。歌舞伎観劇。
第四回　大正七年十二月。在京中の妹トシの発病、入院の報をうけ、看護のために母と共に上京。二カ月余り滞在。
第五回　大正十年一月。宗教問題で父と対立して、無断出京。八月中ごろまで滞在。
第六回　大正十二年一月。前年に没した妹トシの分骨のため三保の国柱会本部へ赴く途中、東京に立寄り、当時在京中の弟を訪うている。
第七回　大正十五年十二月。農民文化活動に必要な技術・知識の習得のための上京で、一カ月弱の滞在。
第八回　昭和三年六月。水産物調査、浮世絵展観覧。伊豆大島行きを含めて、二週間余りの旅行である。
第九回　昭和六年九月。東北砕石工場技師として、製品の販途拡張のために上京。着京ただちに高熱を発し、重態となり、秘かに死を覚悟して遺書を書いた。一週間ばかりして、小康を得て花巻へ帰る。
この九回の上京の度ごとに、東京は賢治にとって、その相貌を変えた。いや、東京も次第に変貌したにちがいないが、それよりも、賢治の方が、その都度、大きく変化していたというべきであろう。また、こうも言えそうである。賢治の九回の上京は、それぞれが彼の一生の転変における一種の節目《ふしめ》を成し、その一回一回の「意味」のちがいを読みとることからも、彼の一生をいわば象徴的にとらえることができる、と。

この点に、いちはやく着目したのは、井上ひさし氏である。氏は、自作の戯曲『イーハトーボの劇列車』（一九八〇年、新潮社刊、初演は同年十月、五月舎）を、東京へ向う列車内の情景と、東京の宿所の場面とだけで構成して、見事な成果を挙げている。初演時のパンフレットに載った作者の文章には、次のようなくだりがある。

「彼の上京は九回とも、その動機がちがう。修学旅行、ドイツ語講習会夏期講座、歌舞伎見物、とし子の看病、そしてこの〔大正十年の〕家出。前期の五回は、東京は賢治の憧れの地であった。中期になると『ユートピアは花巻に』という意識の逆転がある。花巻をユートピアにするためにはさまざまな知識が要《い》る、そこで上京してエスペラントやセロを勉強する。これが中期の上京である。後期はどうも病気になるために東京へ出かけていたような気がする……」（「賢治の上京」）

＊

ここで話を、ニコライ堂の歌にもどそう。先にも書いたように、これは第二回の上京時の作だが、この上京は、当時の書簡から見ると、決してスムーズに実現したものではなく、大正十年の家出、出京の場合ほどではないにしても、心理的な無理をあえて踏み越えてなされた「振りもぎる様な出京」(大正五年八月五日付の高橋秀松あて封緘葉書に記された、賢治自身の表現)であったようだ。当時、祖父が病床にあり、母もまた疲労と心労で体をこわして床についていた。そうした中で、一家の長男が、もっぱら自分のために一カ月ばかりも家をあけて上京するというのは、そのころの家族関係の中では、かなり途方もないことだった。親類縁者から親不孝者という叱声も聞かれたようである。それを、賢治は、あえて振り切って出京した。というか、そのような家族や親類の束縛からの一時的なものにもせよ解放を一途に求めた、――ドイツ語の学習はその口実だった、と言えるだろう。直接にニコライ堂を歌った三首、そしてそれにつづく「かくてわれ」の歌には、そうした、「東京への脱走者」の解放感が底流している。

ここで歌われているニコライ堂の円屋根は、いま私たちが東京のお茶の水駅の近くに見るそれと同じものではない。この日本ハリストス正教会の聖堂は、ものの本によると、明治二十四年に完成したもので、大正十二年の関東大地震で被災。現在の建物は昭和四年に設計を新たにして再建されたものである。したがって、大正五年の短歌に出てくるニコライ堂は、被災前のものだ。いま手もとに、往時を示す写真が数葉あるが、かつては周辺の建物も背が低く、駿河台の丘の上にそびえる異国情調たっぷりの教会堂は、いま見るよりも、はるかに印象深いものであったろう。このドームのことは、九月二日、いよいよ東京を離れるにあたって、上野駅で書いた葉書にも見えている。

「……今博物館へ行つて知り合ひになつた鉱物たちの広重の空《ママ》や水とさよならをして来ました。又ニコライの円屋根よ。大使館（注、九段にあったフランス大使館）の桜よ。みんなさようーなら。」

（もちろんこの時の賢治は知らなかった。十五年後の昭和六年九月下旬に、自分が、そのニコライ堂から少し南へ坂を下ったところにある旅館、八幡館（現主婦の友社裏駐車場）の一室で、大熱にあえぎつつ、父母や弟妹にあてた遺書を書き綴ることになろうなどとは。）

＊

賢治の一生にとって大きな意味を持つと一般に考えられている第四回、第五回、第七回、第八回の上京については、詳細は、年譜や伝記に拠って見ていただくこととし、ここでは触れない。ただし、第八回の上京時の印象にもとづいていると考えられる数篇の口語詩（「東京」と表記されたノートに記入されているもの）は、下書の段階で終っているが、独特の構成派風の詩形が試みられ、それまでの「春と修羅」の詩風からの一歩前進が企てられているという点で（「神田の夜」「高架線」）、あるいは鋭い諷刺が見られるという点で（「丸善階上喫煙室小景」）、非常に興味深いことだけは、ここで一言つけ加えておこう。

なお、賢治の上京時の行動については、研究家奥田弘氏による多年の綿密な調査があり、その一端は「宮澤賢治の東京における足跡」（雑誌「四次元」掲載、のちに小沢俊郎編『賢治地理』学芸書林刊に収録）に示されているので、御参看をおすすめする。

第3章 花巻農学校教師時代

（大正十年―大正十五年）

1921―1926

一九二一（大正十）年十二月、賢治は岩手県稗貫郡立稗貫農学校（後に県立花巻農学校）教諭の職に就いた。

一九二六（大正十五）年三月に退職するまで、ユニークな授業の実践や、精神歌や応援歌の作曲、田園劇の上演指導など、草創期の農学校の生徒の意欲を高めて、農村文化の拡充や実際に役立つ教育を目指して力をつくした。

この間、花巻高等女学校教諭藤原嘉藤治に出会って、音楽への熱を高め、詩や童話の批評を求めるなど、親交を結んだ。また若い盛岡中学生詩人森佐一にあって、生涯にわたる深い文学的交流をはじめた。さらに、心象スケッチ集『春と修羅』・イーハトヴ童話『注文の多い料理店』の刊行をはじめ、「春と修羅　第二集」の心象スケッチ、〈花鳥童話集〉〈村童スケッチ〉にまとめられようとした数々の童話など非常に旺盛な創作活動を展開したのもこの時期である。花巻農学校教師時代の四年四ヶ月間はのちに自身の回想するように生涯で最も愉快で明るい時期であった。

しかし、一九二二（大正十一）年十一月、療養中の妹トシの逝去により、賢治は深刻な衝撃を受けた。トシは日本女子大学校を優秀な成績で卒業、母校の花巻高等女学校で教鞭をとったが前年夏に病に倒れ療養中であった。トシは、法華経信仰をともにすると同時に、兄の作品のよき理解者でもあった。翌年八月、賢治は悲傷を抱いて北海道・樺太に旅行した。このトシの死をめぐる詩人の衝撃と再生は、「無声慟哭」三部作および「オホーツク挽歌」群に結晶している。

賢治が勤めた稗貫郡立稗貫農学校（後に花巻農学校に昇格・改称）。土地の人々は親しみをこめて、あるいは、からかって「桑ッコ大学」とも呼んだ。童話「毒蛾」に〈コワック大学校〉として登場する。

稗貫農学校の「精神歌」完成を記念して撮影した写真。1922年春頃の撮影と推定。右から賢治、作曲者の川村悟郎（当時は盛岡高等農林の学生）、同僚の堀籠文之進。

教師生活と創作活動

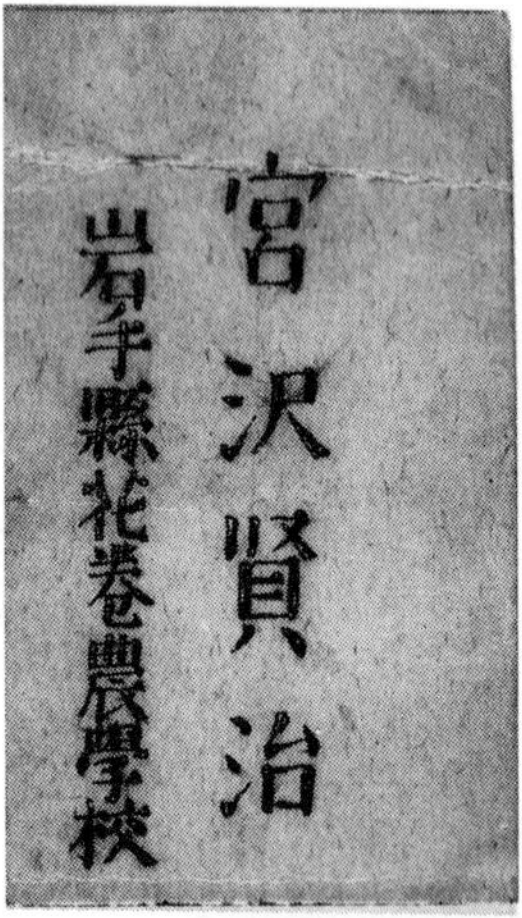

花巻農学校在職時の名刺。厚手の紙に謄写版で刷った手製のもの。

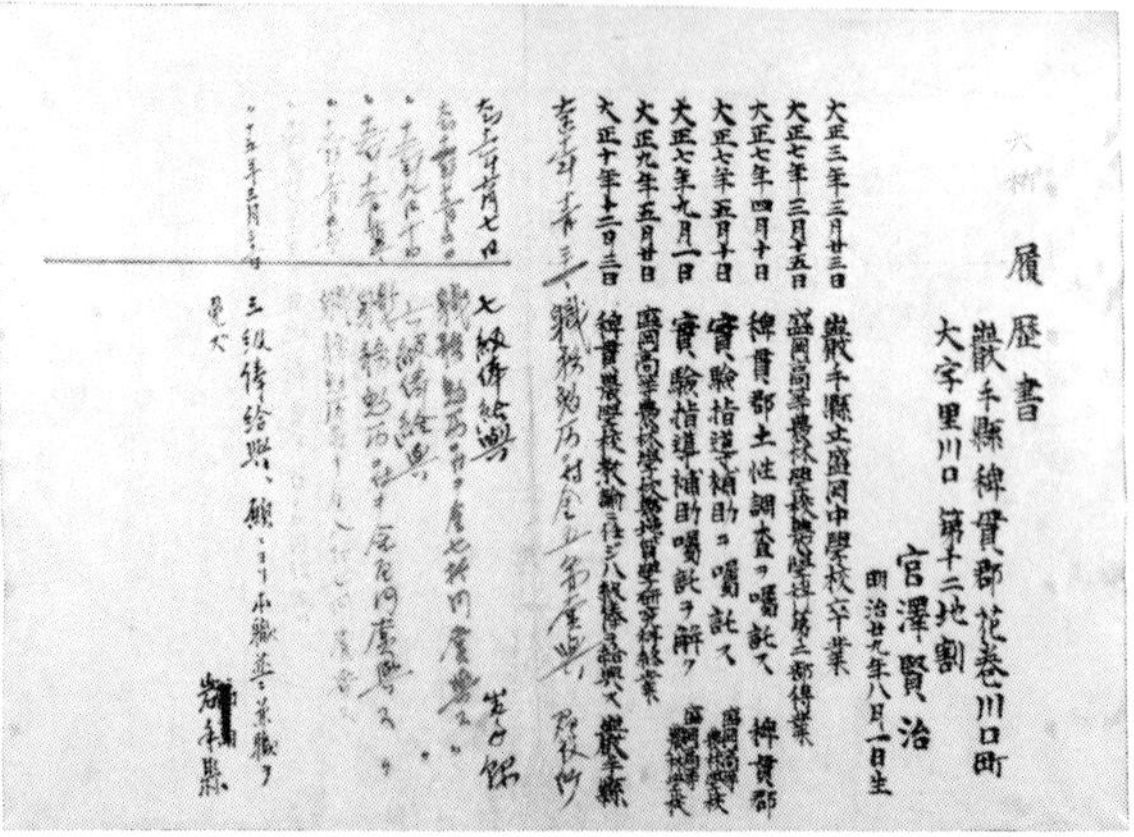

履歴書
岩手縣稗貫郡花巻川口町
大字里川口第十二地割
宮澤賢治
明治廿九年八月一日生
大正三年三月廿三日 岩手縣立盛岡中學校卒業
大正七年三月十五日 盛岡高等農林學校農學科第二部卒業
大正七年四月十日 稗貫郡土性調査ヲ嘱託ス 稗貫郡
大正七年五月十日 實驗指導補助ヲ嘱託ス 盛岡高等農林學校
大正七年九月一日 實驗指導補助嘱託ヲ解ク 盛岡高等農林學校
大正九年五月廿日 盛岡高等農林學校研究生修業
大正十年十二月三日 稗貫農學校教諭ニ任ス八級俸給與ス 岩手縣

稗貫農学校就職時提出の履歴書。和半紙に墨書。1921年12月21日以降は、学校による追記。

花巻農学校職員室風景。右から堀籠文之進、高橋与五兵衛、宮澤賢治、白藤慈秀、阿部繁。賢治は指に煙草（オゾン・パイプという説もある）のようなものをはさんでいる。中央奥には謄写版印刷機が写っている。

1923年3月30日に落成した花巻農学校新校舎と教職員。右から3人目が賢治。

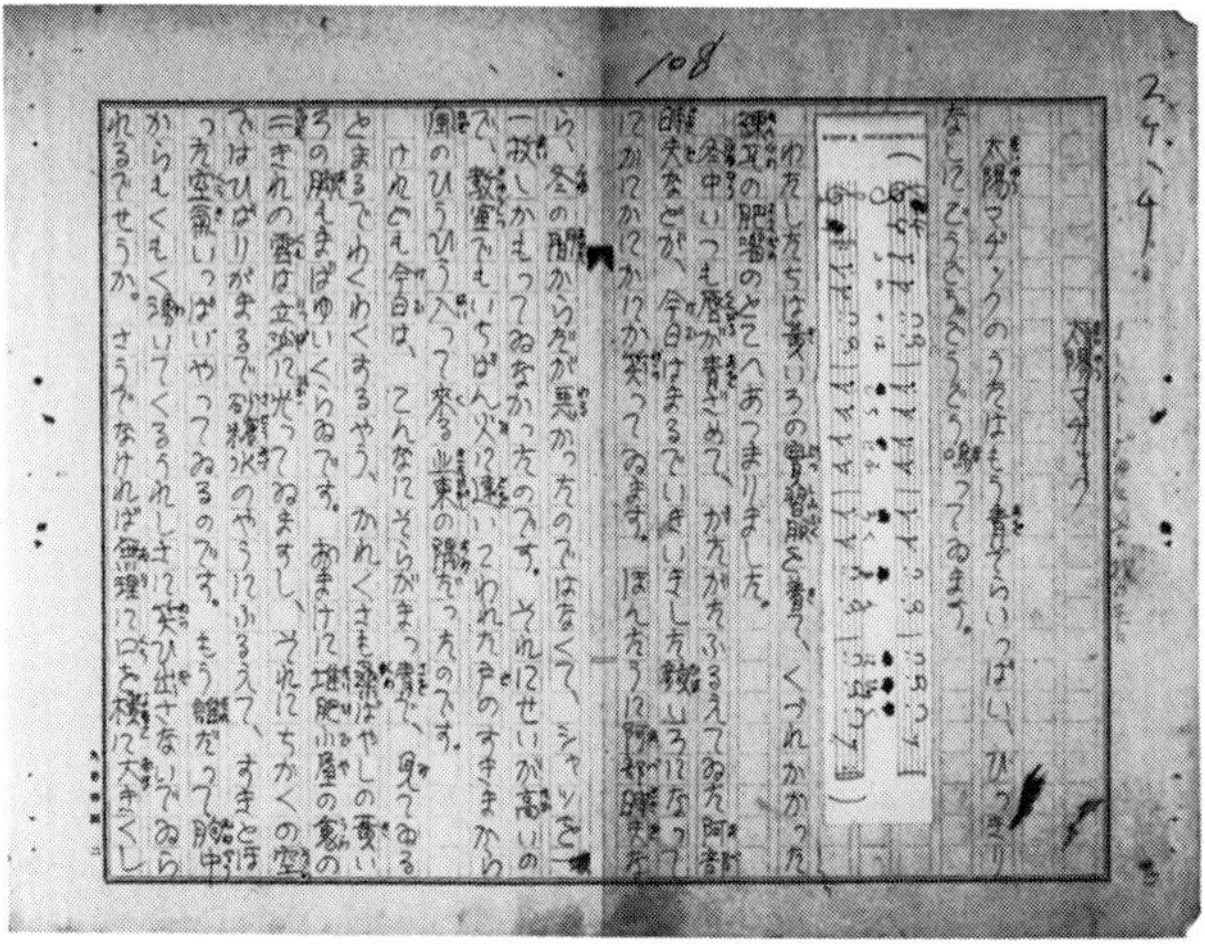

農学校の肥桶運び実習を通じて豊かな生命力あふれる春を描く「イーハトーボ農学校の春」原稿。「太陽マヂックのうた」の楽譜部分は貼り込まれている。

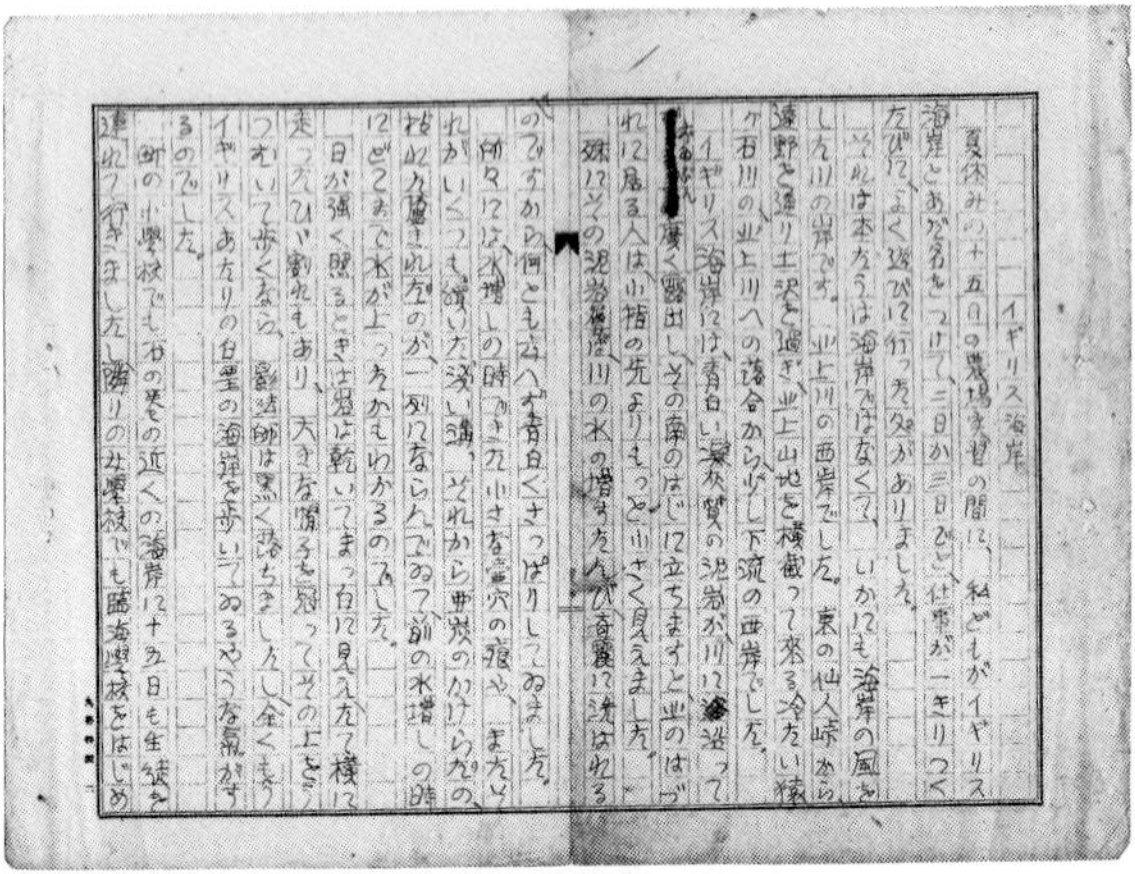
イギリス海岸
夏休みの十五日の農場実習の間に、私どもがイギリス
海岸とあだ名をつけて、二日か三日ごと、仕事が一きりつく
たびに、よく遊びに行った処がありました。
それは本たうは海岸ではなくて、いかにも海岸の風を
した川の岸です。北上川の西岸でした。東の仙人峠から、
遠野を通り土沢を過ぎ、北上山地を横截って来る冷たい猿
ケ石川の、北上川への落合から、少し下流の西岸でした。
イギリス海岸には、青白い凝灰質の泥岩が、川に沿って
[redacted]広く露出し、その南のはじに立ちますと、北のはづ
れに居る人は、小指の先よりもっと小さく見えました。
殊にその泥岩層が、川の水の増すたんび、奇麗に洗はれる
のですから、何とも云へず青白くさっぱりしてゐました。
所々には、水増しの時にできた小さな壺穴の痕や、またそ
れがいくつも続いた浅い溝、それから亜炭のかけらだの、
枯れた蘆きれだのが、一列にならんでゐて、前の水増しの時
にどこまで水が上ったかもわかるのでした。
日が強く照るときは岩は乾いてまっ白に見え、たて横に
走ったひゞ割れもあり、大きな帽子を冠ってその上をうつ
つむいて歩くなら、影法師は黒く落ちましたし、全くもう
イギリスあたりの白堊の海岸を歩いてゐるやうな気がす
るのでした。
町の小學校でも石の巻の近くの海岸に十五日も生徒を
連れて行きましたし、隣りの女學校でも臨海學校をはじめ

「イギリス海岸」草稿。農業実習の合間に、農学校教師の〈私〉が生徒たちとイギリス海岸に水泳に行く話だが、イギリス海岸の生成の解説や、死ぬことの向こう側までついていこうという思いなど、この時の〈私〉の心象が綴られている。

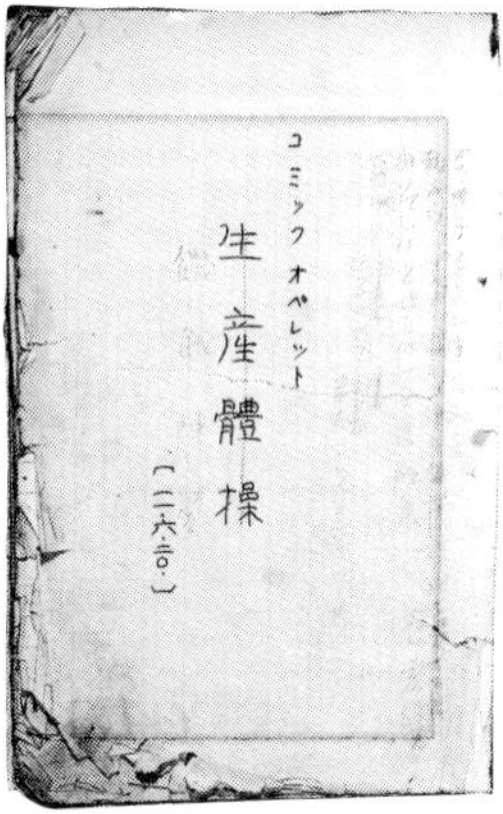

戯曲「饑餓陣営」草稿（台本）の内表紙。改題前のタイトルは「コミックオペレット　生産体操」であった。空腹をかかえた12人の兵士たちが、大将の勲章を食べてしまう。責任をとって死のうとする上官を許して、生産体操を指導する。

「饑餓陣営」台本第1・2葉。冒頭部のト書きが大幅に修正されている。

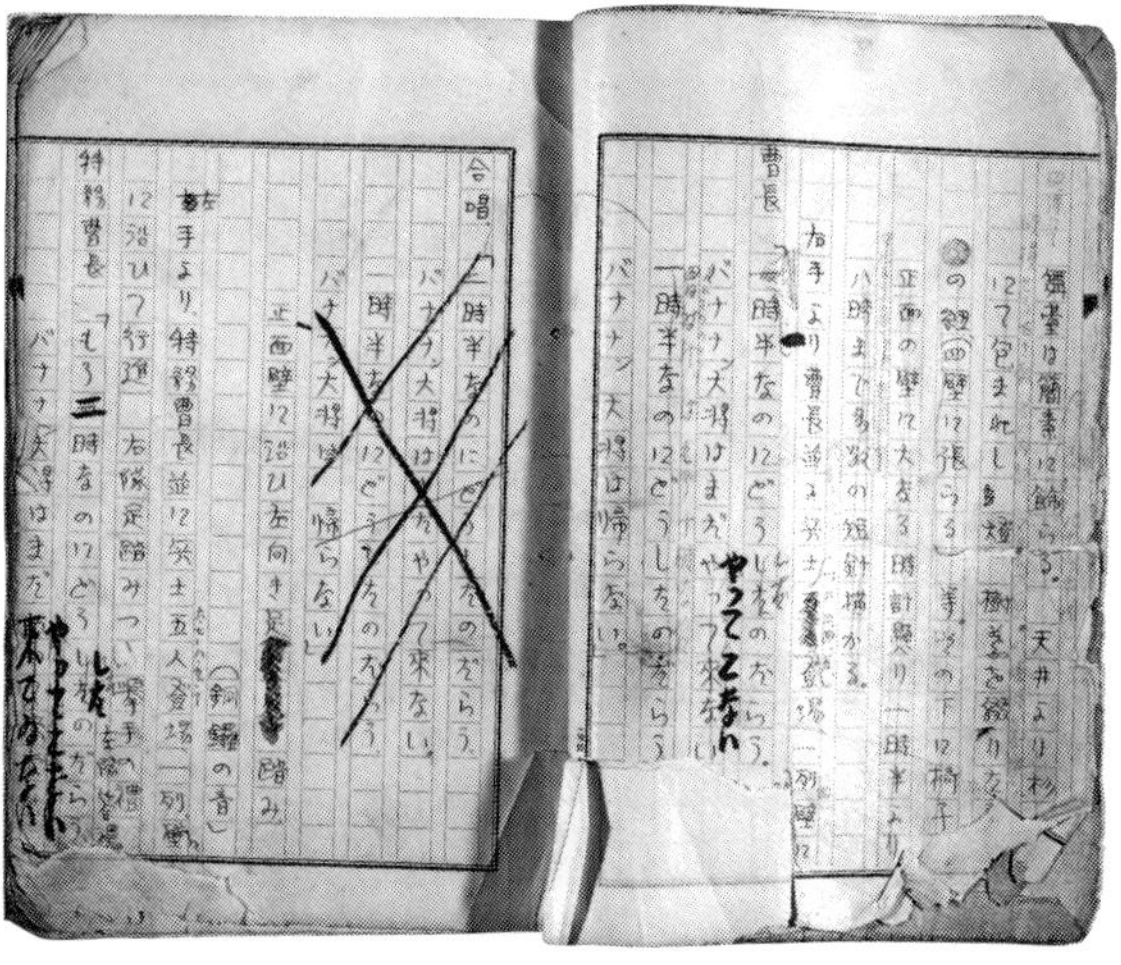

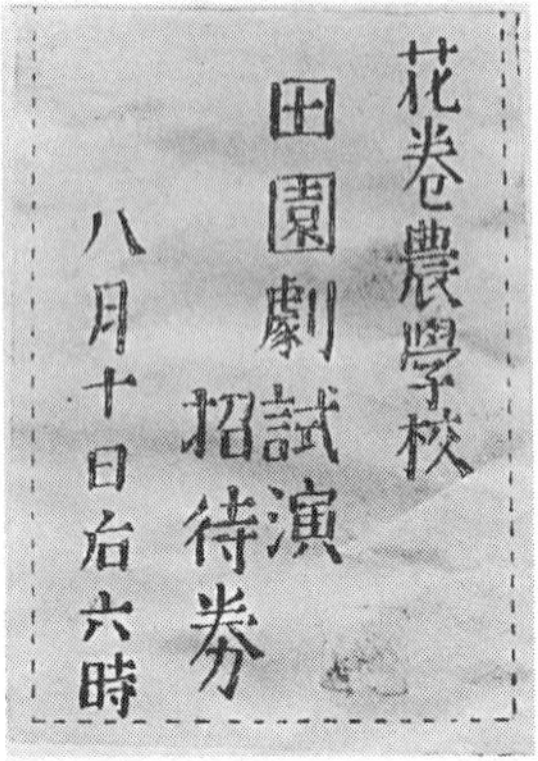

自筆謄写版印刷。この時のプログラムは、「饑餓陣営」「植物医師」「ポランの広場」「種山ヶ原の夜」であった。

花巻農学校の田園劇公演（1924年8月10、11日）で「饑餓陣営」のバナナン大将に扮した平来作。

花巻農学校1921年度寄宿舎生卒業記念写真。22年3月撮影。

花巻農学校新校舎落成記念および第2回卒業記念写真。1923年3月30日撮影。

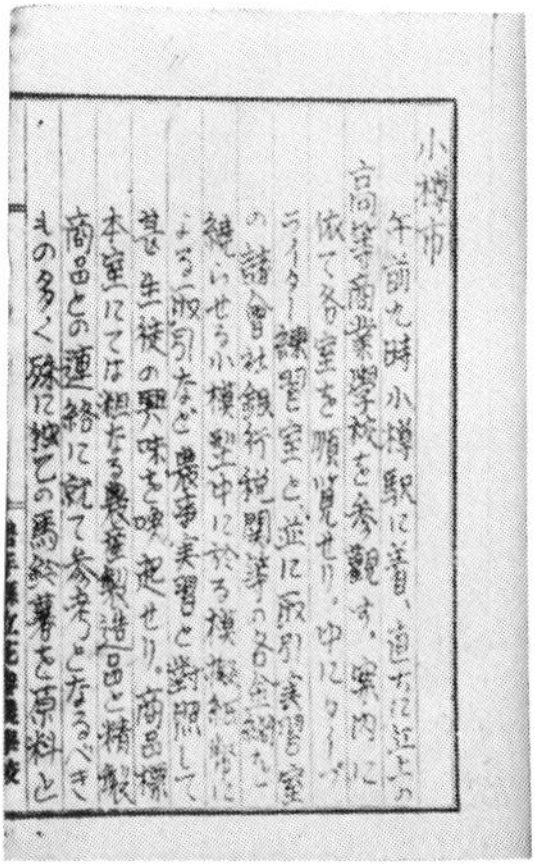

小樽市
午前九時小樽駅に着、直ちに江上の
高等商業學校を参観す。案内に
依て各室を順覧せり。中にタイプ
ライター練習室と、並に取引実習室
の諸會社銀行税関等の各会社たる
組織せる小模型中に於ける模擬紙幣に
よる取引など農事実習と対照して
甚生徒の興味を喚起せり。商品標
本室にては相なる農産製造品と精撰
商品との連絡に就て参考となるべき
もの多く殊に独乙の馬鈴薯を原料と

花巻農学校北海道修学旅行（1924年5月実施）の「復命書」の一部（賢治執筆部分）。

賢治に影響を与えた人びと

妹トシ／タゴール／アインシュタイン

幼時より仲のよい兄妹で、花巻高女から日本女子大学校へ進学。成績もよく、周囲の期待を集める才媛であった。思春期の悩みや就職問題なども賢治によく相談した。卒業を前にして入院、母・賢治の献身的看護を受ける。帰郷して母校花巻高等女学校教諭となるも病気のため1年で退職。賢治とは「同信」となる。1922年11月27日死亡。賢治はその死を悼み、「永訣の朝」・「松の針」・「無声慟哭」の三部作や「青森挽歌」をはじめとする挽歌群を書いた。

宮澤トシ（1898年11月5日〜1922年11月27日）。賢治の2歳ちがいの妹。

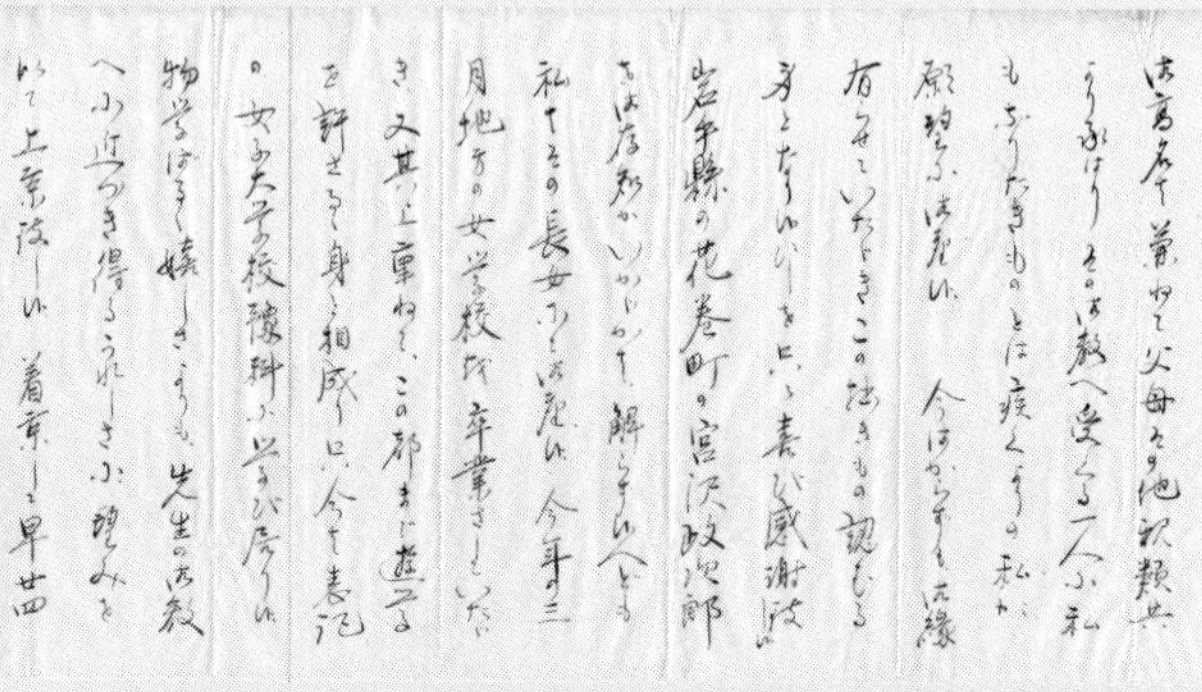

1915年4月23日付の近角常観宛の宮澤トシ書簡。4月から日本女子大学校へと進学したトシが、人生の指針を得るために近角を訪問したい旨を記している。

1915年5月29日付の近角常観宛の宮澤トシ書簡。先日近角を訪れて教えを受けたが、なお悩みから抜け出せないことを訴えているもの。

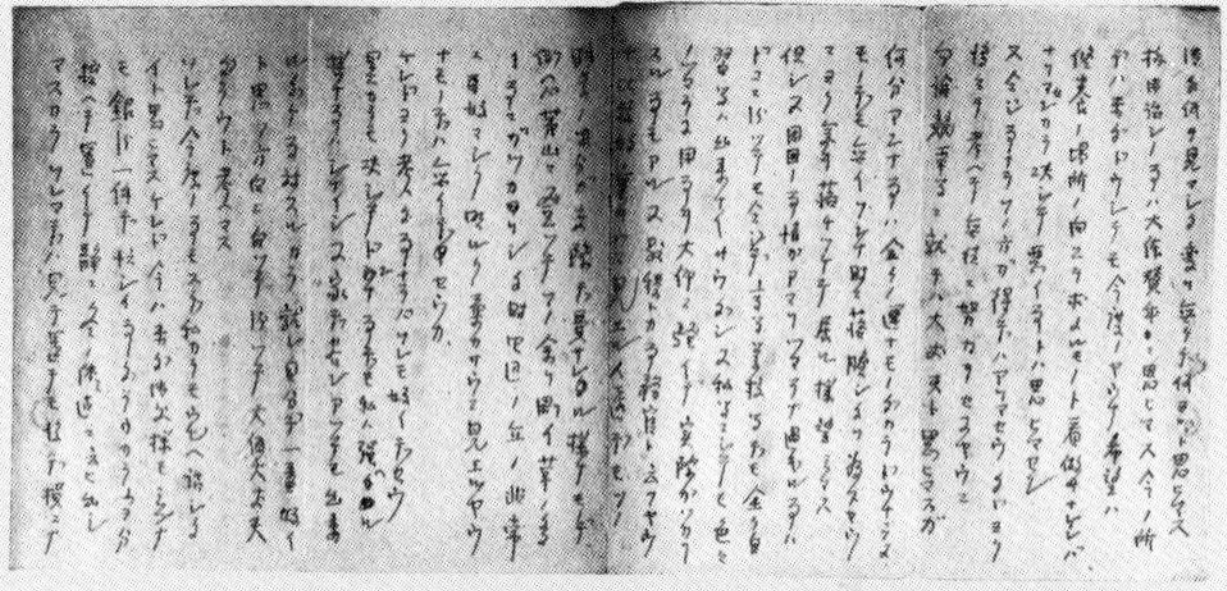

1915年10月21日付宮澤トシ宛書簡。賢治は、日本女子大学校での生活に疑問をおぼえ、悩みを相談してきたトシ宛てにアドバイスをしている。

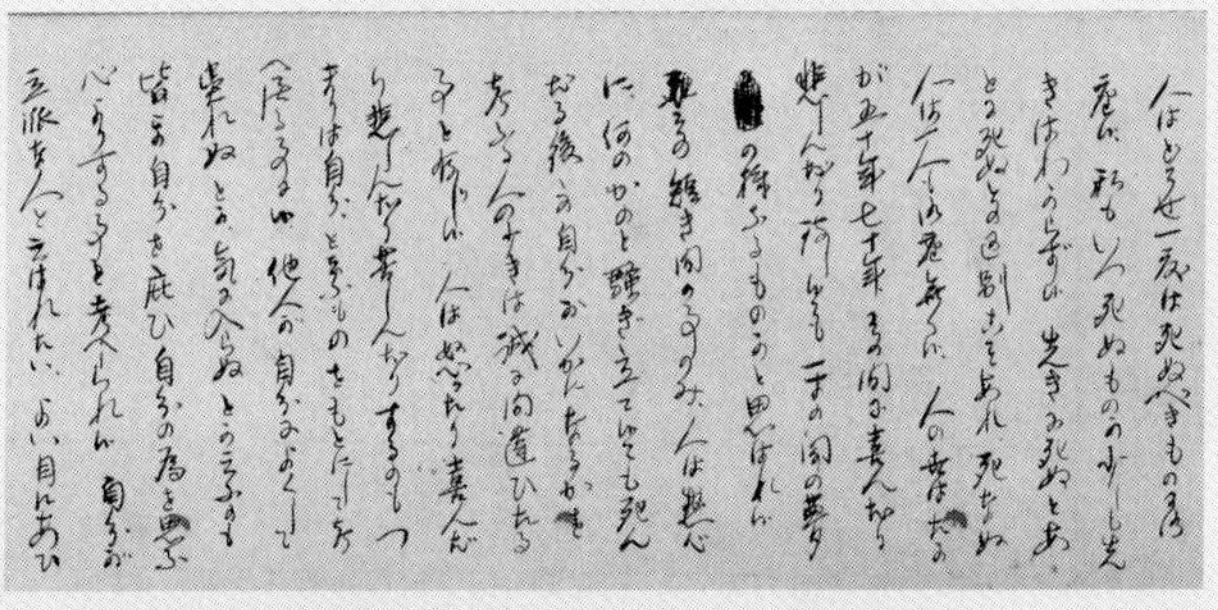

トシから祖父喜助に宛てた手紙の一部。推定1917年6月23日付。人生や信仰の問題についての疑問を投げかけている。

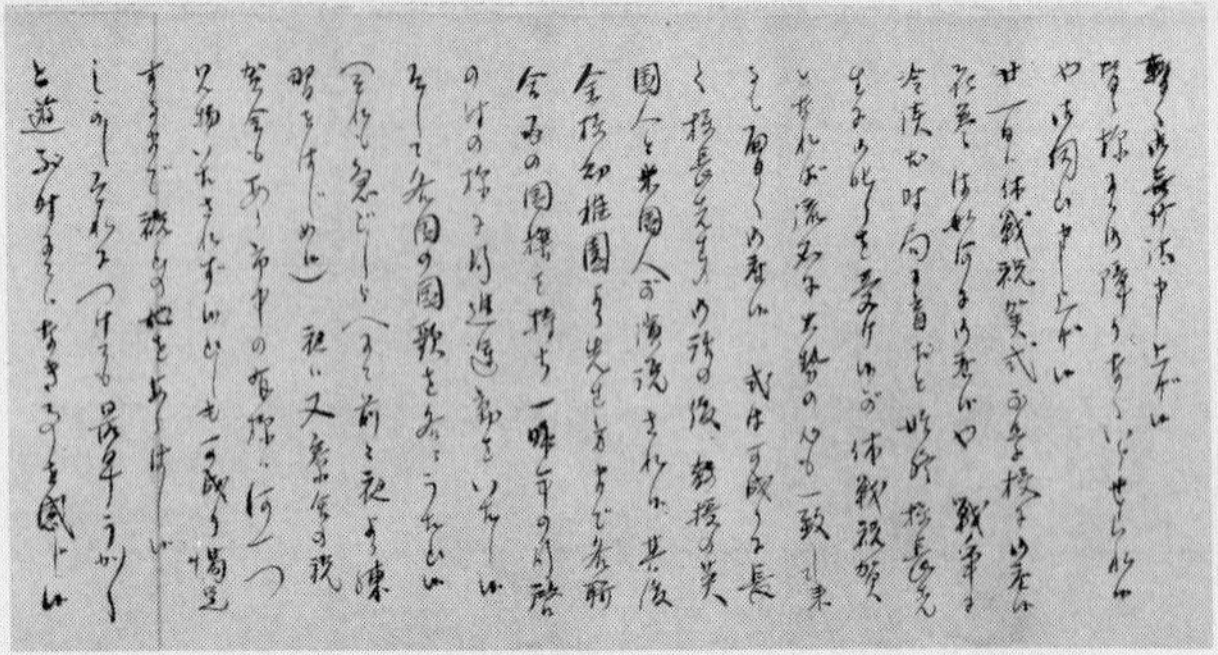

トシから父に宛てた書簡（1918年11月24日付）。第一次世界大戦の休戦祝賀式の様子を書き、あわせてこの冬休みには帰省しないと知らせている。

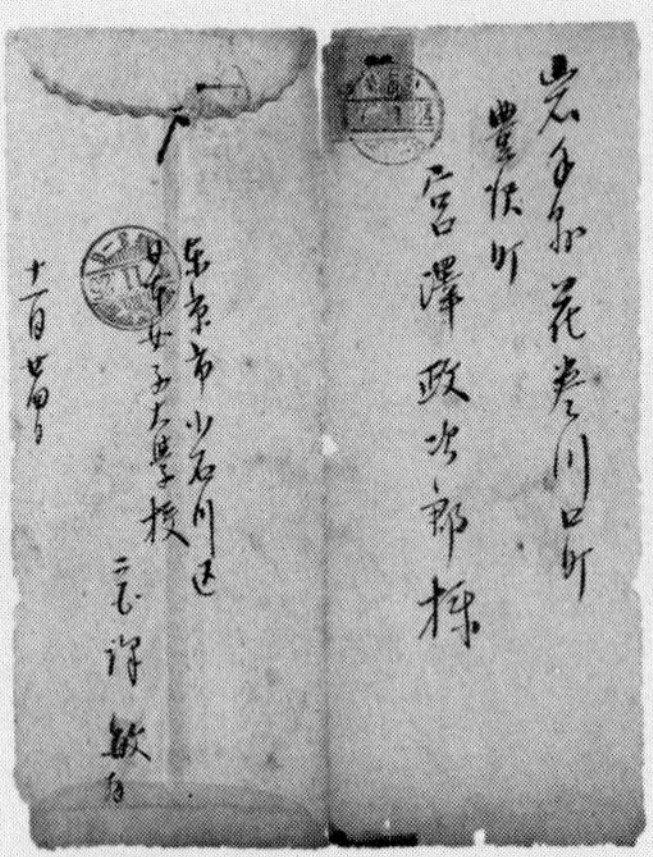

宮澤トシ書簡（1918年11月24日付宮澤政次郎宛）。トシ自身は、とし・トシ子・敏と表記しているが戸籍ではトシである。

花巻高女教諭時のトシ。1921 年２月の卒業式の際の記念写真。

タゴールは、賢治テクストの中では『注文の多い料理店』広告ちらしのなかに、詩集『満月』からの「テパーンタール砂漠」という地名が出現するだけである。しかし、アジア人最初のノーベル文学賞受賞者であるベンガルの詩人タゴールへの関心は、その宗教性において高かっただろう。タゴールは1916年に来日したが、日本女子大学校の校長成瀬仁蔵はタゴールに講演を依頼した。この時在学中であった妹トシはこの講演と朗読を聞いている。トシからこのときの感動は賢治に伝えられただろう。

軽井沢の日本女子大学校三泉寮で瞑想についての講話をするタゴール（1916年8月）。なお、この軽井沢での講話にトシは参加していない。

相対性理論により物理学のパラダイム変換を起こしたアインシュタインについては日本においても「中央公論」や「改造」などの総合雑誌をはじめとして、さまざまなメディアにおいて紹介・解説が行われ、アインシュタイン・ブームともいうべき社会現象になった。賢治もそれらから大きく影響を受け、具体的には四次元や宇宙への関心へと向かった。1922年11月に来日したが、日本に向かう船中でノーベル物理学賞受賞が発表され、日本上陸後熱烈な歓迎を受けた。日本での講演会は、いずれの会場も満員で会場に入れない観衆があった。

ア教授神戸へ上陸
蓬髪の頭に帽も冠らず
寧ろ詩人か哲學者に近い型の人
握手の魁は石原博士

入京は
今夜七時廿分

講演の外に
二つの役目を持つて
ア氏夫妻交々語る

皇室の御映畫を
民間に頒布する
宮内省から文部省に

大阪の盲啞學校に惡疫

アインシュタイン来日を報ずる新聞記事。「時事新報」1922年11月18日。

ア博士夫妻　中央に立つは石原博士

辭表を撤回して迄
結束する電車監督
會見を避ける局長の
無誠意な態度に憤慨

交渉中

自宅を

止を得ない
電車課長談

ア博士を胴上げに
博士も聲を擧げて大笑ひ
熱誠罩めて東京驛の大歡迎

柴山大尉
脚を折る

糖尿病新療法

風貌を

群衆を

續いて

東洋建築の美しさ
評判は感心出來ぬ
建築趣味を說く博士

東洋の

日本の

ア博の日程

同伴の

小學生
惨死す
槍に載って
頭を碎く

槍投げ

「時事新報」1922年11月19日

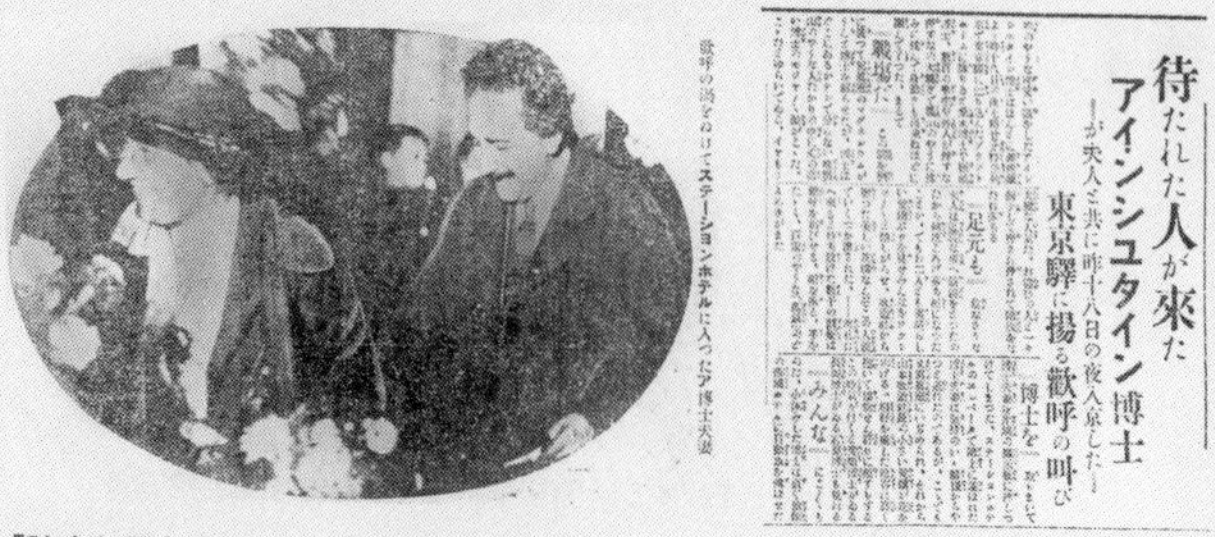

歡呼の渦を縫ってステーションホテルに入ったア博士夫妻

待たれた人が來た
アインシユタイン博士
—が夫人と共に昨十八日の夜入京した—
東京驛に揚る歡呼の叫び

博士を

足元も

みんな

「読売新聞」1922年11月19日

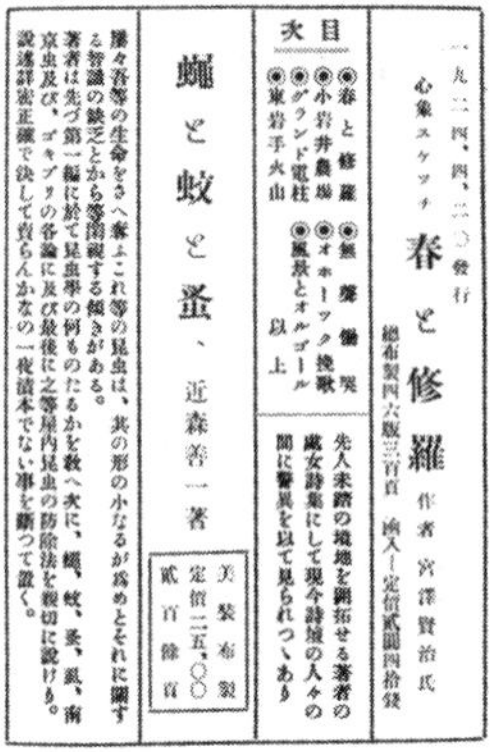

一九二四、四、二〇發行

心象スケッチ　春と修羅　作者　宮澤賢治氏

總布製四六版三百頁　函入－定價貳圓四拾錢

目次

◉春と修羅　◉無聲慟哭

◉小岩井農場　◉オホーツク挽歌

◉グランド電柱　◉風景とオルゴール

◉東岩手火山　以上

先人未踏の境地を開拓せる著者の處女詩集にして現今詩壇の人々の間に驚異を以て見られつゝあり

蠅と蚊と蚤、　近森善一著

美装布製　定價二五、〇〇　貳百餘頁

殊々吾等の生命をさへ奪ふこれ等の昆虫は、其の形の小なるが爲めとそれに關する智識の缺乏とから等閑視する傾きがある。著者は先づ第一編に於て昆虫學の何ものたるかを教へ次に、蠅、蚊、蚤、虱、南京虫及び、ゴキブリの各論に及び最後に之等屋内昆虫の防除法を親切に說けり。說述詳密正確で決して賣らんかなの一夜漬本でない事を斷つて置く。

『注文の多い料理店』初版奥付裏に掲載の広告。

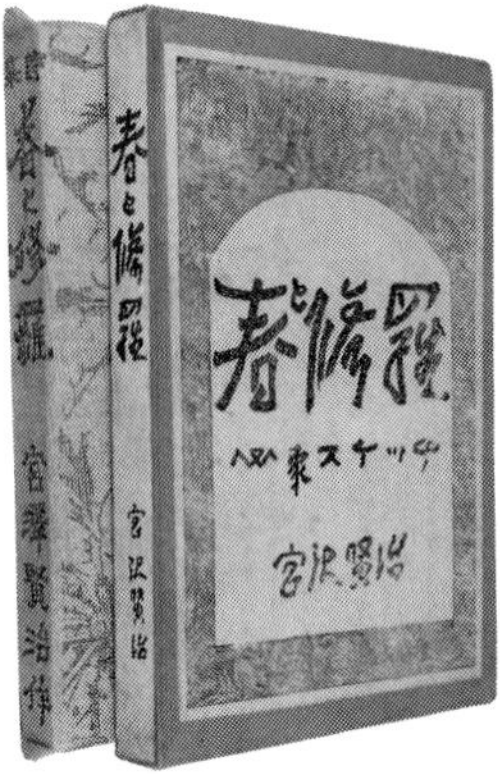

『春と修羅』箱と本体。題字は歌人、尾山篤二郎。

文学活動の深まり　『春と修羅』

大正十三年三月廿五日印刷

大正十三年四月二十日發行

定價貳圓四拾錢

春と修羅奥付

著書檢印

著者　宮澤賢治

發行者　東京市京橋區南鞘町十七番地　關根喜太郎

印刷者　岩手縣花巻川口町百九番地　吉田忠太郎

發行所　東京京橋區南鞘町十七番地　振替口座東京五五七九番　關根書店

『春と修羅』初版本奥付。

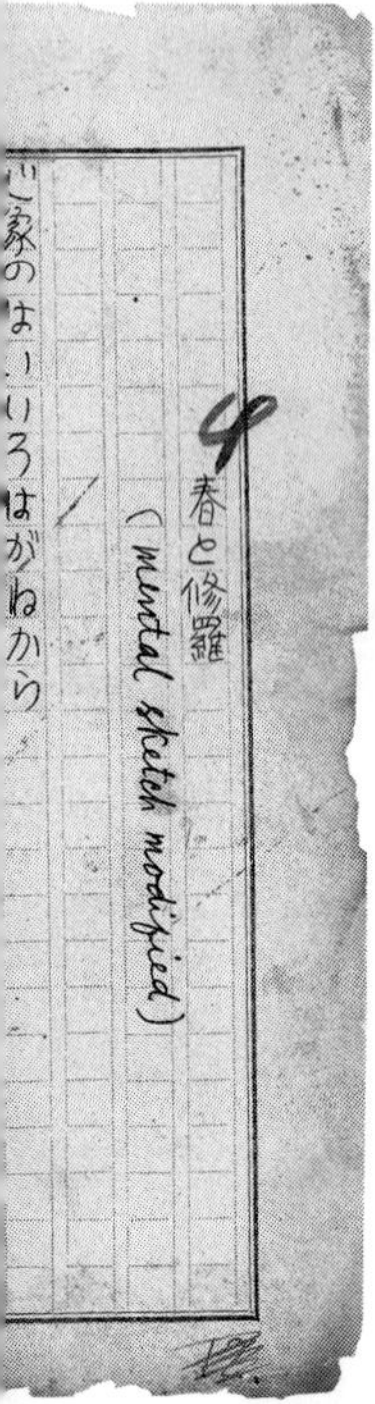

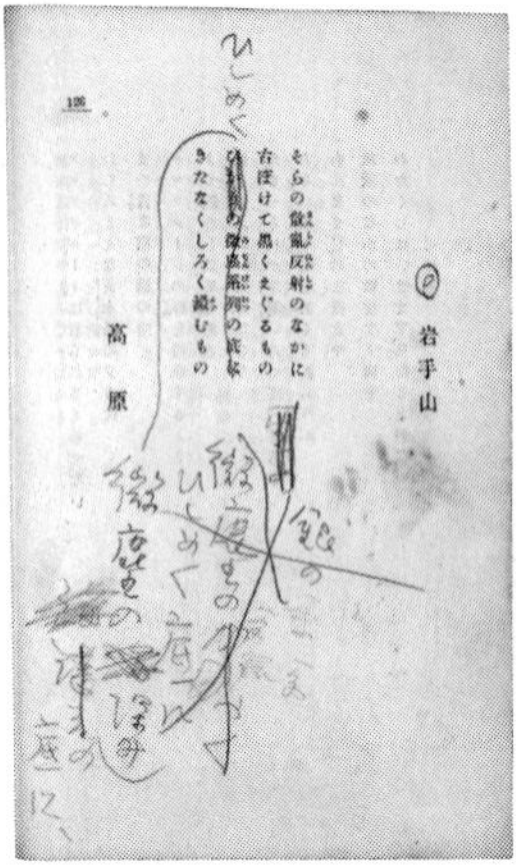

賢治の自筆手入れがある『春と修羅』。自筆手入れ本は数冊現存するが、この本は宮澤家に残されたもの。「岩手山」を書き換えようと試みている。

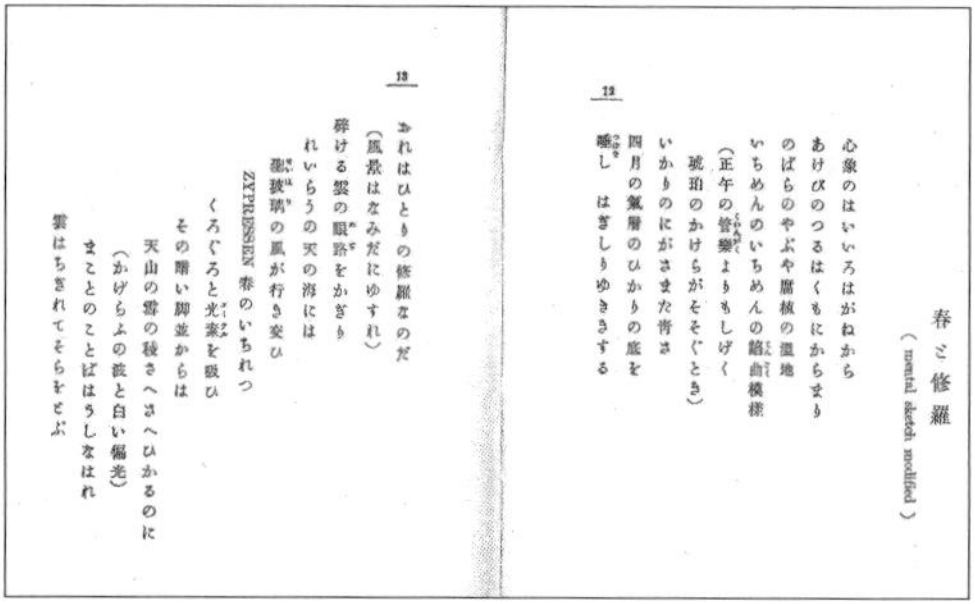

12

春と修羅
(mental sketch modified)

心象のはいいろはがねから
あけびのつるはくもにからまり
のばらのやぶや腐植の濕地
いちめんのいちめんの諂曲《てんごく》模様
(正午の管樂《くわんがく》よりもしげく
琥珀のかけらがそそぐとき)
いかりのにがさまた青さ
四月の氣層のひかりの底を
唾《つばき》し　はぎしりゆききする

13

おれはひとりの修羅なのだ
(風景はなみだにゆすれ)
碎ける雲の眼路《めぢ》をかぎり
れいらうの天の海には
聖玻璃《せいはり》の風が行き交ひ
ZYPRESSEN 春のいちれつ
くろぐろと光素《エーテル》を吸ひ
その暗い脚並からは
天山の雪の稜さへひかるのに
(かげらふの波と白い偏光)
まことのことばはうしなはれ
雲はちぎれてそらをとぶ

「春と修羅」詩集本文。原稿への指定に従って詩行が上下している。

詩集題名にもなった「春と修羅」草稿の第１葉。副題に（mental sketch modified）とある。左上欄外の指定は、ここから詩行を上下して視覚的構成にするためのもの。明るく澄んだ春の空の下を、「唾し はぎしりゆききする」ひとりの修羅の心象が繰り広げられ、「このからだそらのみぢんにちらばれ」との叫びののちに閉じられている。

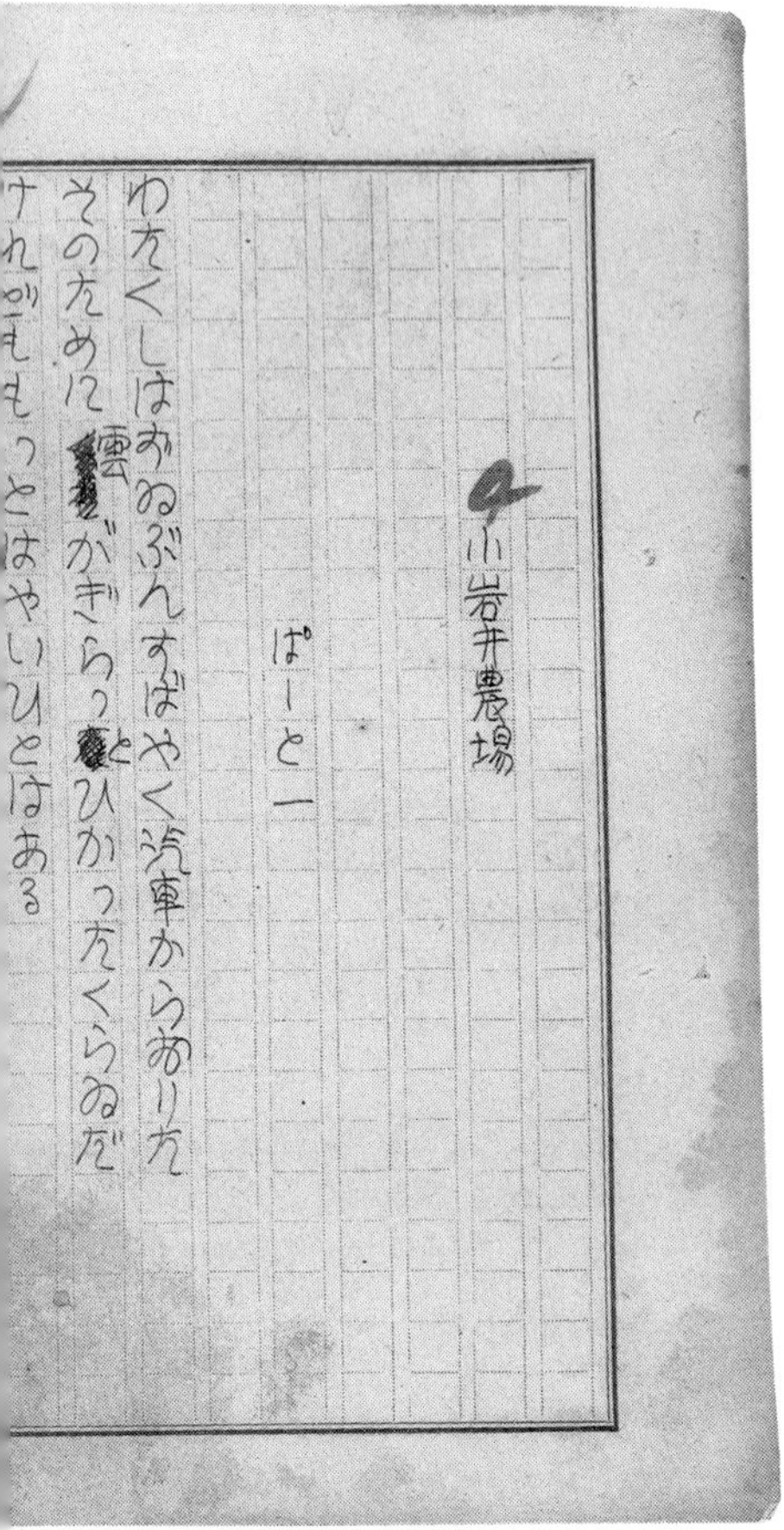
4 小岩井農場

ぱーと一

わたくしはずゐぶんすばやく汽車からおりた
そのために[redacted]雲がぎらっと[redacted]ひかったくらゐだ
けれどももっとはやいひとはある

『春と修羅』中でも、最も長い500行を超える心象スケッチ「小岩井農場」の原稿第1葉。1922年5月21日に小岩井農場を訪れ、農場を歩く中で生起した心象のスケッチをもとに書いた詩。小岩井の自然を歩きながら、人間関係の軋轢により陥った孤独からの脱却を考えたり、楽しげな童子の幻想を見たりを繰り返しつつ、最後には恋愛から宗教的愛への昇華の過程を確かめて、「あたらしくまっすぐに立」って歩いて行く。この第1葉では詩人は汽車を降りて農場へと歩き始める。

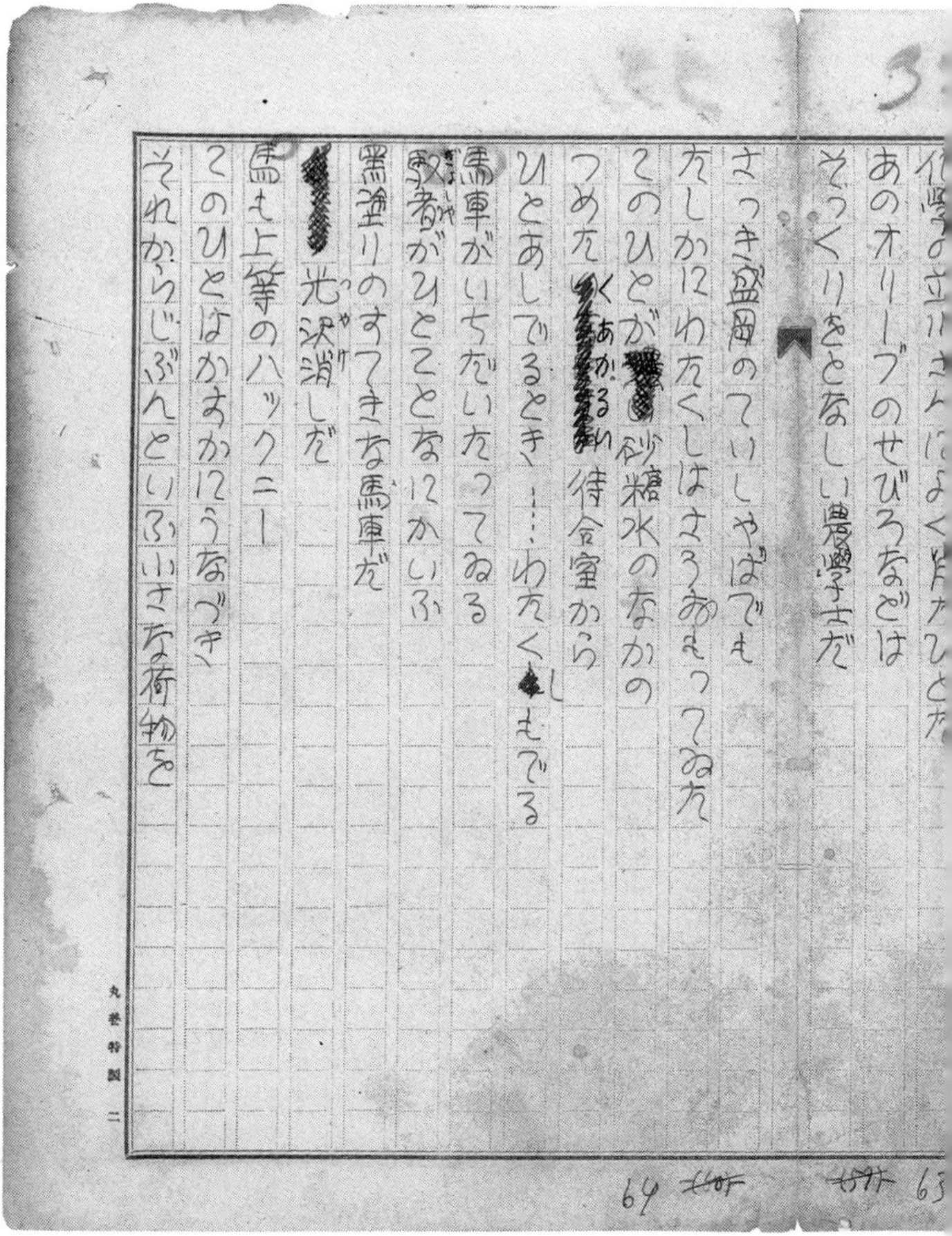
化学の並川さんによく肖たひと
あのオリーブのせびろなどは
そっくりおとなしい農学士だ
さっき盛岡のていしやばでも
たしかにわたくしはさうおもってゐた
このひとが[redacted]砂糖水のなかの
つめた[redacted]くあかるい待合室から
ひとあしでるとき……わたく[redacted]しもでる
馬車がいちだいたってゐる
馭者《ぎよしや》がひとことなにかいふ
黒塗りのすてきな馬車だ
[redacted]光沢消しだ
馬も上等のハックニー
このひとはかすかにうなづき
それからじぶんといふ小さな荷物を

丸善特製 二

64 ~~68~~ ~~67~~ 63

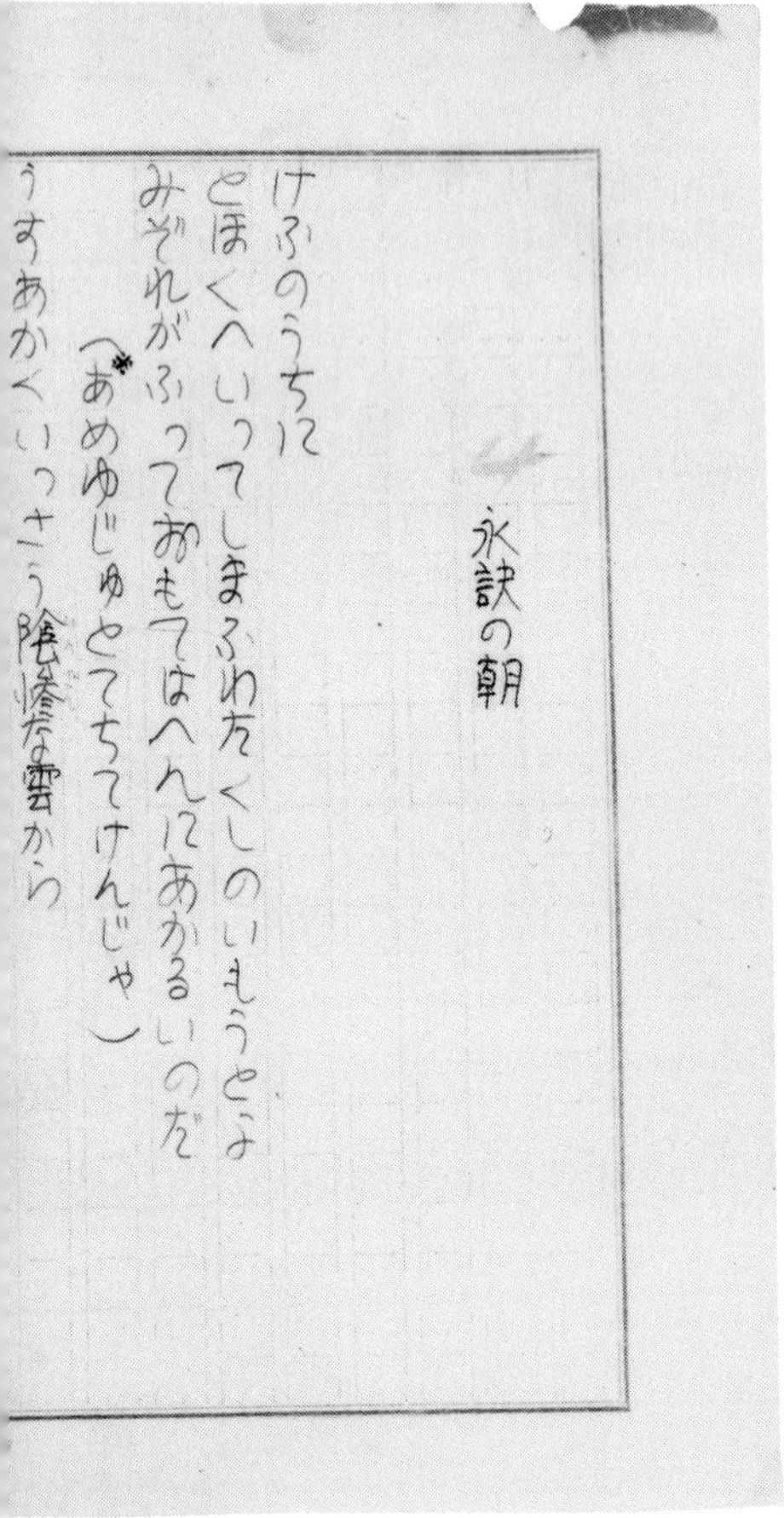
永訣の朝
けふのうちに
とほくへいつてしまふわたくしのいもうとよ
みぞれがふつておもてはへんにあかるいのだ
（＊あめゆじゆとてちてけんじや）
うすあかくいつさう陰惨な雲から

妹トシの亡くなった日の朝の心象を描いた心象スケッチ「永訣の朝」の原稿第１葉。この日の朝、「わたくし」は、「あめゆじゅとてちてけんじゃ」（＝あめゆきとってきてください）との妹の言葉を反芻しながら庭先の松の木に積もったみぞれを蓴菜模様の茶碗にとっている。この妹の言葉を最後の利他的な行為と受け止めて、妹への感謝と決意が語られ、その後に天上に行こうとする妹への鎮魂で結ばれてゆく。

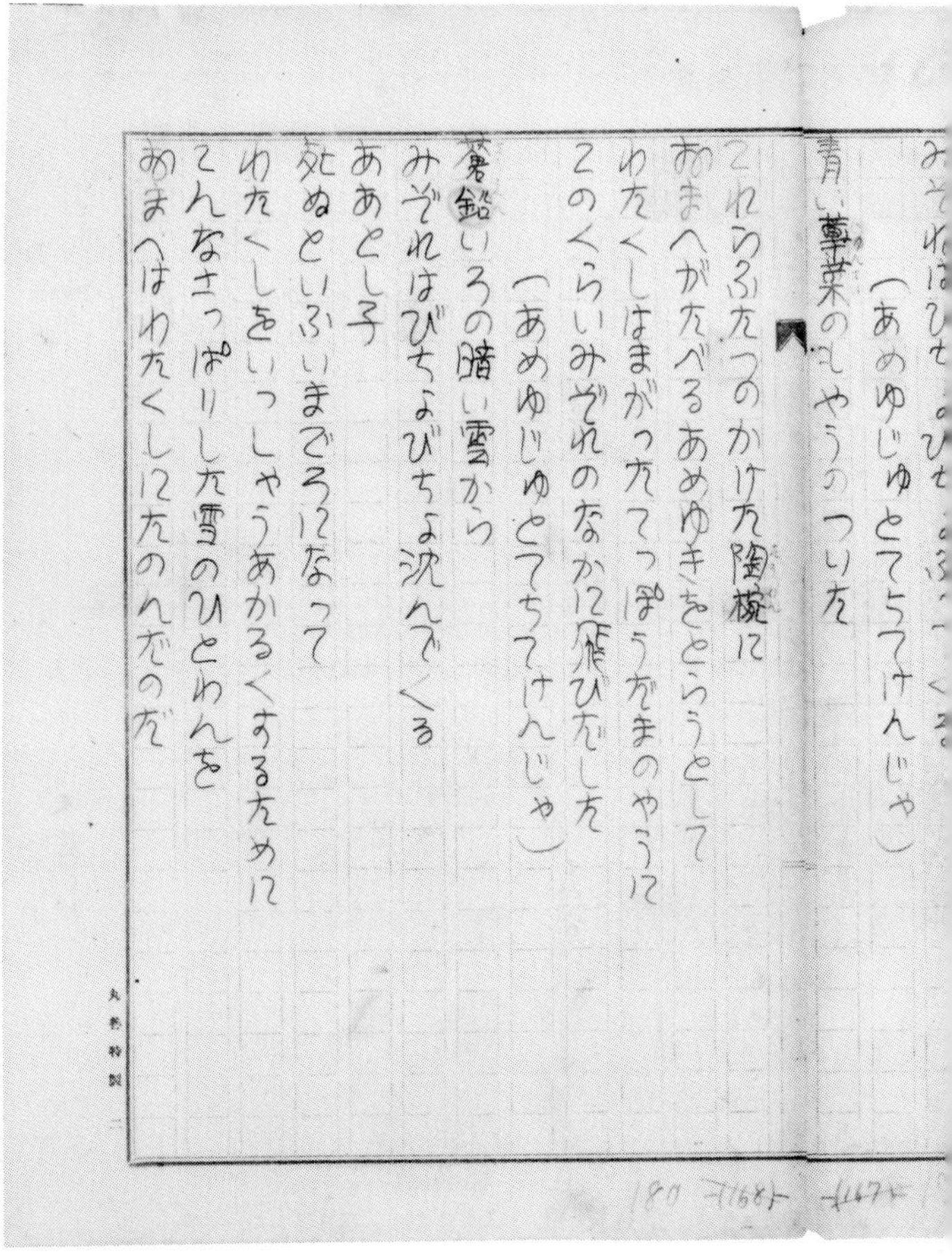
みぞれはびちよびちよふつてくる
（あめゆじゆとてちてけんじや）
青い蓴菜のもやうのついた
これらふたつのかけた陶椀に
おまへがたべるあめゆきをとらうとして
わたくしはまがつたてつぱうだまのやうに
このくらいみぞれのなかに飛びだした
（あめゆじゆとてちてけんじや）
蒼鉛いろの暗い雲から
みぞれはびちよびちよ沈んでくる
ああとし子
死ぬといふいまごろになつて
わたくしをいつしやうあかるくするために
こんなさつぱりした雪のひとわんを
おまへはわたくしにたのんだのだ

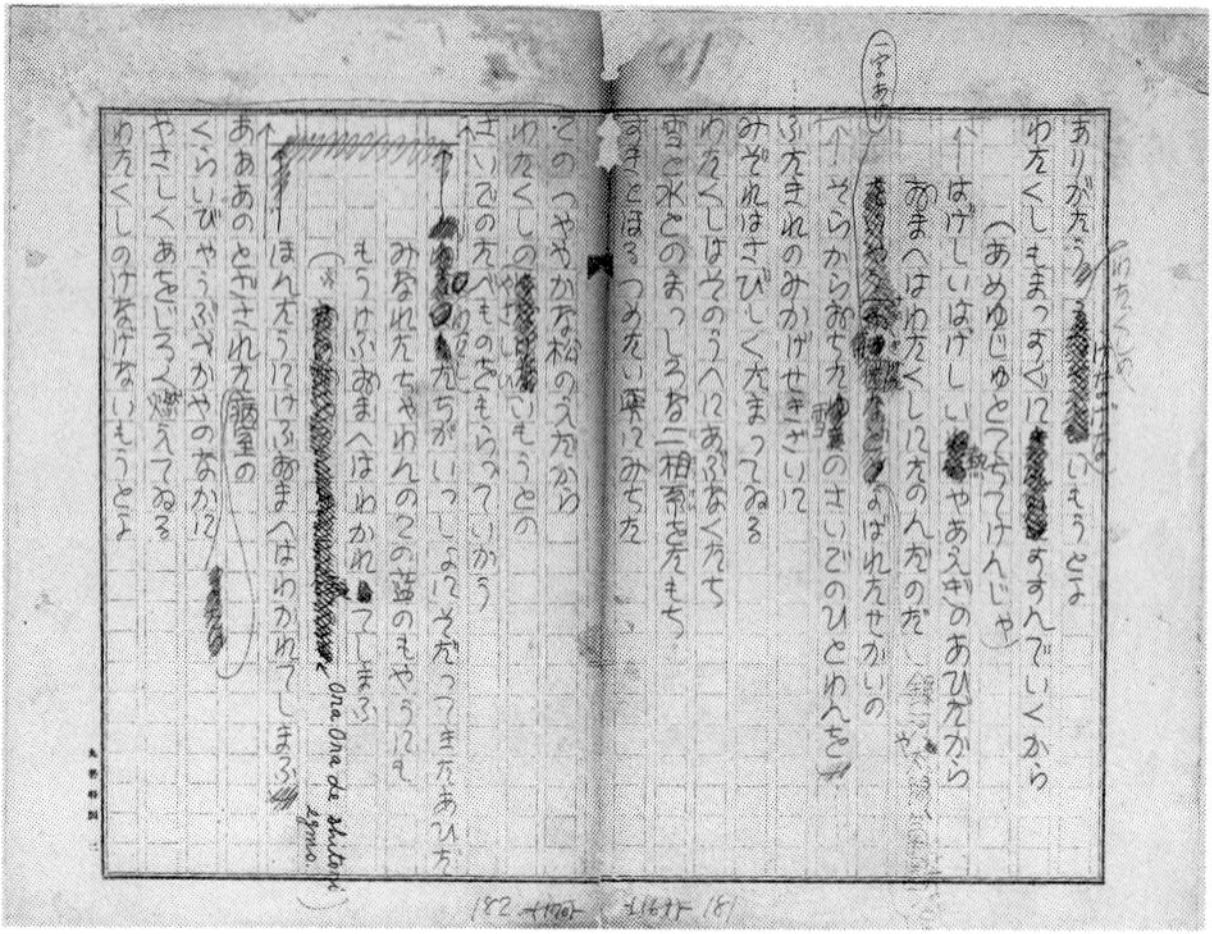

「永訣の朝」第２葉。方言の表記はローマ字。初版本もそのまま。

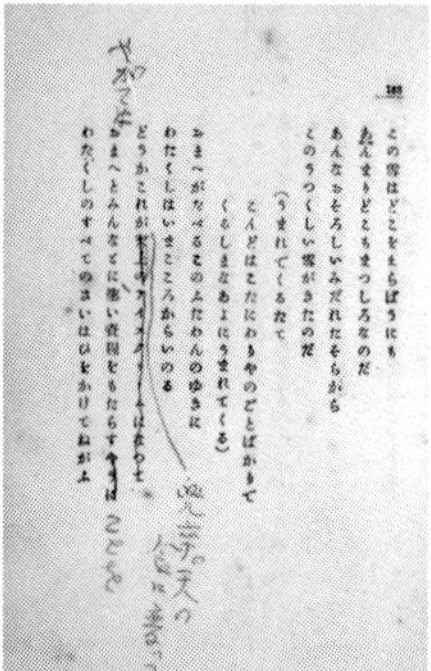

宮澤家本における自筆手入れ。「天上のアイスクリームになつて」が「兜率の天の食に変って」にかわるなど大幅な手入れの様子がわかる。

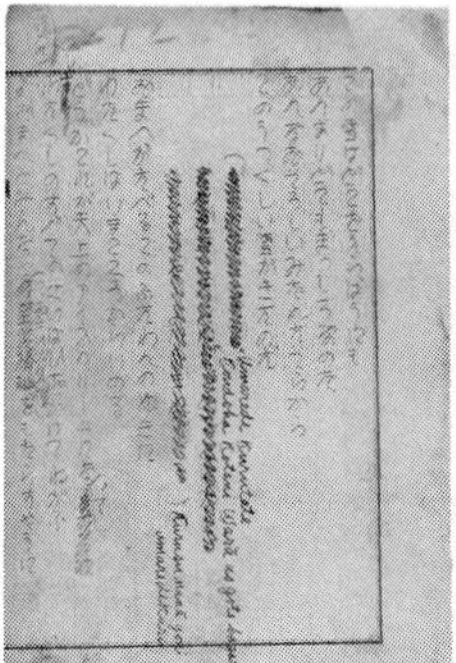

「永訣の朝」第３葉。ローマ字表記の方言は、初版本ではひらがなになっている。最後の１行は原稿上での加筆挿入。

童話の世界

『イーハトヴ童話　注文の多い料理店』。イーハトヴを舞台にした童話９篇が収められている。

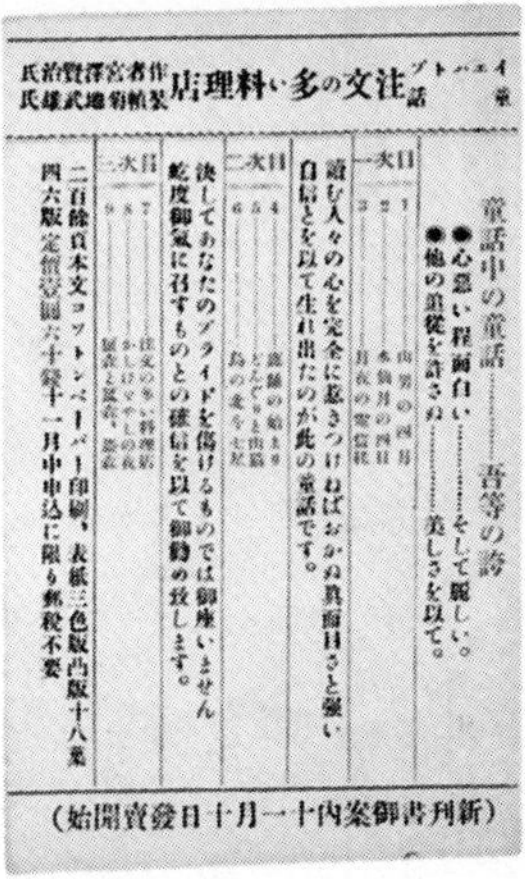

イーハトヴ童話 注文の多い料理店

作者宮澤賢治氏
装幀菊池武雄氏

童話中の童話――吾等の誇

●心憎い程面白い――そして寵しい。

●他の追従を許さぬ――美しさを以て。

目次一

讀む人々の心を完全に惹きつけねばおかぬ真面目さと強い自信とを以て生れ出たのが此の童話です。

目次二

決してあなたのプライドを傷けるものでは御座いません乾度御氣に召すものとの確信を以て御勧め致します。

目次三

二百餘頁本文コツトンペーパー印刷、表紙三色版凸版十八葉

四六版定價壹圓六十錢十一月中申込に限り郵税不要

（新刊書御案内十一月十日發賣開始）

『注文の多い料理店』広告はがき裏面。掲げられている目次は、初版本のものとは童話の順序が異なっている。

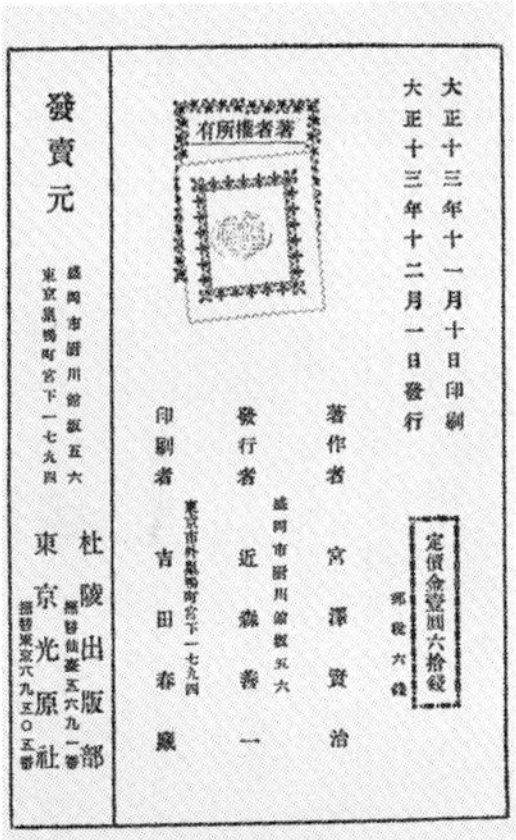

大正十三年十一月十日印刷

大正十三年十二月一日發行

定價金壹圓六拾錢
郵税六錢

著作者　宮澤賢治

發行者　近森善一

印刷者　吉田春藏

著者權所有

發賣元
杜陵出版部
東京光原社

『春と修羅』と同じ1924年４月の刊行予定であったが、遅れて12月に刊行された。

新刊書御案内……童話

一九二四、一一、二五發行

○挿畫も……內容も……體裁も心憎い程よく整ふて

皆樣方の御愛顧を待つてます

團欒の家庭……をよりよく飾る

イーハトヴ童話　注文の多い料理店

一九二四、十一、十五日發行……定價　壹圓六拾錢

作者　宮澤賢治氏
裝幀　菊地武雄氏

○自然の瞳——即ち眞實と……之か說明文の最も大切な要素ならば‼

○此のイーハトヴ童話は童話中の童話であると確く信じます

是非內容御一讀を……

イーハトヴは一つの地名である。强て、その地點を求むるならばそれは、大小クラウスたちの耕してゐた、野原や、少女アリスが辿つた鏡の國と同じ世界の中、テバーンタール砂漠の遙かな北東、イヴン王國の遠い東と考へられる。

實にこれは著者の心象中に、この樣な狀景をもつて實在したドリームランドとしての日本岩手縣である。

そこでは、あらゆる事が可能である。人は一瞬にして氷雲の上に飛躍し大循環の風を從へて北に旅する事もあれば、赤い花杯の下を行く蟻と語ることもできる。

罪や、かなしみでさへそこでは聖くきれいにかゞやいてゐる。

深い椈の森や、風や影、肉之草や、不思議な都會、ベーリング市迄續々電柱の列、それはまことにあやしくも樂しい國土である。この童話集の一列は實に作者の心象スケツチの一部である。それは少年少女期の終り頃から、アドレツセンス中葉に對する一つの文學としての形式をとつてゐる。

この見地からその特色を數へるならば次の諸點に歸する。

一　これは正しいもの〻種子を有し、その美しい發芽を待つものである。而も決して既成の疲れた宗敎や、道德の殘滓を色あせた假面によつて純眞な心意の所有者たちに欺き與へんとするものではない。

二　これらは新しい、よりよい世界の構成材料を提供しやうとはする。けれどもそれは全く、作者に未知な絕えざる驚異に値する世界自身の發展であつて決して畸形に捏ねあげられた煤色のユートピアではない。

三　これらは決して僞でも假空でも窃盗でもない。

多少の再度の內省と分析とはあつても、たしかにこの通りその時心象の中に現はれたものである。故にそれは、どんなに馬鹿げてゐても、難解でも必ず心の深部に於て萬人の共通である。卑怯な成人たちに畢竟不可解な丈である。

四　これは田園の新鮮な產物である。われらは田園の風と光との中からつやゝかな果實や、靑い蔬菜を一緖にこれらの心象スケツチを世間に提供するものである。

注文の多い料理店 はその十二卷のセリーズの中の第一冊で先づその古風な童話としての形式と地方色とを以て類集したものであつて次の九編からなる。

目次と……その說明

1　どんぐりと山猫

山猫拜と書いたおかしな葉書が來たので、こどもが山の風の中へ出かけて行くはなし。必ず比較をされなければならないいまの學童たちの內奧からの反響です。

2　狼森と笊森と盜森

人と森との原始的な交渉で、自然の順違二面が農民に與へた永い間の印象です。森に子供らが農具をかくすたびにみんなは「探しに行くぞお」と叫び森は「來お」と答へました。

3　烏の北斗七星

戰ふものゝ內的感情です。

4　注文の多い料理店

二人の靑年紳士が獵に出て路を迷ひ「注文の多い料理店」に入りその途方もない經營者から却つて注文されてゐたはなし。糧に乏しい村のこどもらが都會文明と放恣な階級とに對する止むに止まれない反感です。

5　水仙月の四日

赤い毛布を被ぎ「カリメラ」の銅鍋や靑い焰を考へながら雪の高原を步いてゐたこどもと「雪婆ンゴ」や雪狼、雪童子とのものがたり。

6　山男の四月

四月のかれ草の中にねころんだ山男の夢です。烏の北斗七星といつしよに、一つの小さなこゝろの種子を有ちます。

7　かしはばやしの夜

桃色の大きな月はだんだん小さく靑じろくなり、かしははみんなざわざわ言ひ、畫描きは自分の靴の中に鉛筆を削つて變なメタルの歌をうたふ、たのしい「夏の踊りの第三夜」です。

8　月夜のでんしんばしら

うろこぐもと鉛色の月光、九月のイーハトヴの鐵道線路の內想です。

9　鹿踊りのはじまり

まだ剖れない巨きな愛の感情です。すゝきの花の向ひ火や、きらめく赤褐の樹立のなかに、鹿が無心に遊んでゐます。ひとは自分と鹿との區別を忘れ、いつしよに踊らうとさへします。

吾等の誇……出版所

○心憎い程面白く……そして麗しい

○他の追従を許さぬ……美しさを以て

讀む人々の心を完全に惹きつけねばおかぬ眞面目さと强い自信とを以て生れ出たのが此の童話です。

▲文學を愛する人々に

▲敎育を已が使命とする人々に

▲綺麗を欲する人々に

▲可愛い御子樣方のために

誰方にも屹度御氣に召すものと確く信じてお勸めします。決してあなたのプライドを傷ける樣なものでは御座いません。

美裝・四六版・二百頁・凸版十八葉・表紙三色版・コツトンペーパー

杜陵出版部

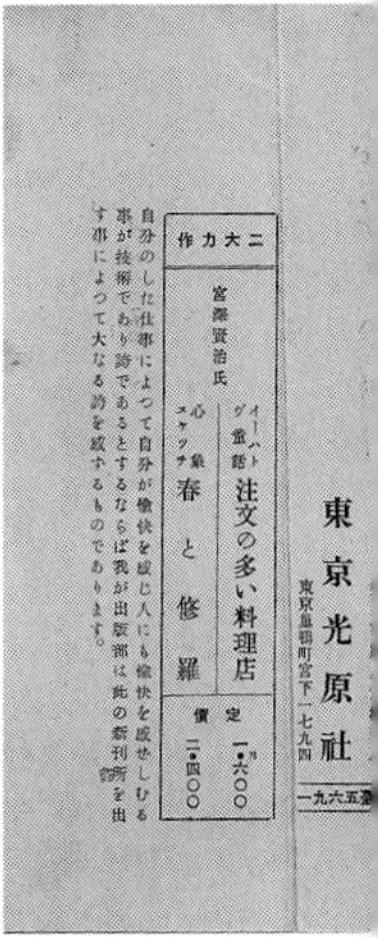

二大力作

宮澤賢治氏

イーハトヴ童話 注文の多い料理店

心象スケッチ 春と修羅

定價 一・六〇〇 二・四〇〇

自分のした仕事によつて自分が愉快を感じ人にも愉快を感せしむる事が技術であり詩であるとするならば我が出版部は此の新刊所を出す事によつて大なる詩を成するものであります。

東京光原社

東京巣鴨町宮下一七九四

一九六五番

『注文の多い料理店』新刊案内のチラシ。〈イーハトヴ〉とは何か、収録童話への作者の短いコメントが掲載されている。装幀・装画は菊池武雄。上の絵は挿絵のひとつ。

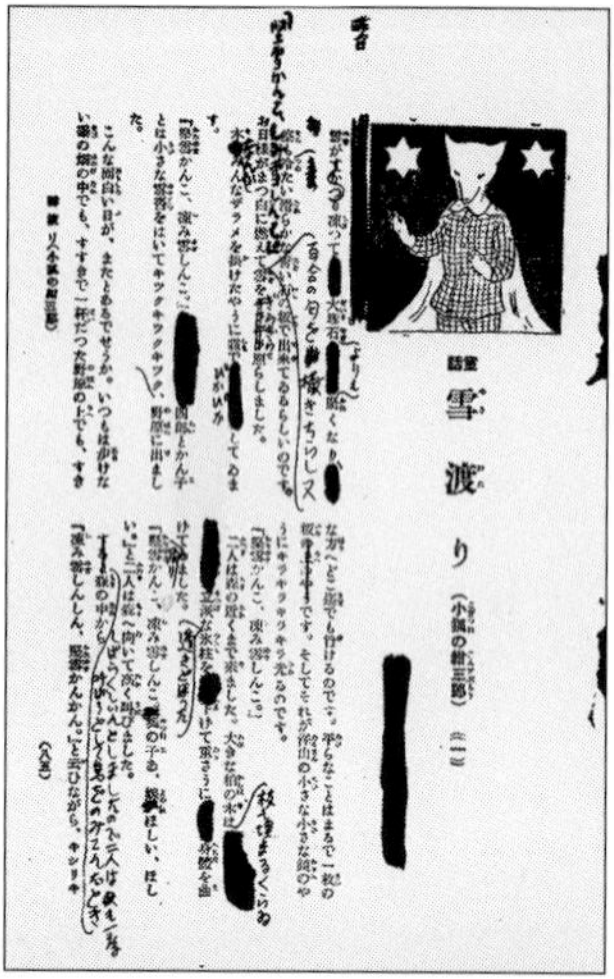

童話 雪渡り（小狐の紺三郎）（一）

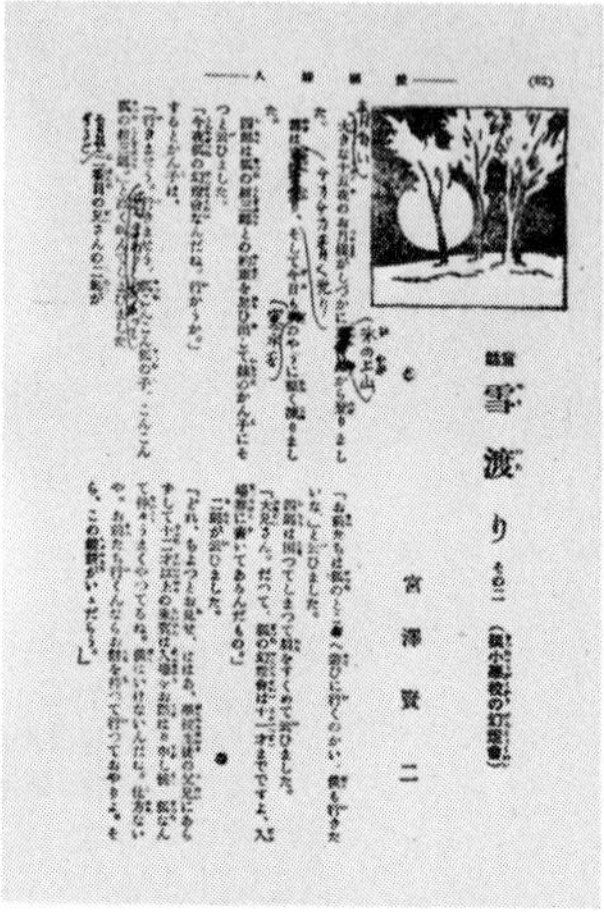

童話 雪渡り その二（狐小學校の幻燈會）

宮澤賢二

「愛国婦人」（1921年12月号、22年1月号）に分載発表した童話「雪渡り」への後日手入れ。なお、名前の「賢二」は誤植。

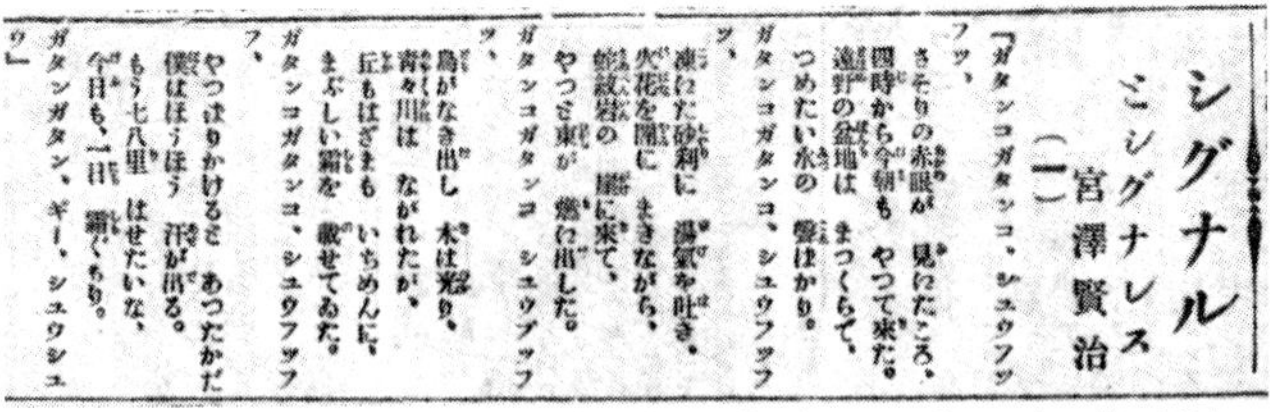

シグナルとシグナレス

宮澤賢治

（一）

「ガタンコガタンコ、シユウフツフツ、
さそりの赤眼《あかめ》が　見《み》えたころ、
四時《じ》から今朝《けさ》も　やつて来《き》た。
遠野《とほの》の盆地《ぼんち》は　まつくらで、
つめたい水《みづ》の　聲《こゑ》ばかり。
ガタンコガタンコ、シユウフツフツ、
濡《ぬ》れた砂利《じやり》に　湯氣《ゆげ》を吐《は》き、
火花《ひばな》を闇《やみ》に　まきながら、
蛇紋岩《じやもんがん》の　崖《がけ》に来《き》て、
やつと東《ひがし》が　燃《も》え出《だ》した。
ガタンコガタンコ　シユウフツフツ、
鳥《とり》がなき出《だ》し　木《き》は光《ひか》り、
青々川《あをあをかは》は　ながれたが、
丘《をか》もはざまも　いちめんに、
まぶしい霜《しも》を　載《の》せてゐた。
ガタンコガタンコ、シユウフツフツ、
やつぱりかけると　あつたかだ
僕《ぼく》はほうほう　汗《あせ》が出《で》る。
もう七八里《り》　はせたいな、
今日《けふ》も一日《にち》　霜《しも》ぐもり。
ガタンガタン、ギー、シユウシユウ」

1923年5月11日から「岩手毎日新聞」に連載の「シグナルとシグナレス」の第1回目。

岩手毎日新聞

童話

氷河鼠の毛皮

宮澤賢治

このおはなしは、ずゐぶん北の方の寒いところからきれぎれに風に吹きとばされて来たのです。氷がひとでや海月やさまざまのお菓子の形をしてゐる位寒い北の方から飛ばされてやつて来たのです。

十二月の二十六日の夜八時ベーリング行の列車に乗つてイーハトヴを發つた人たちが、どんな眼にあつたかきつとどなたも知りたいでせう。これはそのおはなしです。

×

ぜんたい十二月の二十六日はイーハトヴはひどい吹雪でした。町の空や通りはまるつきり白だか水色だか變にばさばさした雪の粉でいつぱい、風はひつきりなしに電線や枯れたポプラを鳴らし、鴉なども半分凍つたやうになつてふらふらと空を流されて行きました。たゞ、まあ、その中から煙突の煙のチラチラ流れる処が、やつと見えるのでやつぱり誰か通つてゐるなといふことがわかるのでした。ところがそんなひどい吹雪でも

汽車は一つポーとほえて、汽車は一目散に飛び出しました。何せベーリング行の最大急行ですから實にはやいもんです。見る間にそのおしまひの二つの赤い火が黒いろの夜のふゞきの中に消えてしまひました。こゝまではたしかに私も知つてゐます。

×

列車がイーハトヴの停車場をはなれて荷物が棚や腰掛の下に片附き、席がすつかりきまりますと、みんなはまづつくづくと同じ車の人たちの顔つきを見まはしました。

一つの車には十五人ばかりの旅客が乗つてゐましたがそのまん中には顔の赤い肥つた紳士がどつしりと腰掛けてゐました。その人は毛皮を一杯に着込んで、二人前の席をとり、アラスカ金の大きな指環をはめ、十連發のぴかぴかする素敵な鐵砲を持つていかにも元氣さう、聲もきつとよほどがらがらしてゐるにちがひないと思はれた

のです

1923年4月15日発表の童話「氷河鼠の毛皮」冒頭。

1925年7月創刊の「貌」全6冊。岩手詩人協会発行、森佐一編集の詩雑誌。賢治は第1、2、3、5号に寄稿。

活発な執筆活動

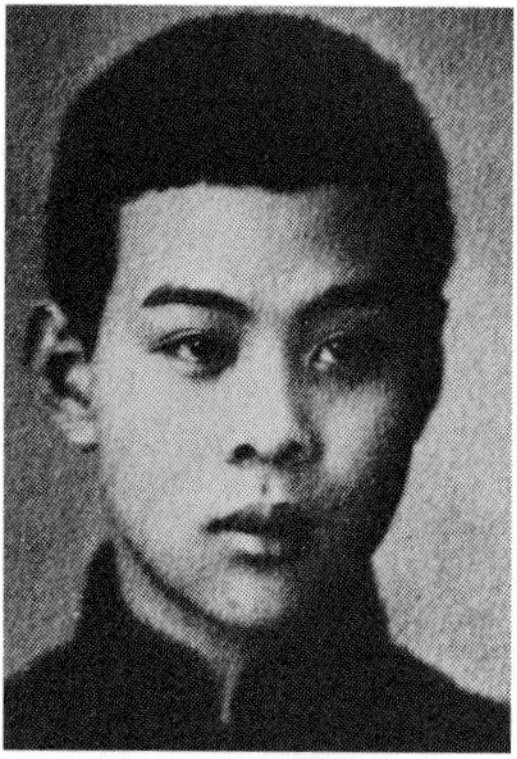

賢治と出会った頃の森佐一。

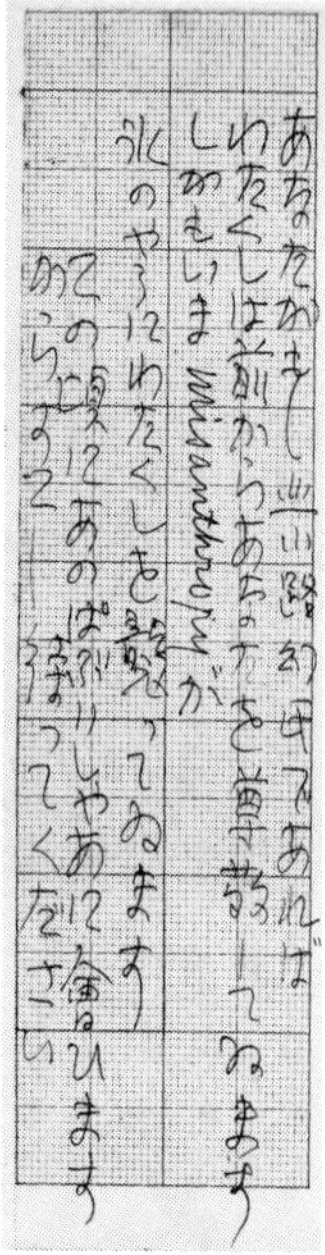

あなたがもし出小路幻四であれば
わたくしは前からあなたを尊敬してゐます
しかもいま Misanthropy が
氷のやうにわたくしを鎖ってゐます
この頃にあのぱりりしやあに會ひます
ってください

1925年2月19日付
森佐一宛書簡。

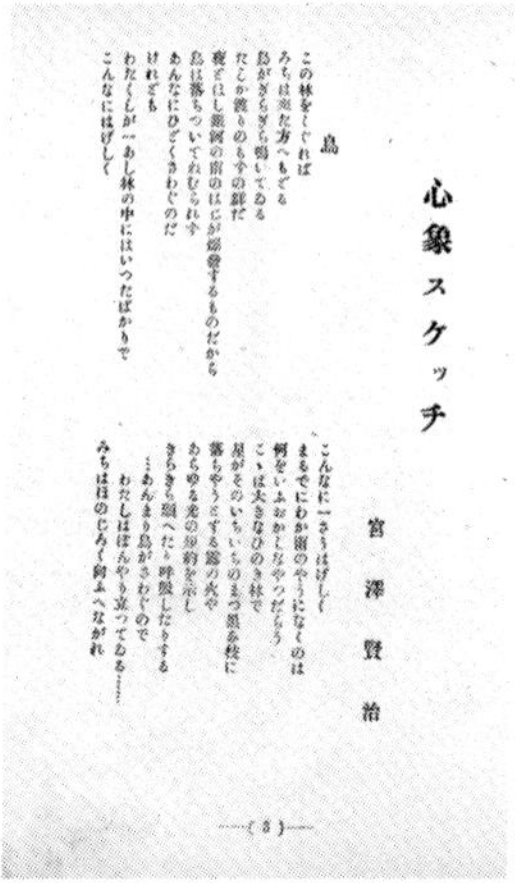

心象スケッチ

宮澤賢治

鳥

この林をくぐれば
みちは涸れた方へもどる
鳥がぎらぎら鳴いてゐる
たしか渡りのもずの群だ
夜どほし銀河の南のはじが爆発するものだから
鳥は落ちついてねむられず
あんなにひどくさわぐのだ
けれども
わたくしが一あし林の中にはいつたばかりで
こんなにはげしく
こんなに一さうはげしく
まるでにわか雨のやうになくのは
何といふおかしなやつだらう
こゝは大きなひのき林で
鳥がそのいちいちのまつ黒な枝に
落ちやうとする露の火や
あらゆる光の点綴を示し
きらきら頭へたゝ呼吸したりする
……あんまり鳥がさわぐので
わたしはぼんやり立つてゐる……
みちはほのじろく向ふへながれ

(3)

「貌」創刊号（1925年7月）に寄稿した心象スケッチ「鳥」。

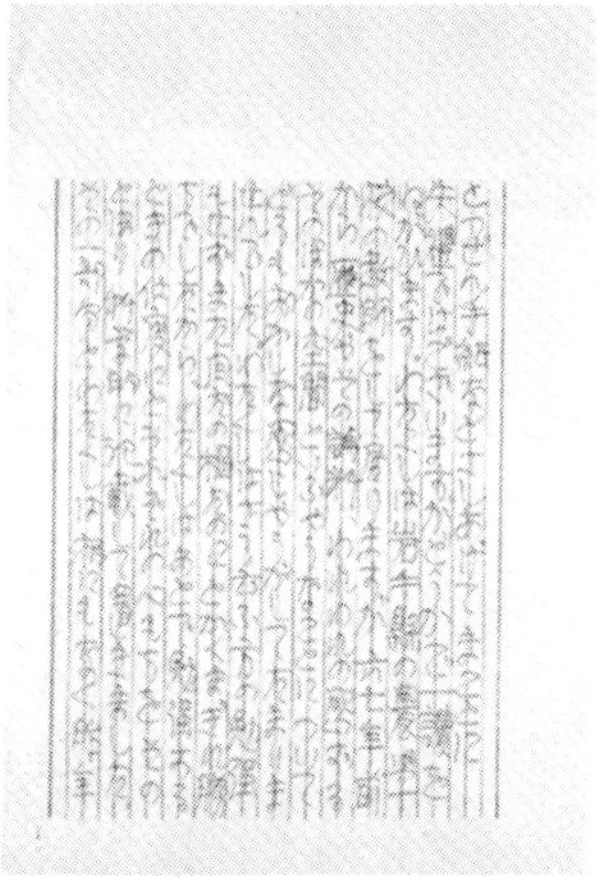

1925年12月20日付岩波茂雄宛書簡。心象スケッチとは何かについての言及もある。

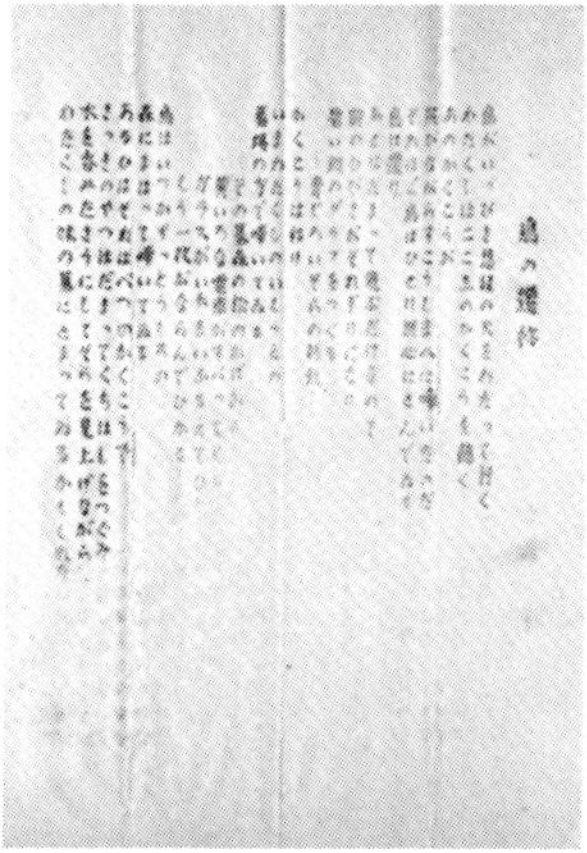

岩波茂雄に送ったガリ版刷りの心象スケッチ「鳥の遷移」。

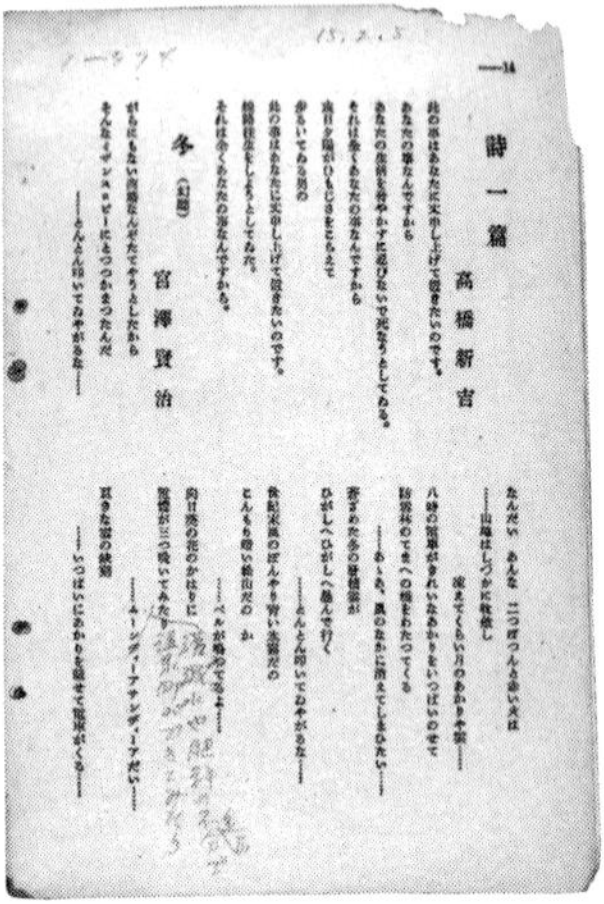

詩一篇　高橋新吉

冬（幻燈）　宮澤賢治

「虚無思想研究」第１巻第６号（1925年12月）に発表された「冬」。

十二月號

虚無思想研究

第一巻・第六號

一念心清浄　處々蓮花開　一華一浄土　一土一如来——龍蓋居士

三千世界の烏を殺し主と朝寝がしてみたい——高杉東行

新聲社發賣

「虚無思想研究」は、『春と修羅』を出版した関根喜太郎が編輯発行した雑誌。1925年７月〜26年２月まで全８冊が刊行された。

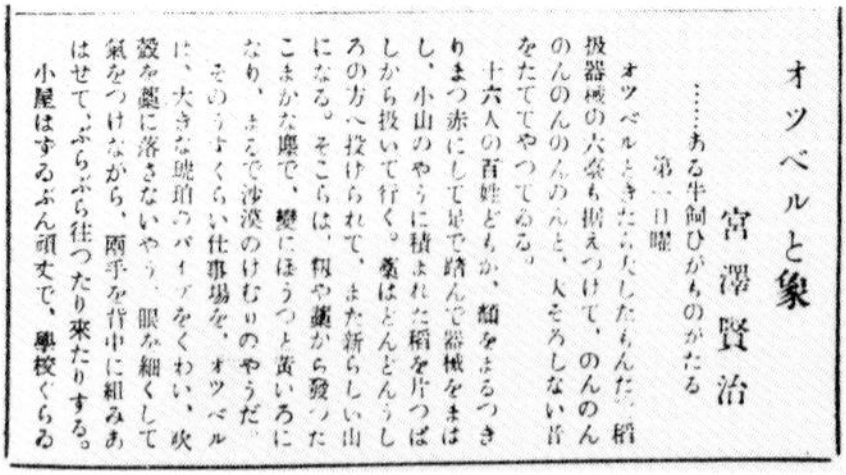

オツベルと象

……ある牛飼ひがものがたる

宮澤賢治

第一日曜

オツベルときたら大したもんだ。稻扱器械の六臺も据えつけて、のんのんのんのんのんのんと、大そろしない音をたててやつてゐる。

十六人の百姓どもが、顏をまるつきりまつ赤にして足で踏んで器械をまはし、小山のやうに積まれた稻を片つぱしから扱いて行く。藁はどんどんうしろの方へ投げられて、また新らしい山になる。そこらは、籾や藁から發つたこまかな塵で、變にぼうつと黄いろになり、まるで沙漠のけむりのやうだ。

そのうすくらい仕事場を、オツベルは、大きな琥珀のパイプをくわい、吹殼を藁に落さないやう、眼を細くして氣をつけながら、兩手を背中に組みあはせて、ぶらぶら往つたり來たりする。

小屋はずゐぶん頑丈で、學校ぐらゐ

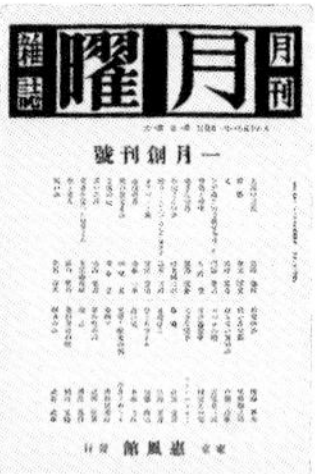

「月曜」創刊号（1926年1月）と掲載された「オツベルと象」。「月曜」は尾形亀之助の編集。賢治は第2号に「ざしき童子のはなし」を発表している。

「月曜」3月号（1926年3月）に掲載された寓話「猫の事務所」冒頭部。

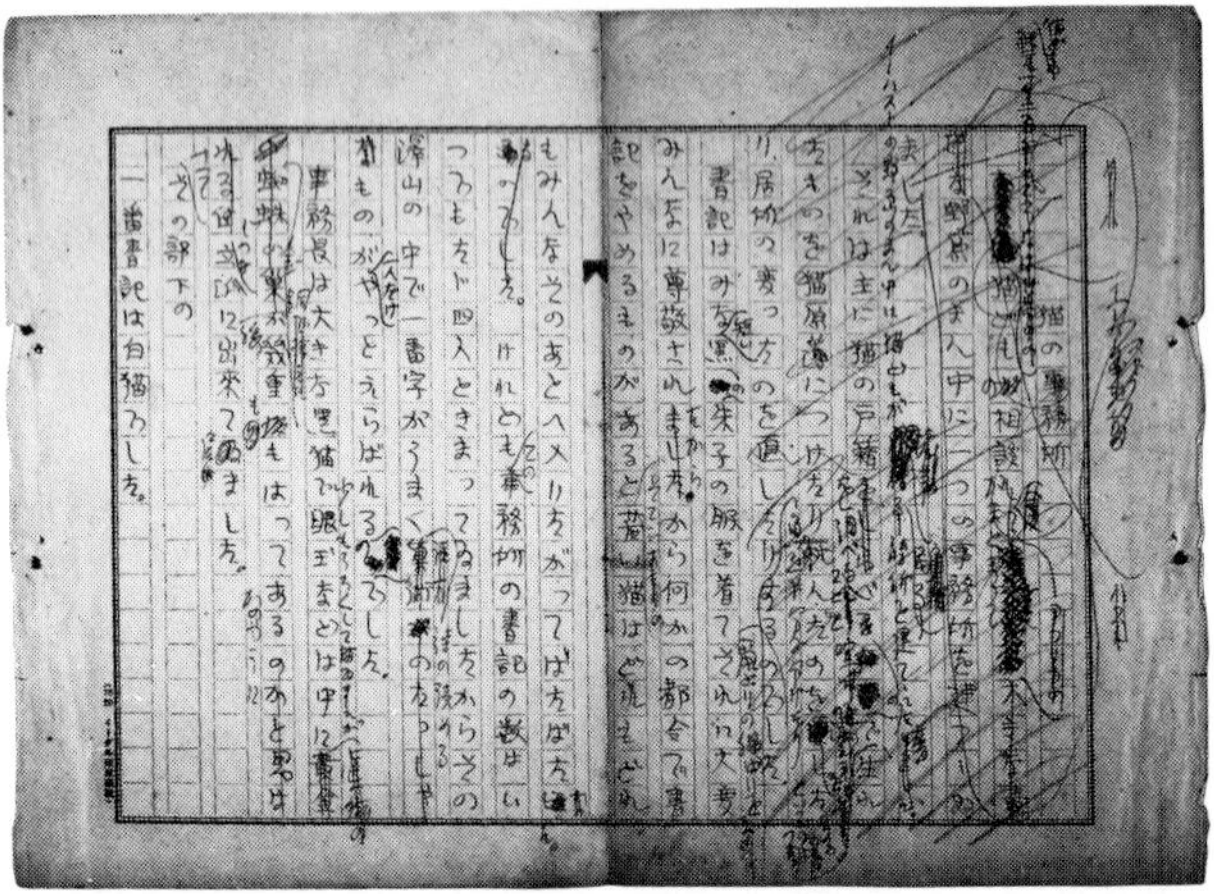

「猫の事務所」〔初期形〕草稿第１葉。大幅な手入れにより雑誌「月曜」に発表された形に近づいている。

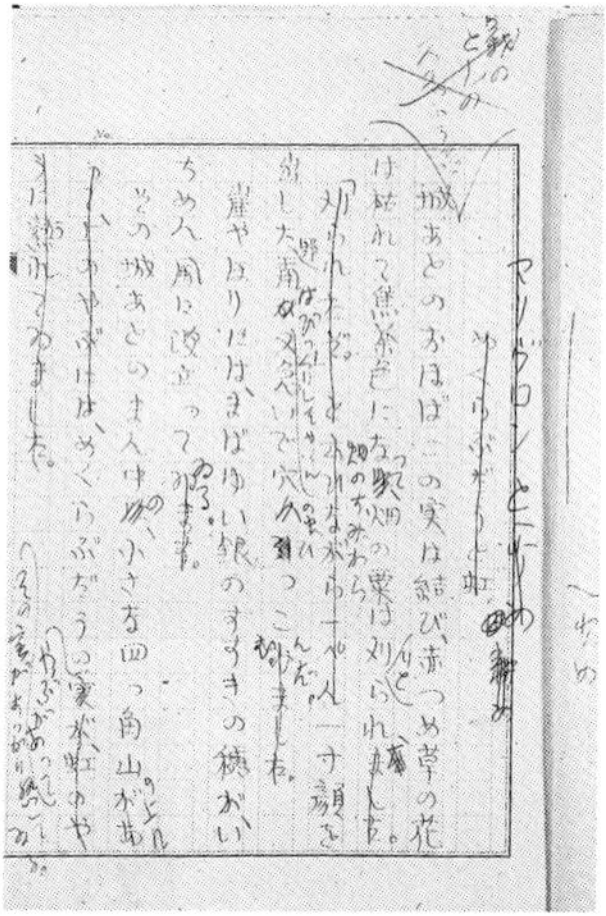

「マリヴロンと少女」草稿。童話「めくらぶだうと虹」を同一紙葉上で改作したもの。

「雁の童子」草稿第20葉。大幅な書き入れは赤インクによるもの。天に帰ろうとする童子が、前世に人であった頃の罪について語る箇所が挿入されている。「マグノリアの木」「インドラの網」とともに西域を舞台にした〈西域異聞〉シリーズのひとつ。

〈本統の百姓〉へ

宮澤賢治と宮澤清六。仙台大演習（1925年10月23日まで）に参加した弟清六を訪ねた際の記念写真。

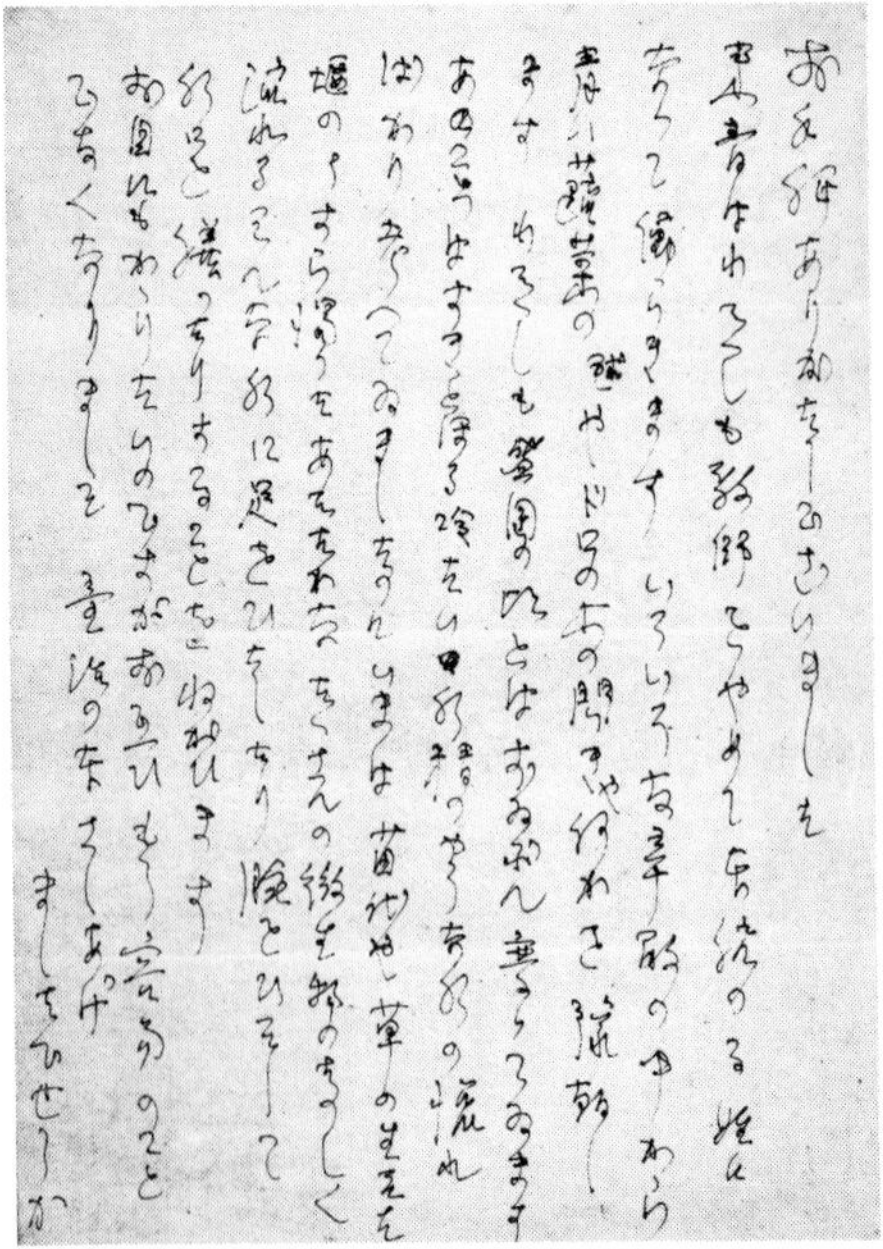

お手紙ありがたうございました
来春はわたくしも教師をやめて本統の百姓に
なって働きます いろいろな辛酸の中から
青い蔬菜の毬やドロの木の閃きや何か[illegible]
ます わたくしも盛岡の頃とはずゐぶん変ってゐます
あのころはすきとほる冷たい水精のやうな水の流れ
ばかり考へてゐましたのにいまは苗代や草の生えた
堀のうすら濁ったあたたかな たくさんの微生物のたのしく
流れる[illegible]に足をひたしたり腕をひたしたりして
[illegible]
お目にもかゝりたいのですがお互ひもう[illegible]のこと
[illegible]ました 賢治の方[illegible]

1925年6月25日付保阪嘉内宛書簡。教師をやめて「本統の百姓」になる決意を知らせた手紙。

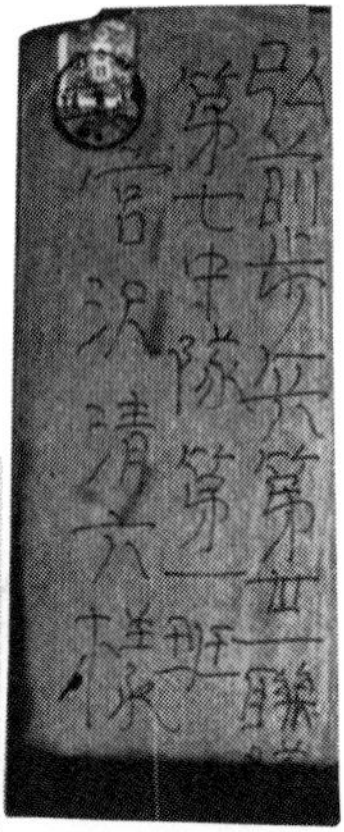

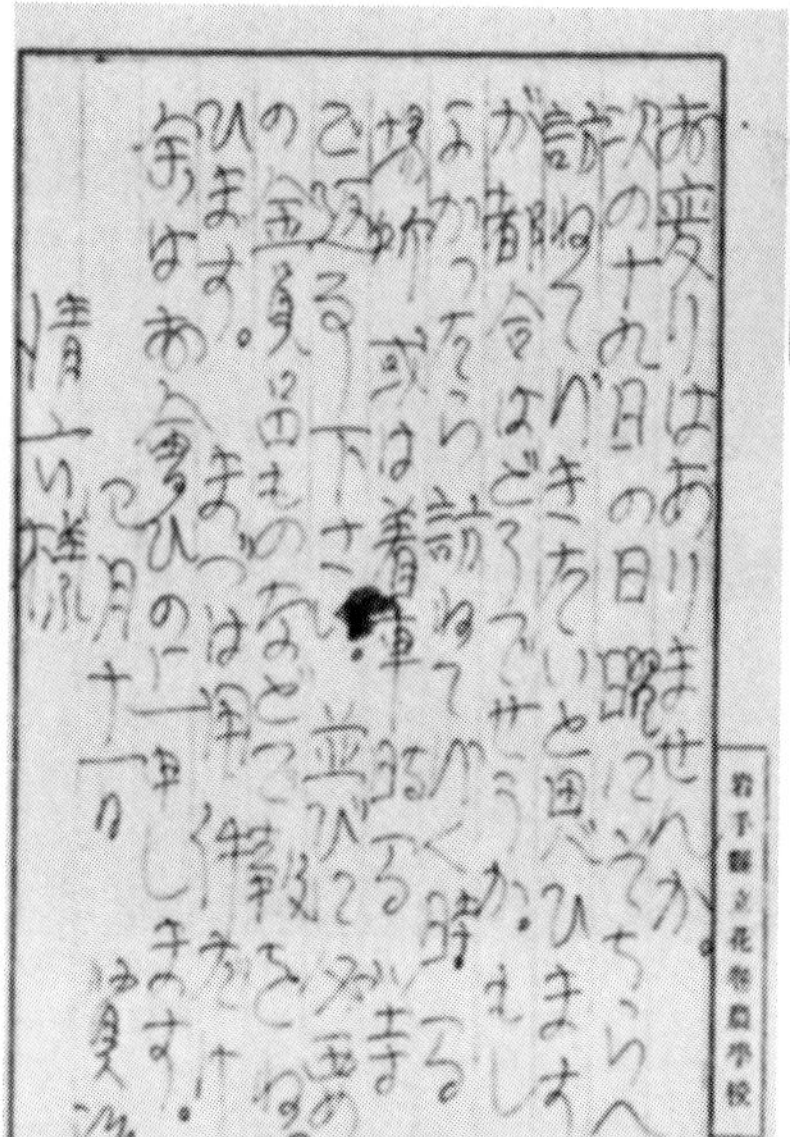

1925年4月11日付宮澤清六宛書簡と封筒。弘前連隊に入営している清六に訪問の都合をたずねる手紙。

花巻農学校を退職するに当たって、記念に教壇に立つ姿を撮影した。1926 年 3 月下旬頃。背後の黒板に描かれた絵は、花巻を中心とした北上平野の東西方向の地質断面図。

1926年３月撮影の岩手国民高等学校記念写真。岩手国民高等学校は、１月に花巻農学校内に開設された農村青年の公民教育機関。最前列左から４番目が賢治。

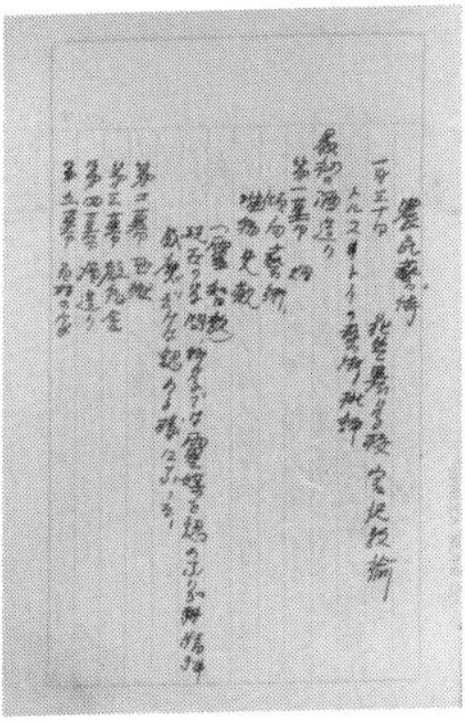

講義「農民芸術」を筆記した頁。

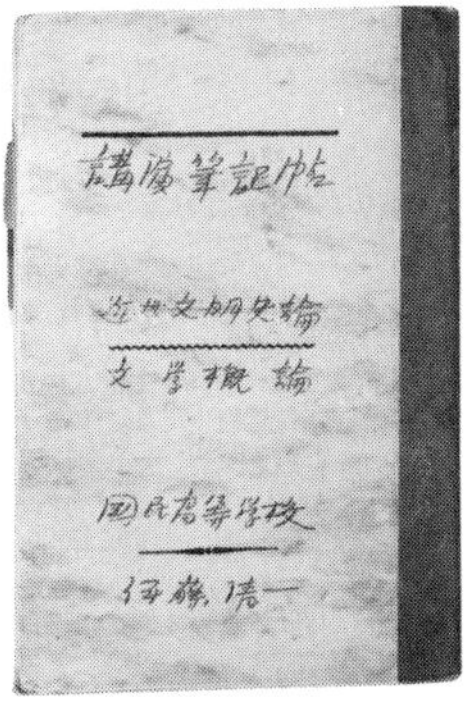

伊藤清一が岩手国民高等学校で筆記したノート。

二人の「とし子」

天沢退二郎

けふのうちに
とほくへいつてしまふわたくしのいもうとよ

忘れ難く衝撃的でかつ柔らかなこの二行、おそらくは妹の死後まもない時間から遡って記され、しかし語りの時点ではあくまで間近な未来に迫ったその死を決定的なものとして見通しながら、しかもその語りかけそのものは眼前になお息をついている熱い生身の妹へとひたと向けられている——すなわち、さしせまった過去現在未来を同時に体現しているこの二行は、詩集『春と修羅』のなかで「いもうと」すなわちとし子の登場する最初ではない。（一九二二、一一、二七）という日付をもつこの「永訣の朝」にはるかに先立って、巻頭から八番目、（一九二二、三、二〇）という日付をもつ八行の短詩「恋と病熱」は、

けふはぼくのたましひは疾み
烏《からす》さへ正視ができない
　あいつはちやうどいまごろから
　つめたい青銅《ブロンヅ》の病室で
　透明薔薇《ばら》の火に燃される
ほんたうに　けれども妹よ
けふはぼくもあんまりひどいから
やなぎの花もとらない

とあるのが「妹」の初登場で、その「妹」への語りかけとしての前後四行と、一字下げになっている途中三行の独自性との落差から、厳密にはこの「あいつ」が「妹」と同一人とは断定できないにしても、後に「噴火湾（ノクターン）」に、

　とし子はやさしく眼をみひらいて
　透明薔薇の身熱から
　青い林をかんがへてゐる

とあるその措辞にてらしても、「あいつ」は「妹」であり「とし子」であるとみる素朴な読みが裏切られることはないだろう。ところでこの「透明薔薇」の「火」といい「身熱」とあるのが、とし子の肉体を死病が内側から蝕みつつ燃やし苦しめた経緯の具体的な証左・表出として、兄・詩人がほとんど我身に実感したものの喩であることはいうまでもないが、それをまた、たんに肉親としての本能的一体感とみても、詩人の天賦の洞察とのみみても不充分なように思われる。

同じ「噴火湾」で、

とし子は大きく眼をあいて
烈しい薔薇いろの火に燃されながら
（あの七月の高い熱……）
鳥が棲み空気の水のやうな林のことを考へてゐた

と思い出され、《鳥のやうに栗鼠のやうに／そんなにさはやかな林を恋ひ》と歌われた「とし子」は、そうしてとりわけ「鳥」のイメージと結びつくことになる。「青森挽歌」で

も、

そしてそのままさびしい林のなかの
いつぴきの鳥になつただらうか

と、幾分たよりなく想像されているが、それよりさき、「白い鳥」では、

二疋の大きな白い鳥が
鋭くかなしく啼きかはしながら
しめつた朝の日光を飛んでゐる
それはわたくしのいもうとだ
死んだわたくしのいもうとだ
兄が来たのであんなにかなしく啼いてゐる

と鮮烈に断定され、詩人はすぐに二字下げて《それは一応はまちがひだけれども／まつたくまちがひとは言はれない》と、この連想の根拠・真実性を強調している。

ところで、なぜそれは《二疋の大きな白い鳥》なのであろうか？　死んだいもうとと同一視するのに、なぜ二疋を要したのか？　それはたまたま、この心象をスケッチした現場に、じっさいに鳥が二羽いたからにすぎないのであろうか？　それにしても詩人はすこしあとのところで《どうしてそれらの鳥は二羽／そんなにかなしくきこえるか》と問い、さらにまた、《いま鳥は二羽　かゞやいて白くひるがへり》と、つねに《二羽》であることにこだわり続けているように見えるが……。

どうやら偶然ではない証拠に、二年後、「一九二四、七、五、」の日付をもつ「一五六〔この森を通りぬければ〕」でも、

鳥は二羽だけいつかこっそりやって来て
何か冴え冴え軋って行った
あゝ風が吹いてあたたかさや銀の分子《モリキル》
あらゆる四面体の感触を送り
蛍が一さう乱れて飛べば
鳥は雨よりしげくなき
わたくしは死んだ妹の声を

林のはてのはてからきく

とある——この《死んだ妹の声》は、雨よりしげくないている鳥たちの声の中にではなく、それを通して、《林のはてのはて》からきこえてくるようなあの、《二羽だけ》冴え冴えと軋って去った鳥たちの声としてとどけられたものであろう。

なぜ《二羽》なのか、なぜ《二疋》だったのか？　すべて二重の風景の中で、死せる妹のイメージもまた二重化するのだろうか？　あるいはあの臨終のとき、《わたくしにいっしよに行けとたのんでくれ／泣いてわたくしにさう言つてくれ》と願いながら共に行くことのできなかった詩人の魂が、ついにもう一羽の鳥と化して——あるいは、共に行けない自分の代りをもう一羽の幻影の鳥、想念の鳥に託して——「とし子」であるところの鳥に身を添わせているからであろうか？　あるいはまたあの臨終まぢかなときに、詩人は《わたくしのふたつのこころをみつめて》いた、そのふたつのこころに、この二羽の鳥は照応しているのだろうか？　ちなみに、「一六六　薤露青」（日付は一九二四、七、一七、）でも、

声のい、製糸場の工女たちが
わたくしをあざけるやうに歌って行けば

そのなかにはわたくしの亡くなった妹の声が
たしかに二つも入ってゐる

（傍点筆者）

とあって、ここには「鳥」は出てこないが、鳥の啼き声の縁語としての「歌」のモチーフがほの見えている。そしてその、いもうとの歌声は《たしかに二つ》きこえてくる……。

詩集『春と修羅』の楕円世界の、第二の焦点に位置する「無声慟哭」詩群は、「とし子」が詩人にとって「詩」の根拠であり、「とし子」の死が「詩」の死と回生の転換点であったことを示した。

もうひとり、現実の、生身の女性、宮澤トシは、詩人より二年おそく生まれ、十一年はやく歿した。その死に至った病は、詩人の死をもたらした病と同じものであり、詩人は、妹の死の四年前、肋膜炎発病時に、自己の寿命の残りを《十五年》と予見していたが、まさしくその通りに、幾度も妹と同じ病の、同じ病熱、透明薔薇の火に燃されたあげくに、同じく《天へとうまれ》たのである。

第4章
羅須地人協会活動と〈疾中〉

（大正十五年―昭和五年）

1926―1930

一九二六（大正十五）年四月、花巻農学校を依願退職した賢治は、自らも「本統の百姓」になって、新しい農村社会の建設と農民生活の向上という、かねての理想を実現するために下根子桜にあった宮澤家の建物に独居自炊／開墾自耕の生活を始めた。

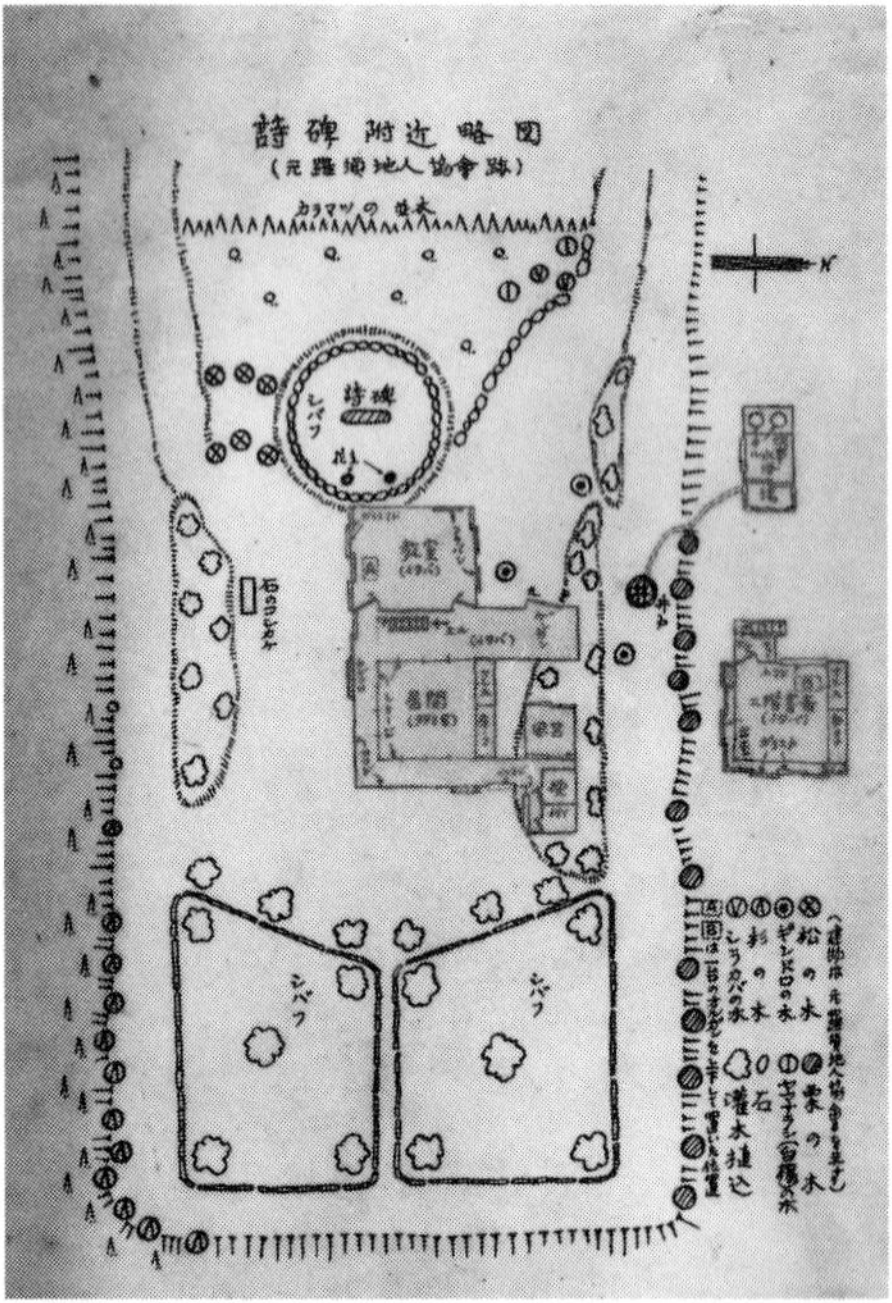

雨ニモマケズ詩碑付近の略図（宮澤清六作成）。賢治没後、賢治が活動の拠点とした下根子桜の建物は移設され、その跡地が整備され雨ニモマケズ詩碑が建てられた。もとは黒地に白抜きの地図だが、読みやすくするために、白黒反転させて示した。

春頃から、羅須地人協会としての活動を開始。農閑期には本格的に、近郊の青年有志や農学校時代の教え子らとともに、自作の教材絵図を用いての農芸化学の勉強や音楽会、レコード交換会などの活動を行った。同時に、花巻町及び近在の農村数カ所に肥料設計事務所を開設し、無料で肥料相談に応じるとともに、二千数百枚に及ぶ肥料設計書を書いた。さらに設計後には農村を回り、設計の成果を確かめつつ直接指導を施した。この間、花巻温泉南斜花壇などの花壇設計、花巻病院の花壇工作なども積極的に行っている。

このような身を粉にするような実践を重ねながらも、心象スケッチや童話の創作は旺盛に続けられ、のちに「春と修羅　第三集」にまとめられる心象スケッチが書き続けられた。また「なめとこ山の熊」が書かれたのもこの時期である。

しかし、一九二八（昭和三）年夏には、東京・大島旅行や稲作指導に奔走したことによる過労から両側肺浸潤を発病、冬には肺炎を起こすなど病に倒れた。病臥中の心象のスケッチは〈疾中〉詩篇としてまとめられた。

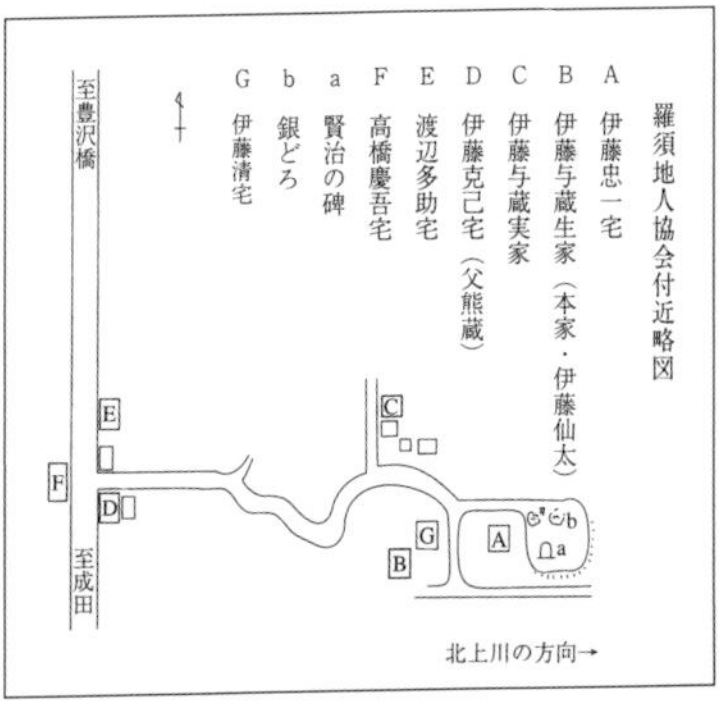

羅須地人協会周辺の集落。

農への志

もと祖父喜助の隠居所として建てられたが、妹トシの療養、賢治の農耕自作生活・羅須地人協会活動に用いられた建物。現在花巻農業高校の敷地内に移設されている。

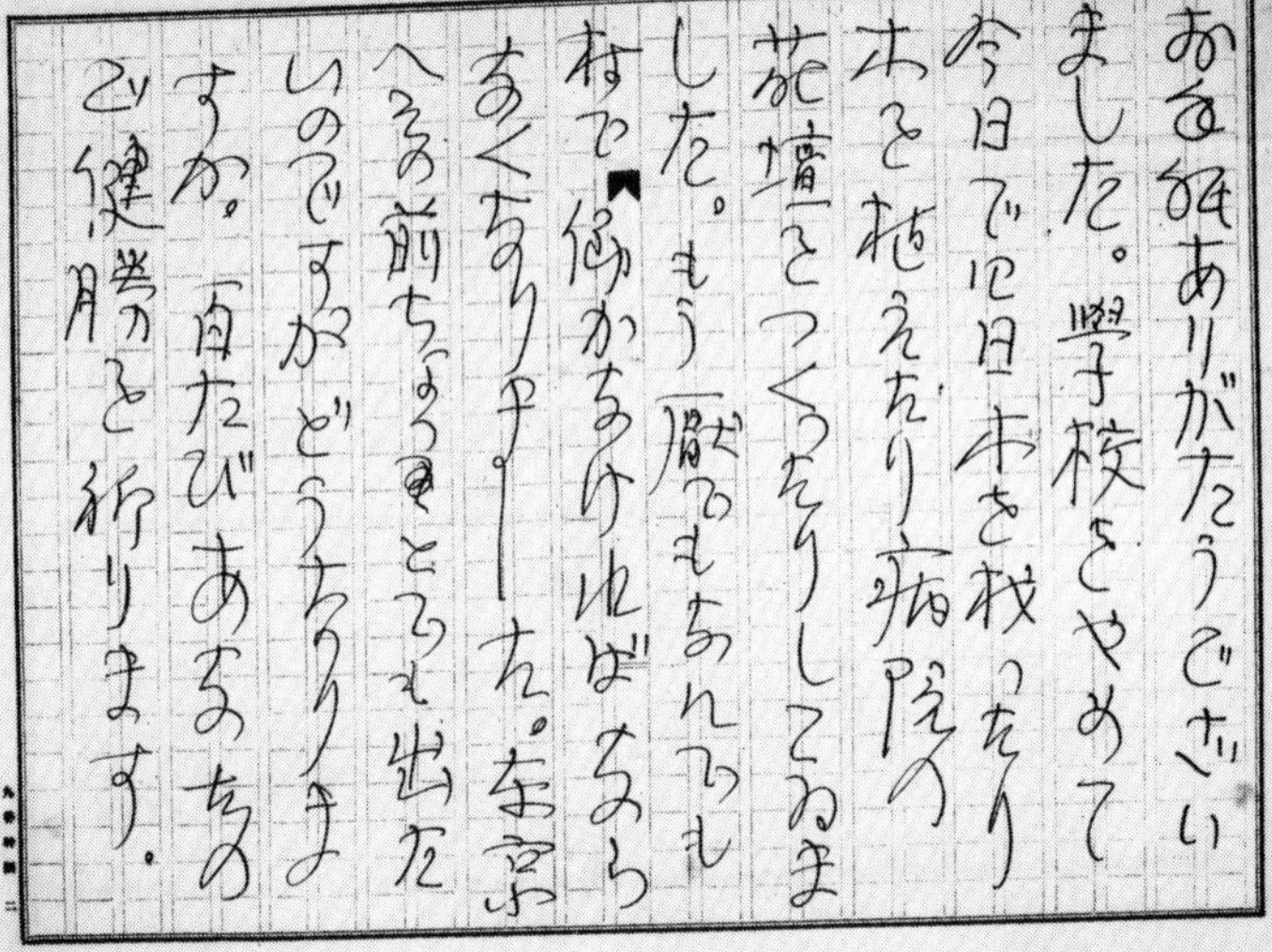
お手紙ありがたうございました。學校をやめて今日で四日木を截つたり木を植えたり病院の花壇をつくつたりしてゐました。もう厭でもなんでも村で働かなければならなくなりました。東京へその前ちよつとでも出たいのですがどうなりますか。再びあなたのご健勝を祈ります。
月

1926年4月4日付森佐一宛書簡。花巻農学校退職後、村に入って農業を始めたことが報告されている。

建物移築前の冬の羅須地人協会。

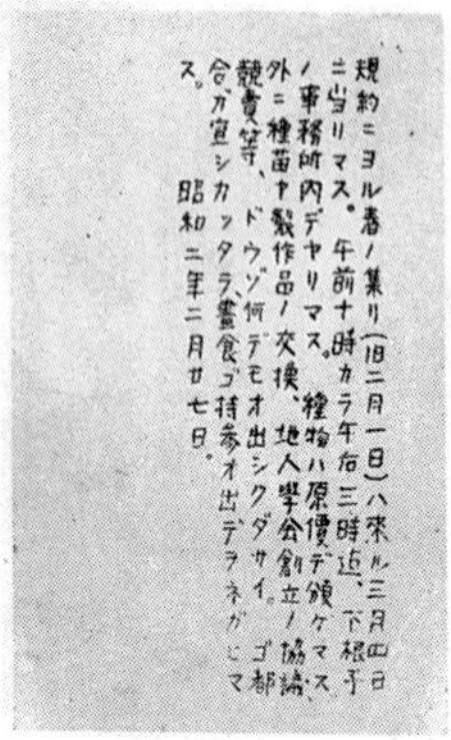
規約ニヨル春ノ集リ（旧二月一日）ハ来ル三月四日ニ当リマス。午前十時カラ午后三時迄、下根子ノ事務所内デヤリマス。種物ハ原價デ頒ケマス。外ニ種苗ヤ製作品ノ交換、地人學会創立ノ協議、競賣等、ドウゾ何デモオ出シクダサイ。ゴ都合ガ宜シカッタラ、晝食ゴ持参オ出デヲネガヒマス。
昭和二年二月廿七日。

花巻農学校卒業生宛の集会案内。はがきにガリ版印刷されている。

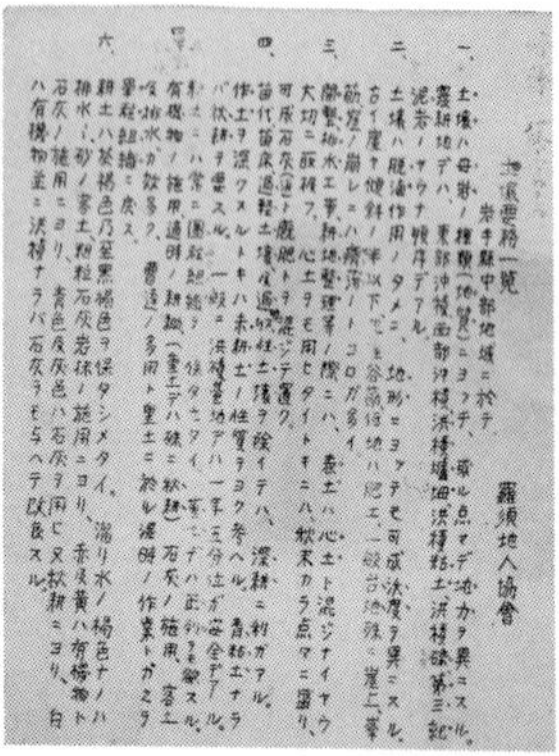

ガリ版刷の羅須地人協会での教材「土壌要務一覧」。

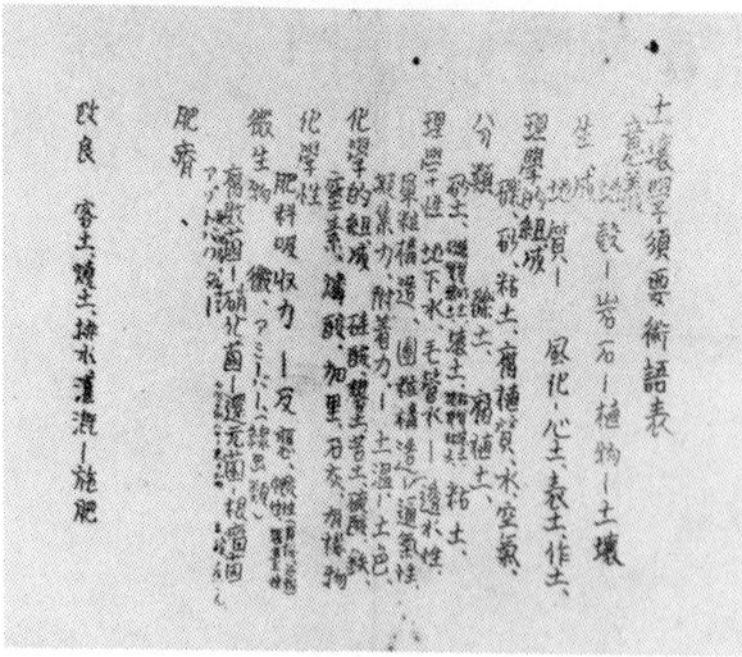
土壌學須要術語表

「土壌学須要術語表」。土壌学に必要な用語の表、羅須地人協会での講義に使用。

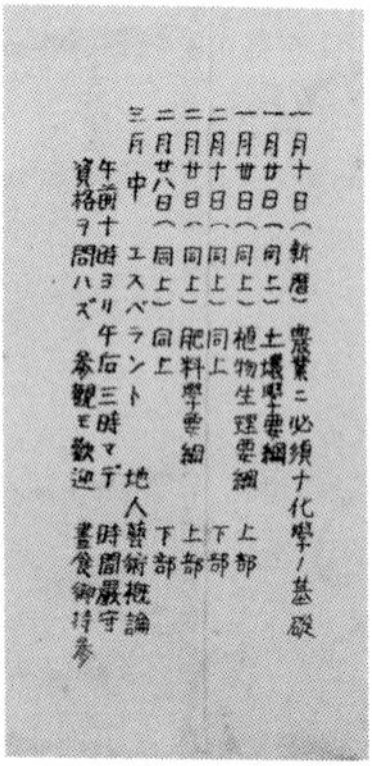
一月十日（新暦）農業ニ必須ナ化學ノ基礎
一月廿日（同上）土壌學要綱
一月卅日（同上）植物生理要綱 上部
二月十日（同上）同上 下部
二月廿日（同上）肥料學要綱 上部
二月廿八日（同上）同上 下部
三月中 エスペラント 地人藝術概論
午前十時ヨリ午后三時マデ 時間嚴守
資格ヲ問ハズ 参觀モ歓迎 晝食御持参

羅須地人協会での講義スケジュール。

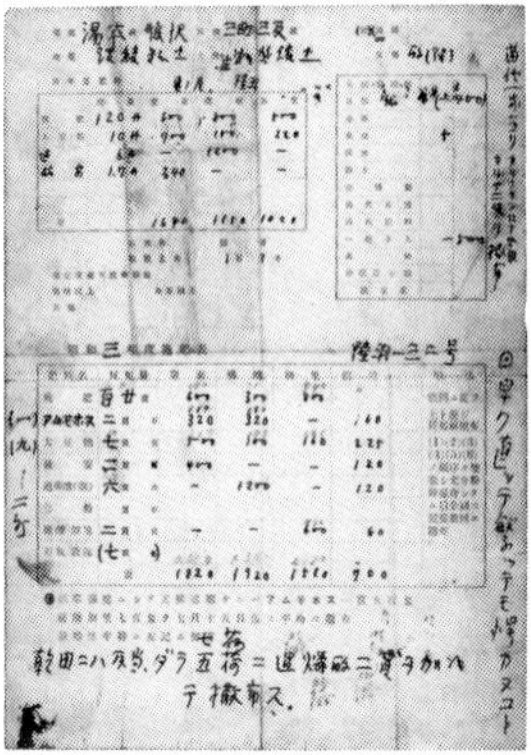

実際に用いられた施肥表。セピア色活版印刷の用紙を用いて肥料の設計を行ったもの。1928年度のための設計である。

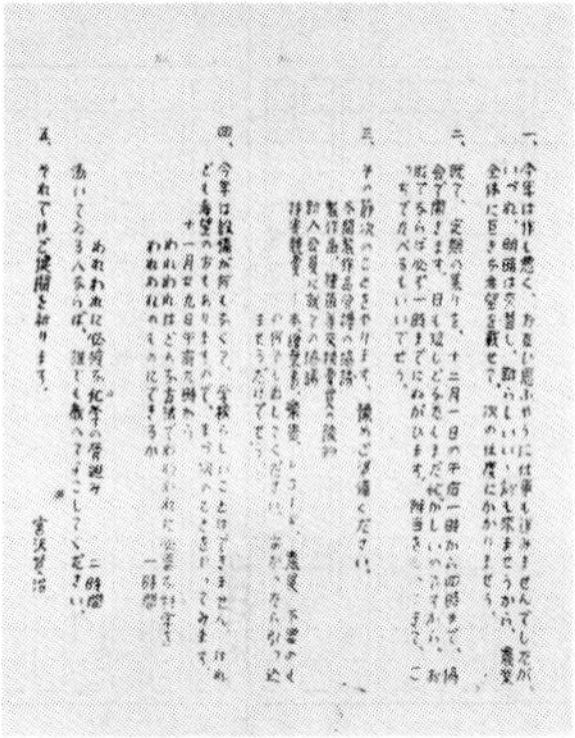

原稿用紙に謄写版で印刷された羅須地人協会の集会案内。1926年12月頃の作成と推定。

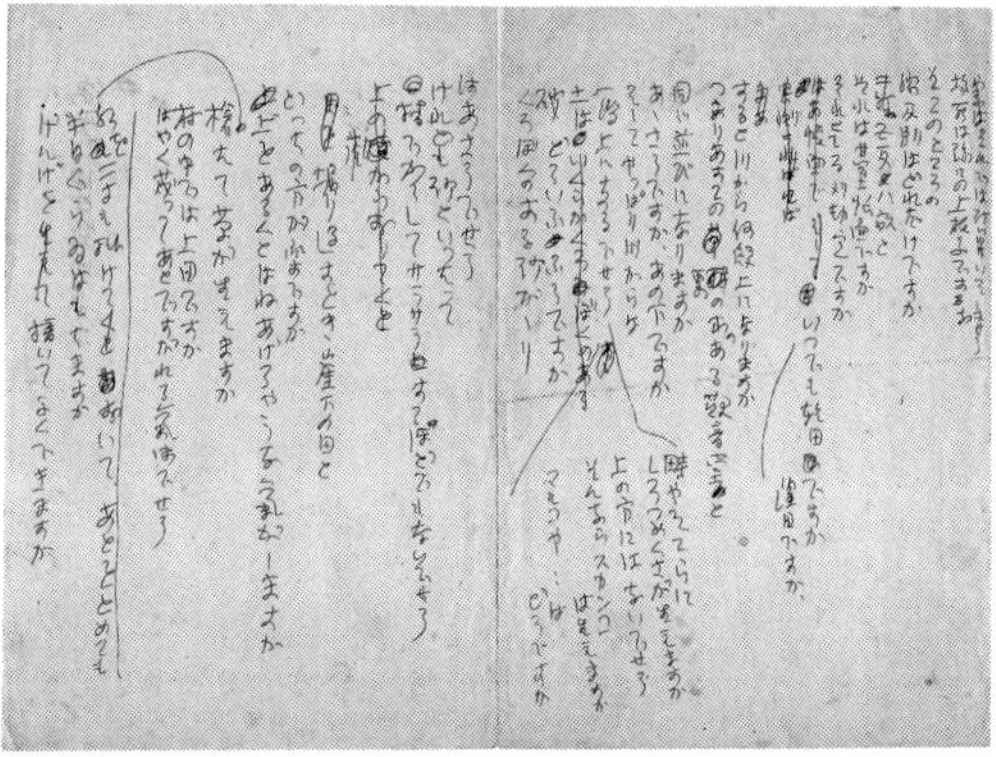

実際の肥料設計の様子のスケッチをもとに書かれた「〔それでは計算いたしませう〕」草稿。

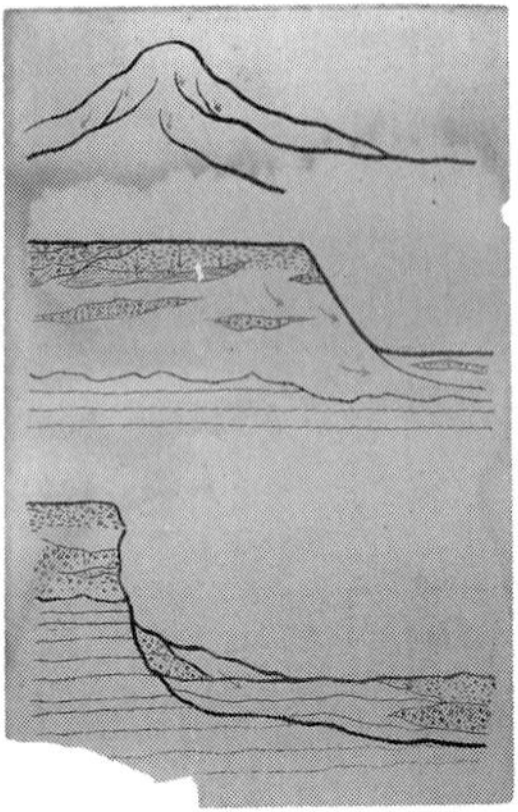

教材絵図。段丘と地下水の移動の関係を説明。

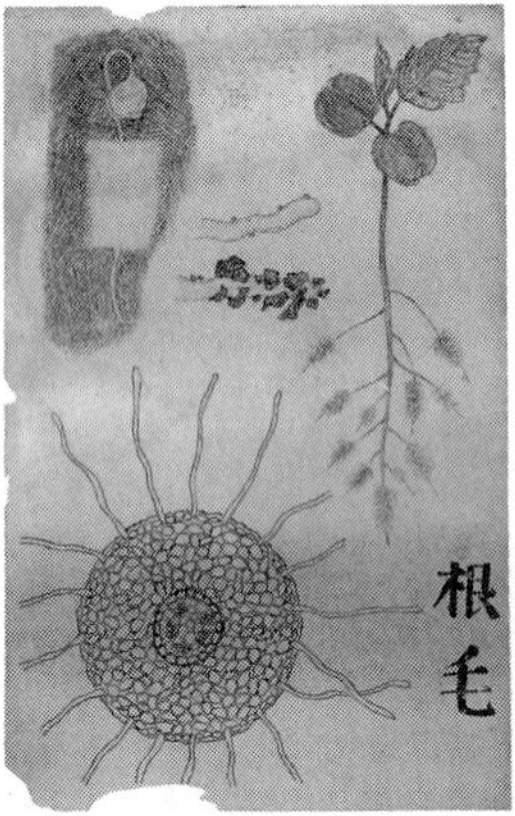

1926年頃羅須地人協会で使用された教材の絵図。植物の根の形態と内部構造の説明。

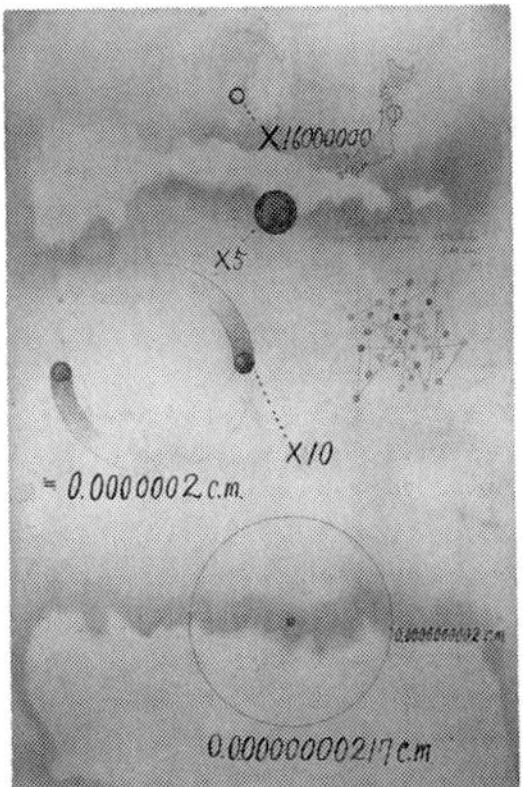

教材絵図。原子・分子の大きさと岩手県の大きさの関係を説明。

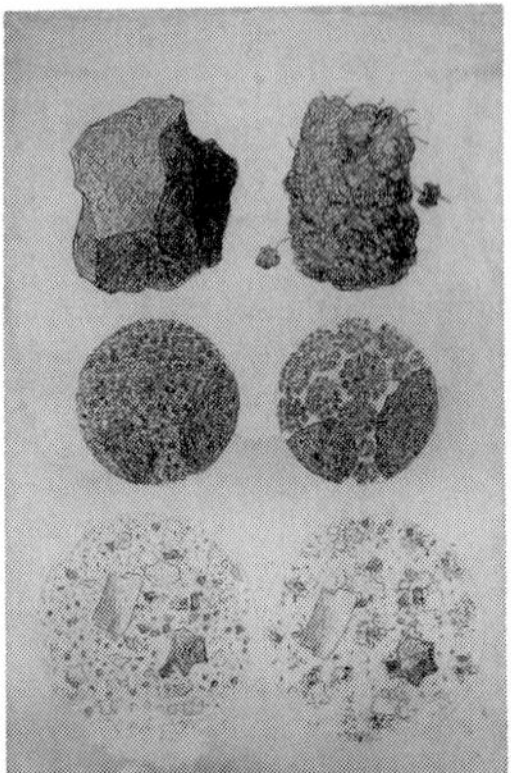

教材絵図。岩石の風化を説明。

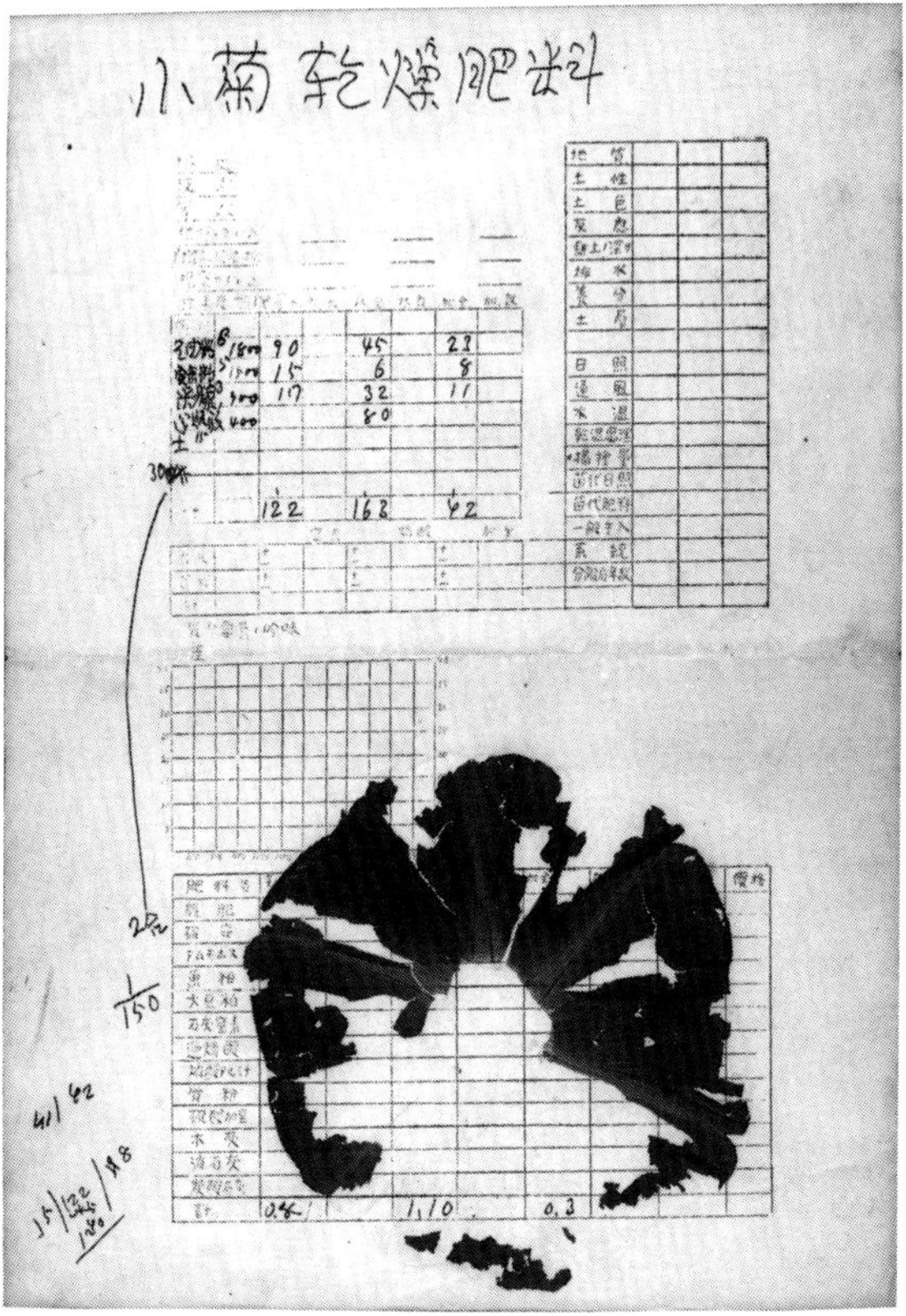

1930～31年頃園芸用に用いられた施肥表。下部にあるのは朝顔の押し花。

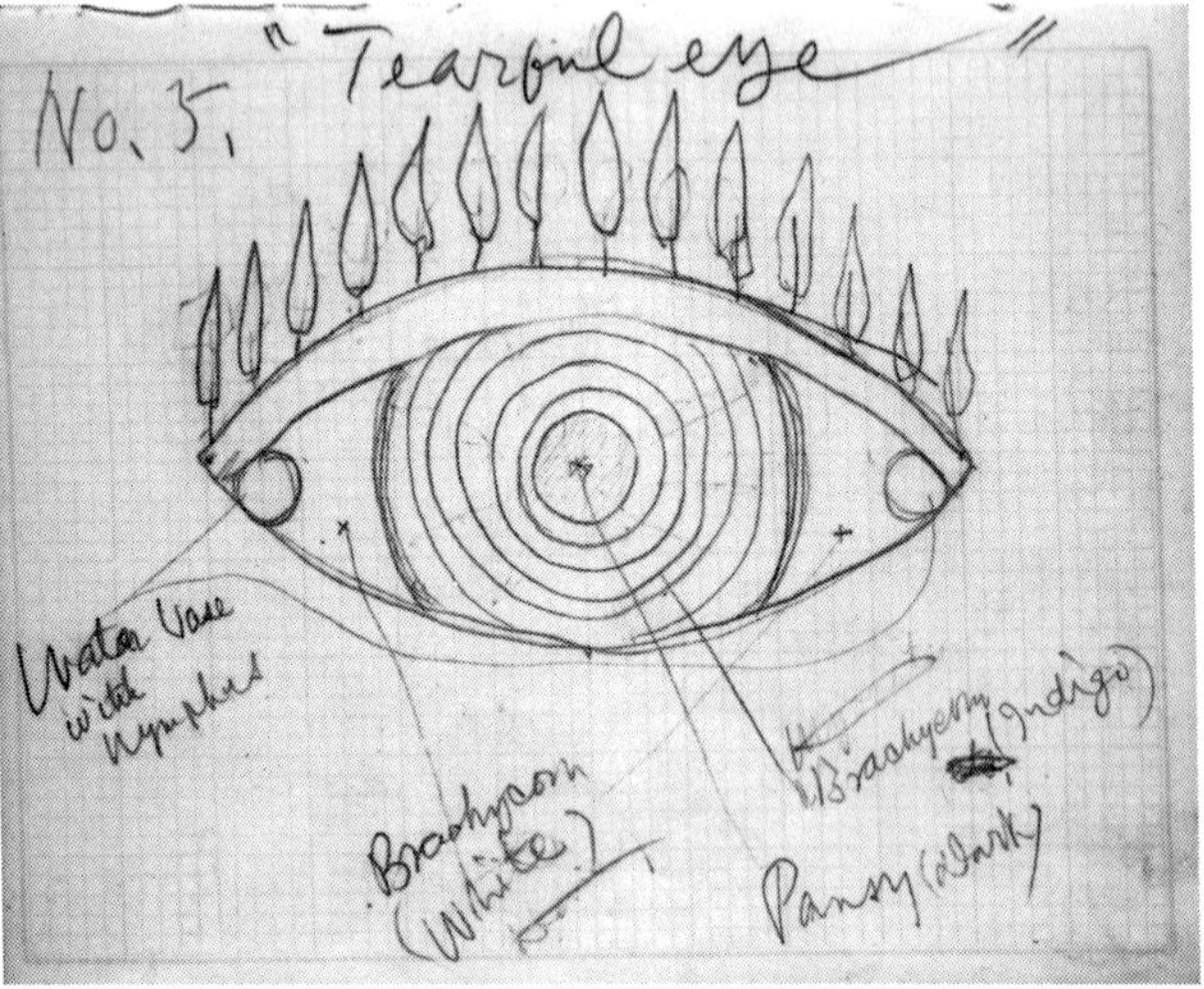

「Tearful eye」（＝涙ぐむ眼）と名付けられた花壇の設計図。「MEMO FLORA」ノートに記載。

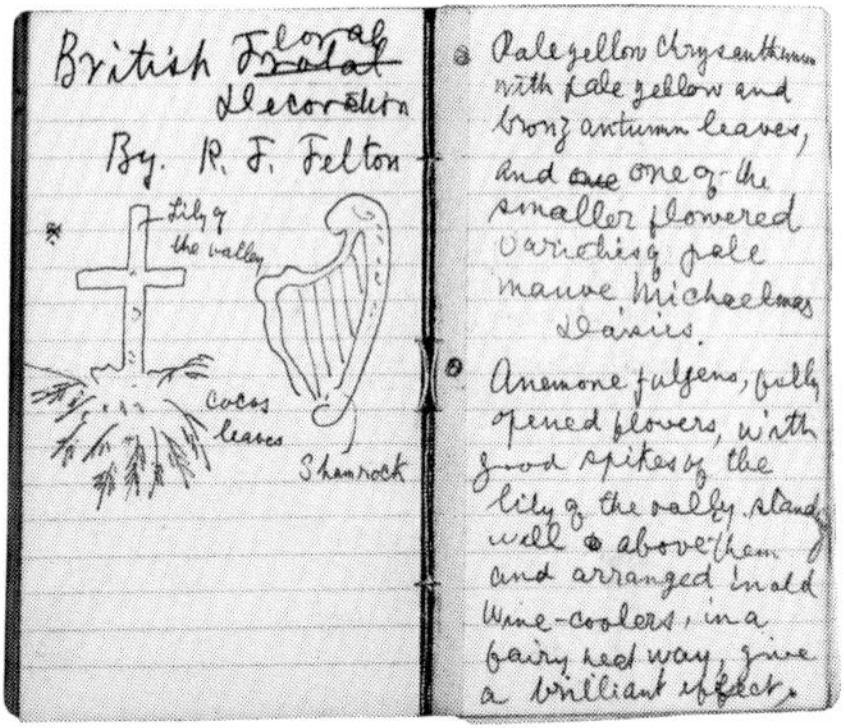
British Floral Decoration
By. R. F. Felton
Lily of the valley
Cocos leaves
Shamrock

Pale yellow Chrysanthemum with pale yellow and bronz autumn leaves, and one of the smaller flowered varieties pale mauve Michaelmas Daisies.
Anemone fulgens, fully opened flowers, with good spikes of the lily of the valley standing well above them and arranged in old wine-coolers, in a fairy-like way, give a brilliant effect.

Felton『British Floral Decoration』からの抜き書き。

1928年頃使用の手帳に書かれている。

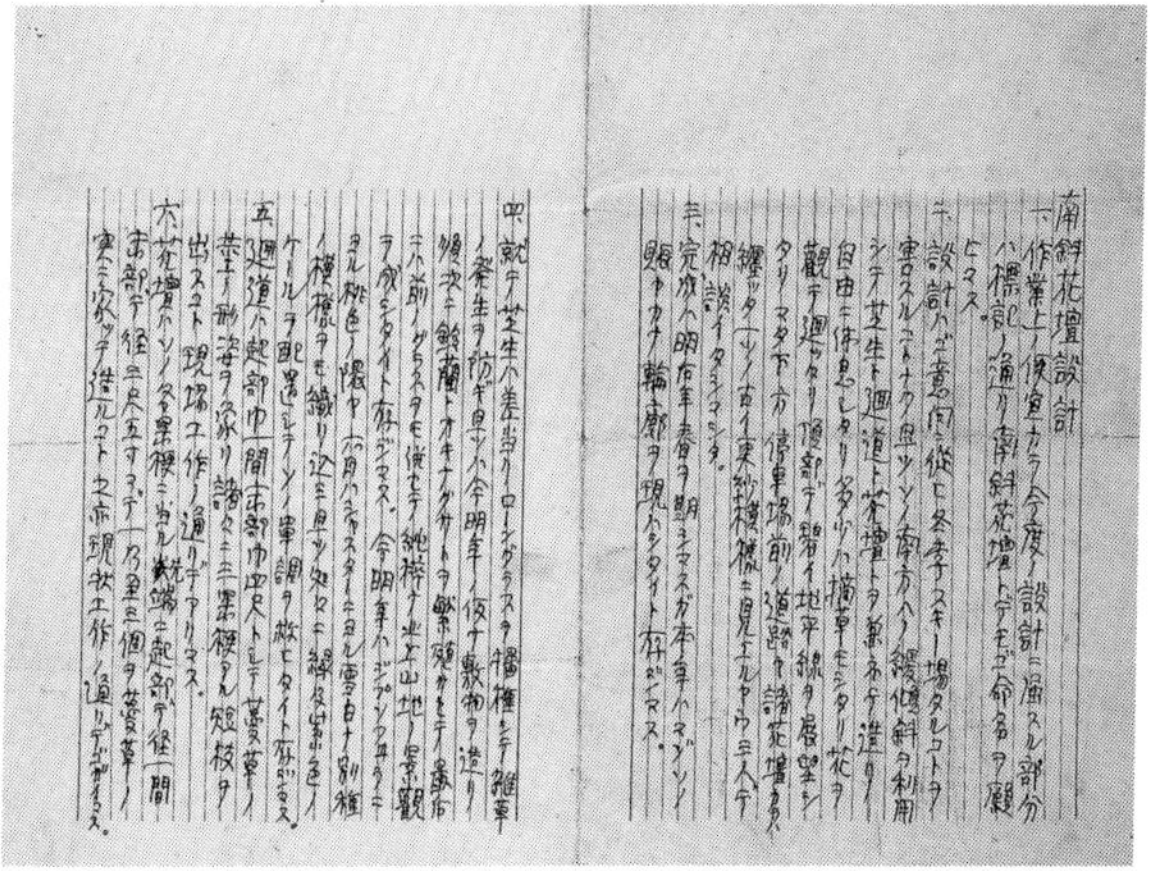
南斜花壇設計
一、作業上ノ便宜カラ今度ノ設計ニ属スル部分ハ標記ノ通リ南斜花壇トデモゴ命名ヲ願ヒマス。
二、設計ハゴ意向ニ従ヒ冬季スキー場タルコトヲ害スルコトナク且ツソノ南方ヘノ緩傾斜ヲ利用シテ芝生ト廻道ト花壇トヲ兼ネテ造リ、自由ニ休息シタリ多少ハ摘草モシタリ花ヲ観テ廻ッタリ頂部デ帯イ地平線ヲ展望シタリ又タ下方停車場前ノ道路ヤ諸花壇ノ賑ッタリ(ソノ古イ東洋)模様ニ見エルヤウニ入テ相談イタシマシタ。
三、完成ハ明右年春ヲ期シマスガ本年ハマダソノ賑ヤカナ輪郭ヲ現ハシタイト存ジマス。
四、就テ芝生ハ差当リローングラスヲ播種シテ雑草ノ発生ヲ防ギ且ツハ今明年ノ仮ナ敷物ヲ造リ、傾斜ニ鈴蘭トオキナグサトヲ繁殖サセテ景観ニハ前ノグラスヲモ従セテ純粋ナ高山地ノ景観ヲ成シタイト存ジマス。今明年ハ……タル桃色ノ陽中……ノ模様ヲモ織リ込ミ且ツ処々ニ……ケルヲ配置シテソノ単調ヲ救ヒタイト存ジマス。
五、廻道ハ起部中間末部巾……尺トシテ芝草ノ茂ナル形状ヲ保リ諸々ニ果樹アル短枝ヲ出スコト現場工作ノ通リデアリマス。
六、花壇ハソノ各果樹ニ当ル……端ニ起部デ径一間末部デ径三尺五寸マデ……個ヲ芝草ノ実ニ家ツテ造ルコト之亦現状工作ノ通リデゴザイマス。

花巻温泉の南斜花壇設計案。

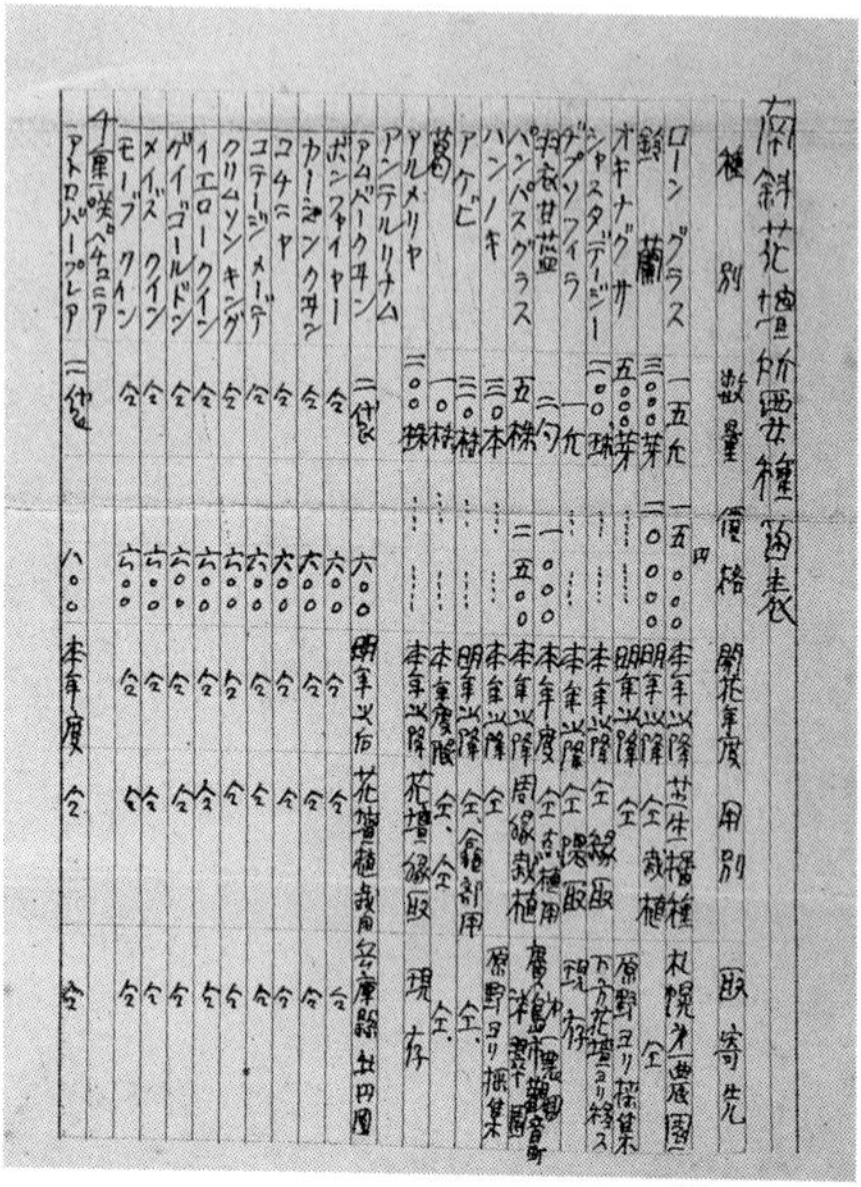

南斜花壇に使用する種苗一覧表。設計案とともに花巻温泉に勤務していた冨手一からの依頼で作成。1927年4月に書かれた。

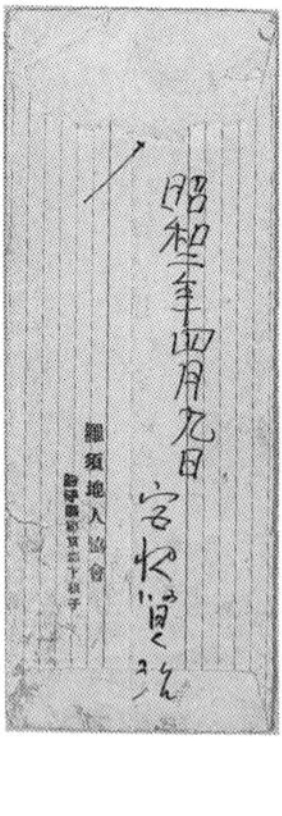

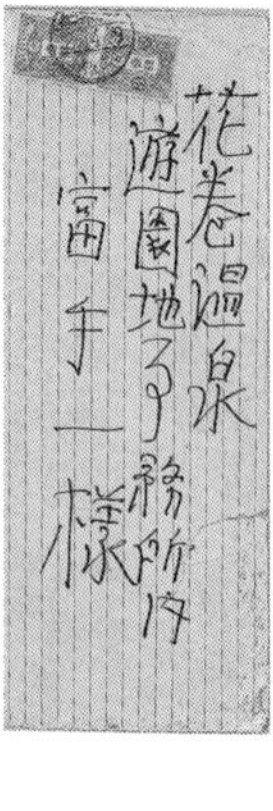

設計案等を送付した際の封筒。宛名の「富手」は正しくは「冨手」。賢治の誤記。

音楽とエスペラント

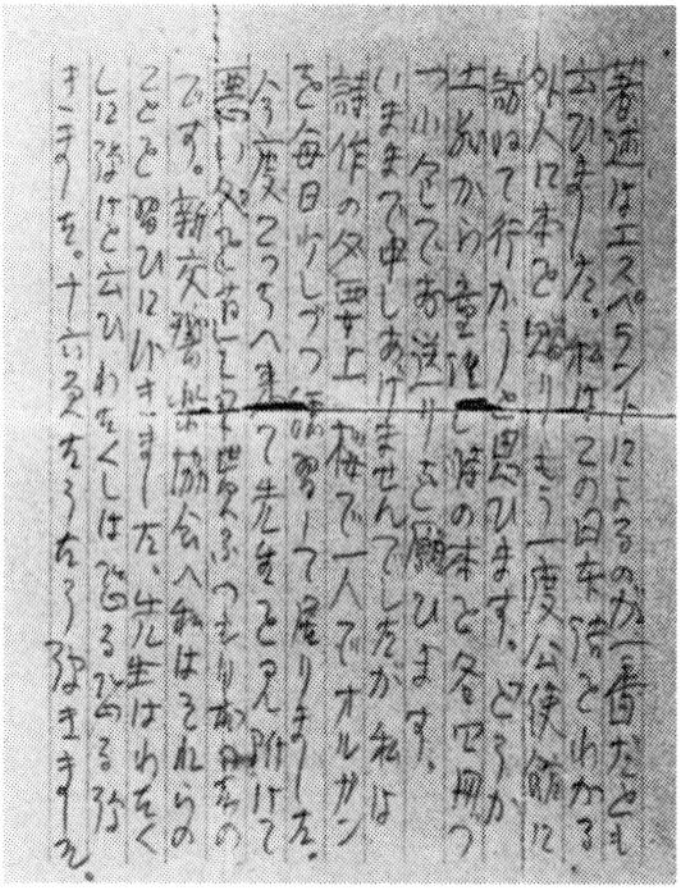

1926年12月12日付父宛書簡。エスペラントの学習、チェロの講習などの著述・詩作への必要性を訴える手紙。

「"ÏHATOV" FARMERS' SONG」楽譜（自筆謄写版刷）。歌詞は童話「ポラーノの広場」中の「ポラーノの広場のうた」と同じ。

賢治旧蔵のチェロと
メトロノーム。

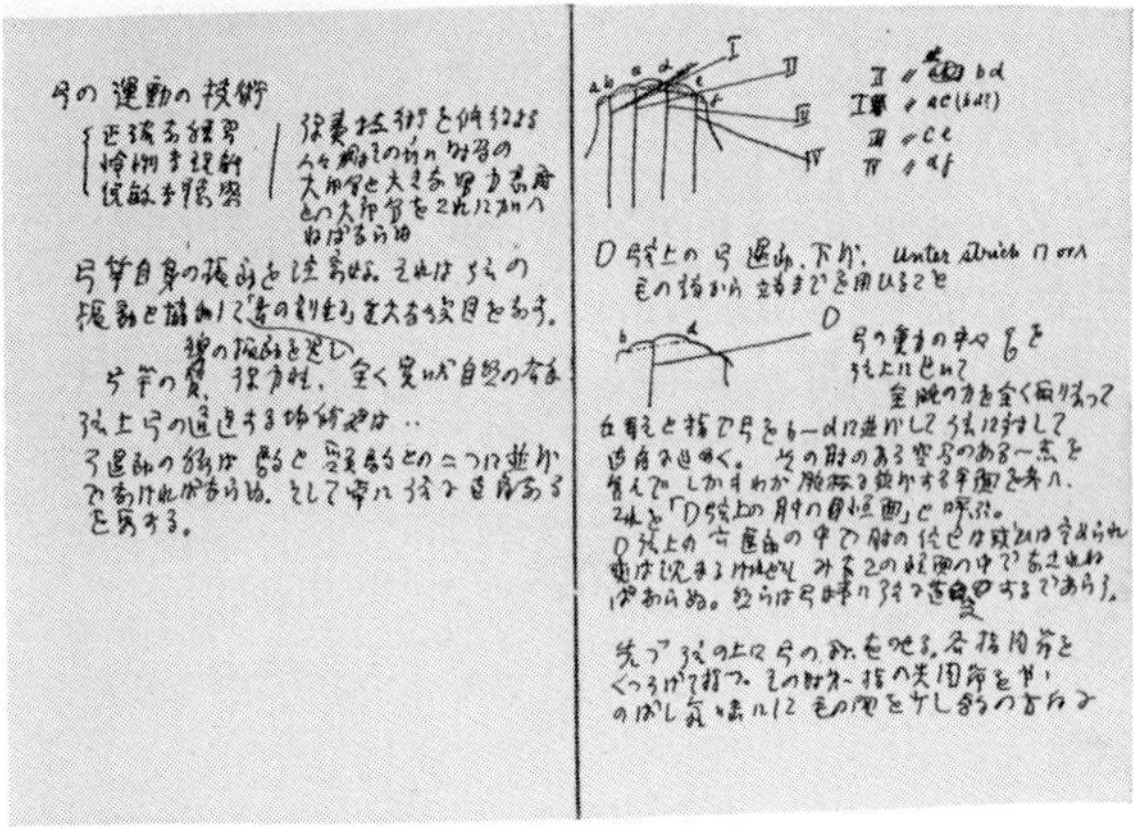

弓の運動の技術

賢治の抜粋筆写した平井保三『ヴィオロン・セロ科』中の「弓の運動の技術」。

賢治旧蔵のレコードとアルバム。

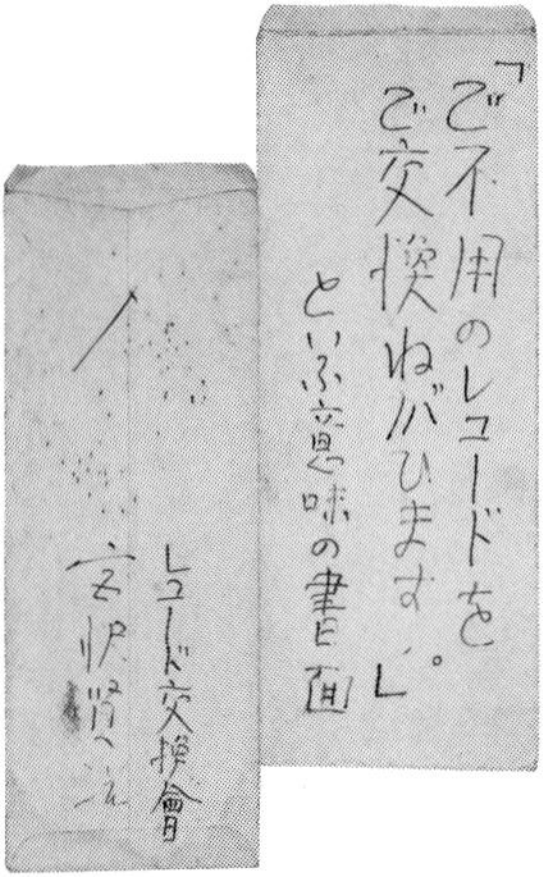

「ご不用のレコードをご交換ねがひます。」
といふ意味の書面
レコード交換會

レコード交換会の事務をすることになった高橋慶吾の紹介状（冨手一宛）。

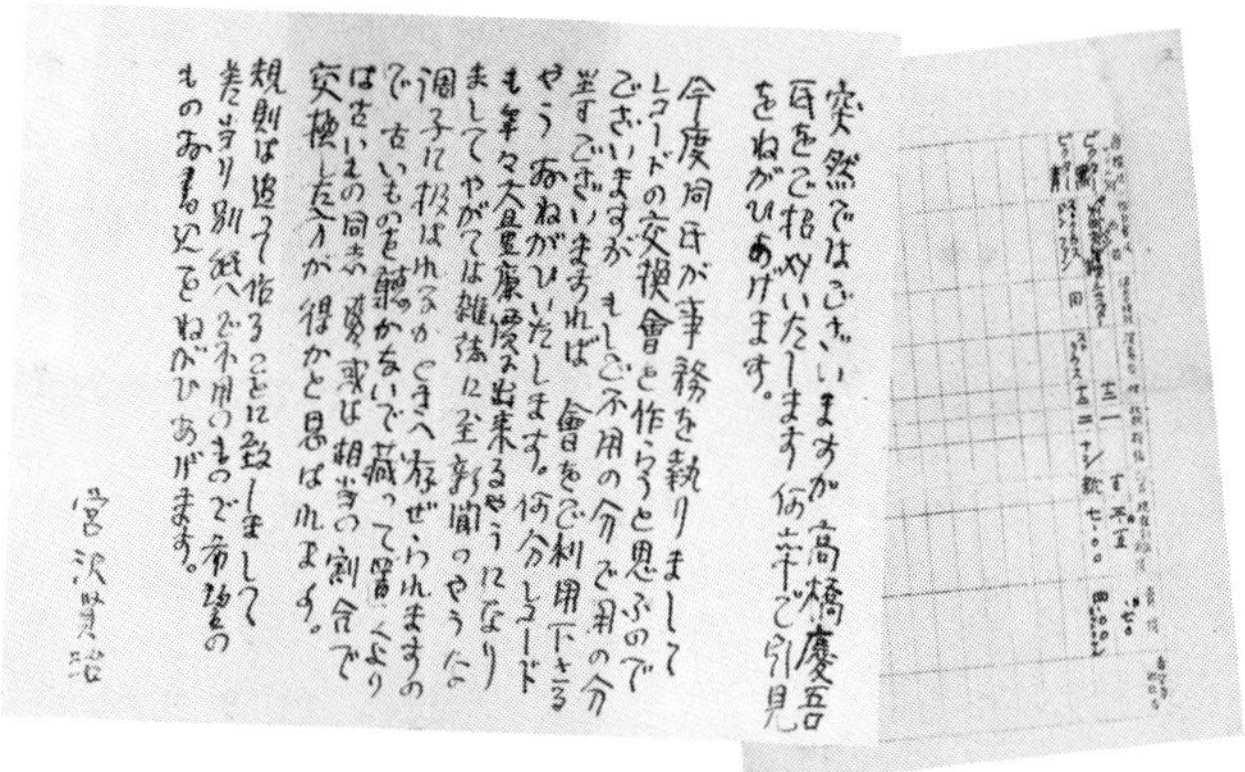

突然ではございますが高橋慶吾氏をご紹介いたします何卒ご引見をねがひあげます。

今度同氏が事務を執りましてレコードの交換會を作らうと思ふのでございますがもしご不用の分ご用の分ございますればご利用下さるやうおねがひいたします。何分レコードも年々大量廉價に出來るやうになりましてやがては雑誌乃至新聞のやうな調子に扱はれるかと考へ存ぜられますので古いものを聴かないで蔵って置くよりは古いもの同志要求は相當の割合で交換した方が得かと思はれます。

規則は追って作ることに致しまして差当り別紙へご不用のものご希望のものお書込をねがひあげます。

宮沢賢治

レコード交換会の案内とレコード交換用紙。

「春と修羅　第二集」から〈疾中〉にいたる心象スケッチ

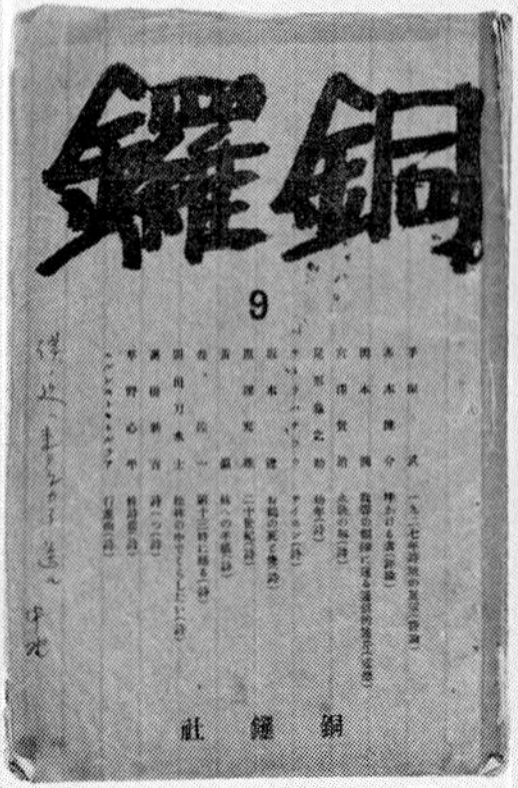

「銅鑼」第９号（1926年12月）。「永訣の朝」が再録された。

草野心平。中国広州で『春と修羅』と衝撃的に出会い、賢治を「銅鑼」同人に誘った。

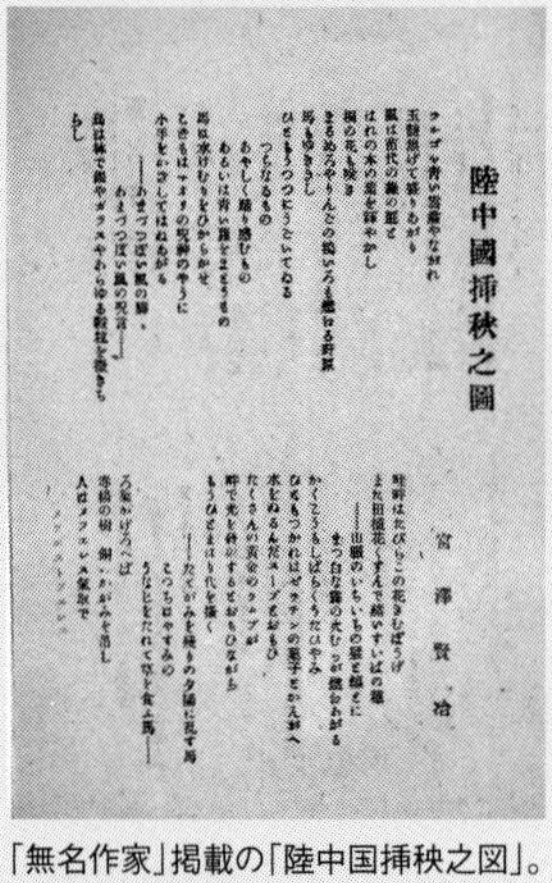

「無名作家」掲載の「陸中国挿秧之図」。「三四五〔Largo や青い雲滃やながれ〕」の雑誌発表形。

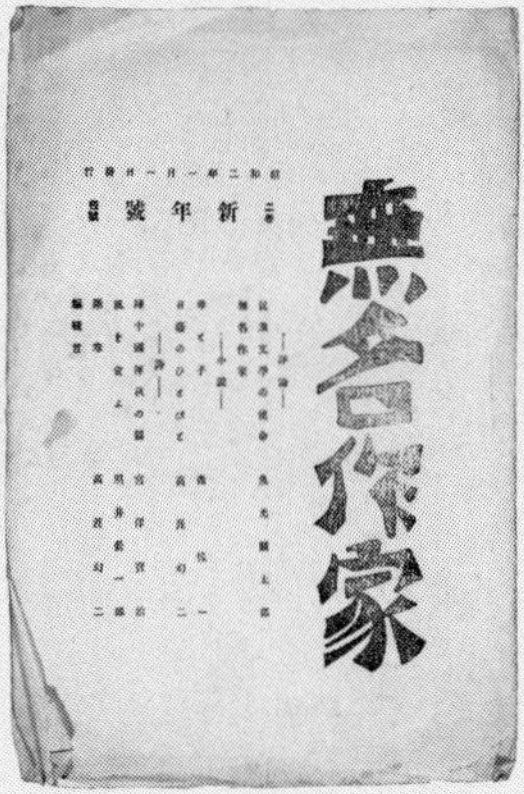

「無名作家」第２巻４号（1927年１月）。高涯幻二（梅野健造）発行。

「聖燈」第1号（1928年3月)。鮎川草太郎（梅野健造）発行。

「聖燈」に掲載された「稲作挿話（未定稿)」。

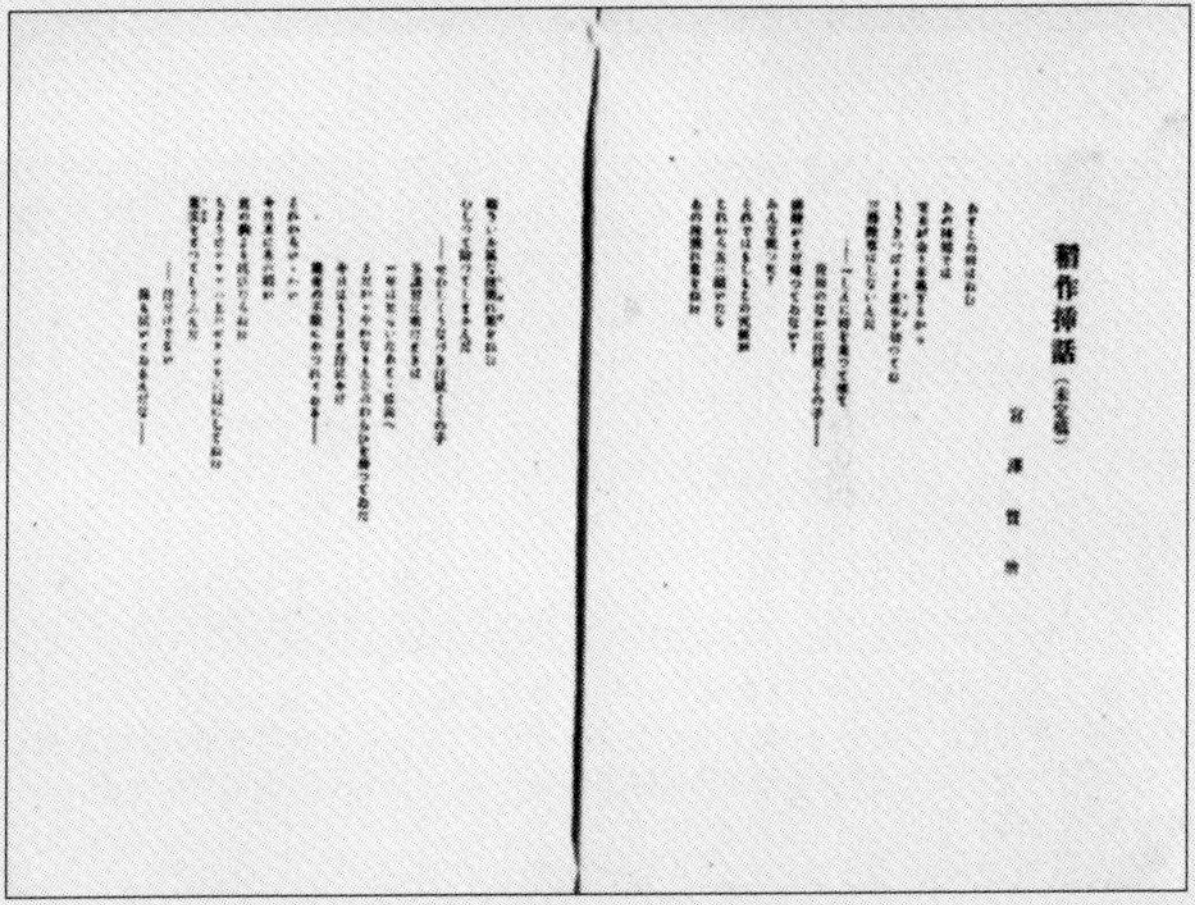

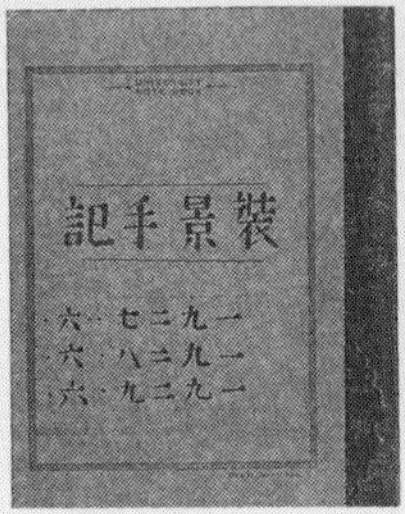

「装景手記」ノート。風景の設計思想と野の福祉をめぐる想念が展開するスケッチが収められる。

「東京」ノート。東京を題材にした心象スケッチや短歌を収録する。

「三原三部」ノート。1928年6月の伊豆大島行の詩が書かれている。

盛岡測候所と岩手山（1927年頃）。

水沢緯度観測所。1924年に訪れた賢治は心象スケッチ「晴天恣意」を書いた。

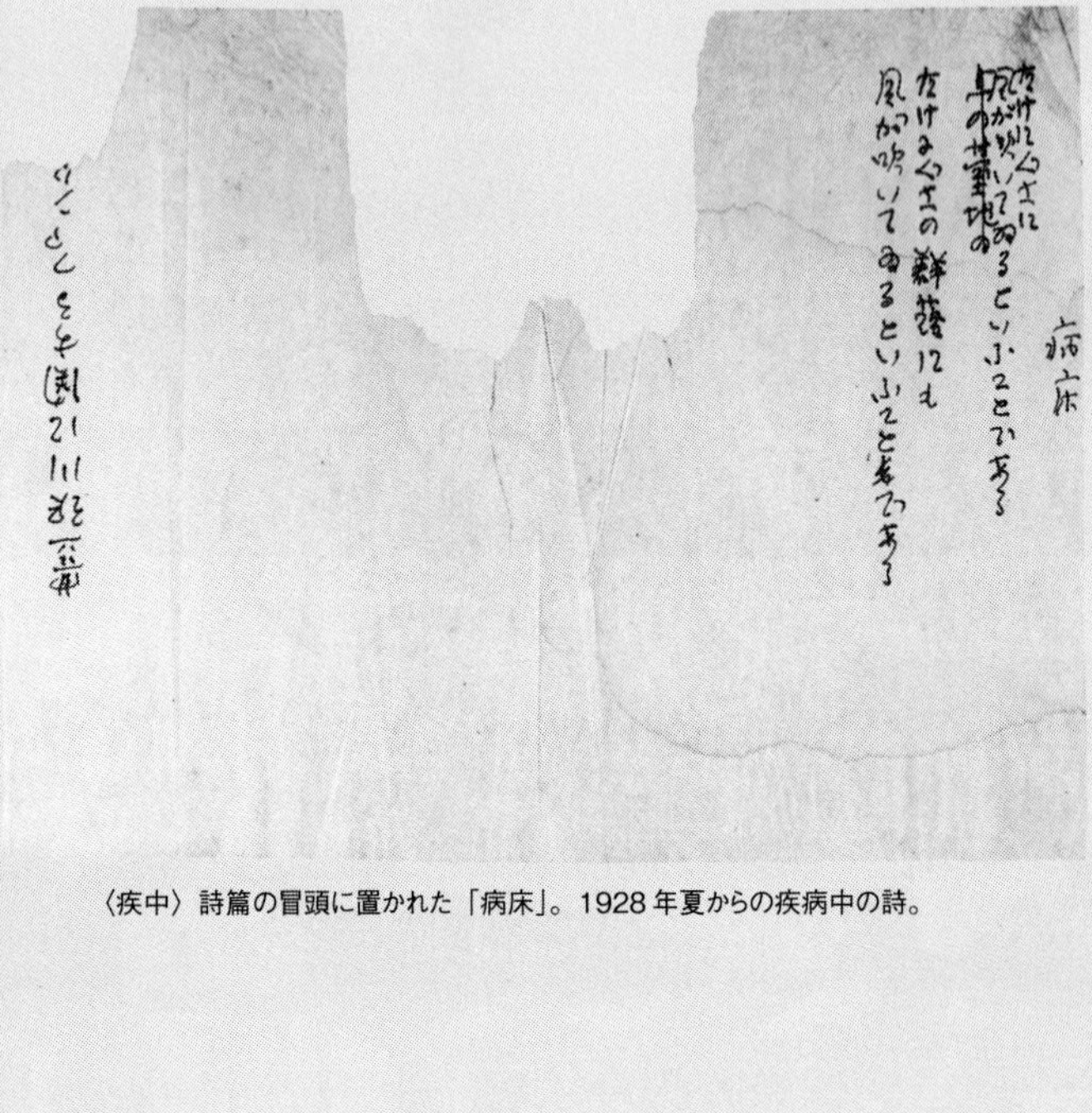

〈疾中〉詩篇の冒頭に置かれた「病床」。1928年夏からの疾病中の詩。

〈疾中〉詩篇をはさんだ黒クロース表紙。左下の手製ラベルに赤インクで「疾中」「8. 1928−1930」とある。

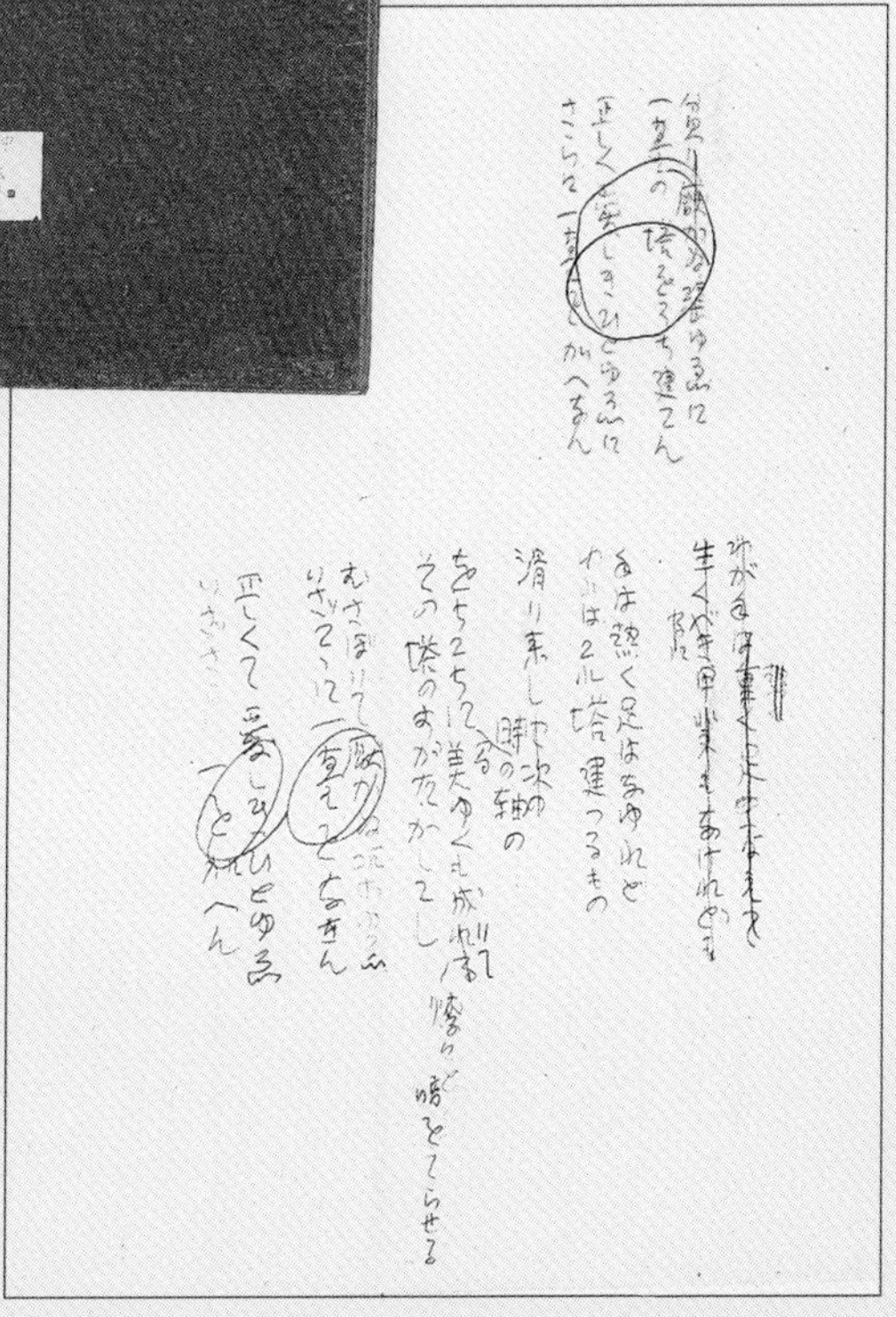

〈疾中〉詩篇中の「〔手は熱く足はなゆれど〕」。「われはこれ塔建つるもの」という詩句がある。

「新興藝術」第２号（1929年11月号）。編集発行高涯幻二。

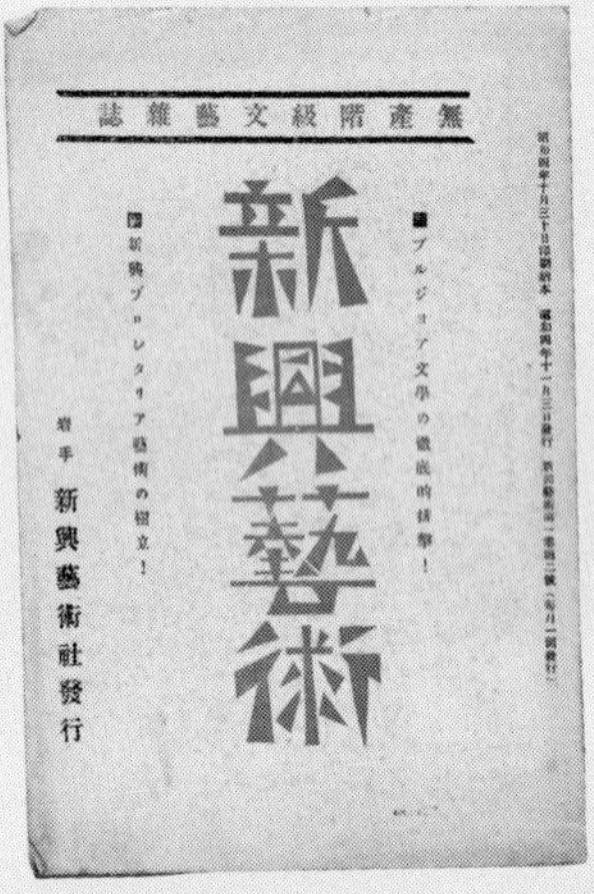

「新興藝術」第２号に掲載された「稲作挿話（未定稿）」。

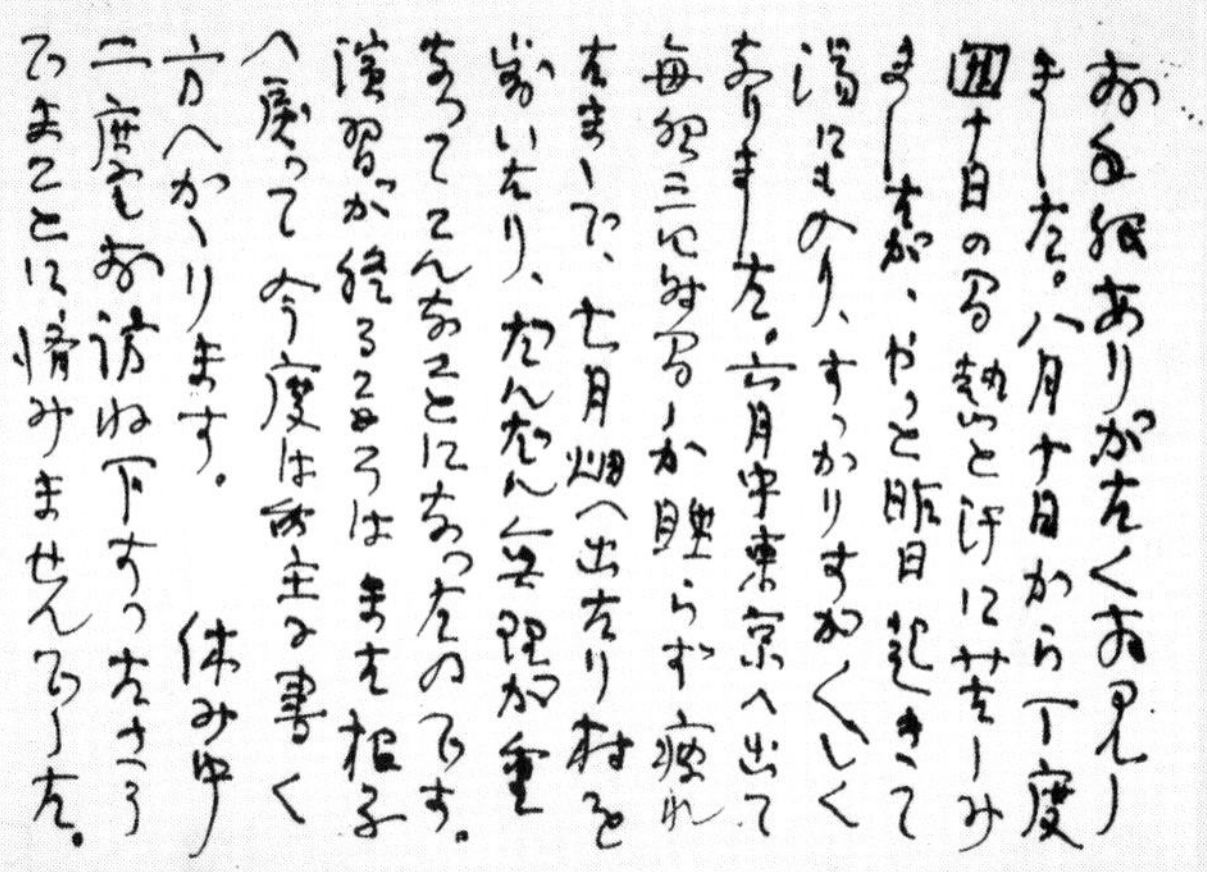

お手紙ありがたく拝見し
ました。八月十日から丁度
四十日の間熱と汗に苦しみ
ましたが、やっと昨日起きて
湯にも入り、すっかりすがすがしく
なりました。六月中東京へ出て
毎晩三四時間しか睡らず疲れ
たまゝで、七月畑へ出たり村を
歩いたり、だんだん無理が重
なってこんなことになったのです。
演習が終るころは また根子
へ戻って 今度は主に書く
方へかゝります。 休み中
二度もお訪ね下すったさう
でまことに済みませんでした。

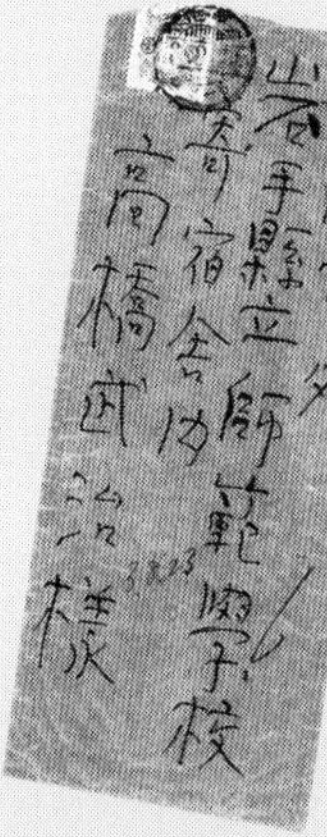

盛岡市外
岩手県立師範学校
寄宿舎内
高橋武治様

1928年6月の上京、伊豆大島訪問による疲労や、肥料設計した稲のための雨中の奔走を引き金として、8月に病に倒れた。病名は、両側肺浸潤。「熱と汗に苦し」んだ後、小康状態を得て書いたのがこの書簡。花巻農学校の教え子で、当時岩手師範学校に入っていた高橋（のち沢里）武治に宛てたもの（28年9月23日付）。6月から無理が重なって病に倒れたと報告している。

あらたなるよきみちを

杉浦　静

宮澤賢治は、一九二八（昭和三）年夏に、東京・大島旅行での疲労に、その後の天候不順・干魃対策での奔走による過労を重ねた末に両側肺浸潤に倒れた。一二月には急性肺炎を発病して、重篤な状態にもなったが、三〇（昭和五）年に至って快方に向かい、冬には、「この冬さへ越せばもう元の通り何をしてもいゝと医者も云ってゐます。」と友人に書き送るほどになった。この療養のあいだ、伊藤忠一には、「たびたび失礼なことも言ひましたが、殆んどあすこではじめからおしまひまで病気（こころもからだも）みたいなもので何とも済みませんでした。」（三〇年三月一〇日付）と書くように羅須地人協会の時期の理想に燃えた行動を反省的にとらえていた。しかし、賢治は、農民として生活しながら行った羅須地人協会の活動を敗北とはとらえていなかったと思われる。一九二九（昭和四）年の、小笠原露宛てと推定される書簡中には、

根子では私は農業わづかばかりの技術や芸術で村が明るくなるかどうかやって見て

半途で自分が倒れた訳ですがこんどは場所と方法を全く変へてもう一度やってみたいと思って居ります。

とも書いているのである。「本統の農民」になって「農村を明るくする」という理念は、「半途で自分が倒れた」ために中断したのであって、理念の敗北ととらえていたわけではないことがわかる。それゆえ、回復するに従い、仙台に出る、釜石の水産製造の仕事につく、「例の石灰岩抹工場へ東磐井郡へ出る」などと、家を出て外の土地で働く希望を友人やかつての教え子たちにも書くようになっていったのだろう。

このように、挫折からの再起を模索していた宮澤賢治の元に鈴木東蔵が訪れてきた。鈴木東蔵は、岩手県東磐井郡長坂村の出身で、上京して小新聞社に勤め、地方自治と農業の改造について論じた『理想郷の創造』(一九二〇)を出版した後に帰郷、石灰石粉を製造販売する東北砕石工場を始めた。鈴木は著書に「町村民全体が幸福に暮して行かうとするには、上級に安逸を貪る富者なく、下級に生活に泣く貧者を絶滅せねばならぬ」とも書いていて賢治の理念に共通するものをもっていた。鈴木が、賢治を訪問した契機について新校本全集年譜は、「宮澤という人が石灰をすすめた年は売れ、病気で倒れると全然注文がなくなったという。その人はもと農学校の先生で肥料の神さまといわれ、農民のために奔走したことを教えられ、その足で賢治を見舞ったのである。」と伝えている。鈴木の訪問によって結果的に、賢治は東北砕石工場技師という職業で再起することになった。最初は、鈴木東蔵からの様々な形での働きかけや相談があり、それらに応えるようにして一九三〇（昭和五）年四月頃には、鈴木に宛てて「貴工場に対する献策」を書き、販売名称・販価・品質等々について、きめ細かい提案を行った。そして、後には鈴木東蔵が作成しつつあった肥料用炭酸石灰の広告文についても丁寧にチェックを入れるようにもなっていった。賢治は、次第に砕石工場へのアドバイスにのめり込んで行ったのである。そしてついに、一九三一（昭和六）年二月には、鈴木東蔵と契約を結び、東北砕石工場技師に就任することになったのである。

これ以後の東北砕石工場技師時代の賢治を、セールスマン宮澤賢治と評することが多くなっているが、東北砕石工場の「技師」賢治は、ほんとうは何をしたかったのであろうか。

砕石工場技師時代の初期、一九三一（昭和六）年二月から使われはじめた「王冠印手帳」と呼ばれている手帳がある。そこに

あしたはいづこの組合へ
一車を向けんなど思ふ
さこそはこゝろうらぶれたりと
たそがれさびしく

汽車にて行けば
あゝいま北上沖積層を
けぶりはほのかに青みてながる（七九頁）

とはじまる心象スケッチ（詩）がある。一車とは販売の単位で、貨車一杯分の肥料用炭酸石灰をいうようだが、販売の場合も実際に駅まで貨車で運んでもいる。黄昏の車中で、明日一車の石灰をどこの組合に売ろうかと考えている自分を、「さこそはこゝろうらぶれたり」とさびしく描いているのである。そして、さらにこのあとの部分では、

山なみ越えたるかしこの下に
なほかもモートルとゞろにめぐり
はがねのもろ歯の石噛むひゞき
ひとびとましろき石粉にまみれ
シャベルを叺をうちもるらんを
あゝげに恥なく生きんはいつぞ
妻なく家なくたゞなるむくろ
生くべくなほかつこの世はけはし（八一〜八三頁）

というように、かなたの砕石工場で石灰石を砕いて岩抹製造に従事する労働者を思い、そ

の人たちの働く姿と対比して、自らを「あゝげに恥なく生きんはいつぞ」と思っている。自らの現在の生き方そのものを、恥あるものとしてとらえているのである。

さらにまた、別の頁には、

あらたなるよきみちを得しといふことは
たゞあらたなる
なやみのみちを得しといふのみ
このことむしろ正しくて
あかるからんと思ひしに
はやくもこゝにあらたなる
なやみぞつもりそめにけり
あゝいつの日かか弱なる
わが身恥なく生くるを得んや（四三頁）

という痛切な一篇もある。「あらたなるよきみち」とは、東北砕石工場技師として生きることである。このとき賢治が砕石工場と結んでいた契約は、第一項が宮澤家による資本援助であるが、第二項以下に掲げられた賢治の職分は、「説明書並広告文ノ起草」「炭酸石灰ニ関スル調査並ニ改良」「照会回答」という肥料科学技術に関するものばかりではなかった。第三項に「岩手県・青森県・秋田県・山形県ノ宣伝ヲ宮澤ニテ行ヒ右ノ注文ニ対シテハ松川駅渡十貫ニツキ二十四銭五厘ニテ宮澤ニ卸売スルモノトス」という項があり、宮澤がなすのは宣伝だけではなく宣伝・販売、現在いうところの訪問販売をすることも契約の内容にあったのである。

賢治は、これ以前に『春と修羅』中の「雲とはんのき」（一九二三、八、三一）には、

これら葬送行進曲の層雲の底
鳥もわたらない清澄な空間を
わたくしはたつたひとり
つぎからつぎと冷たいあやしい幻想を抱きながら
一挺のかなづちを持つて
南の方へ石灰岩のいい層を
さがしに行かなければなりません

と記していた。『春と修羅』冒頭の「屈折率」で、「向ふの縮れた亜鉛の雲へ／陰気な郵便脚夫のやうに／（またアラツデイン、洋燈《ラムプ》とり）／急がなければならないのか」と使命感を記していた詩人は、翌年の妹の死による衝撃から「みんなのほんたうのさいはひ」を求める方向での再生の意志を、「石灰岩のいい層」を探しに行くこととして表象しているので

ある。ここでは「石灰岩のいい層」を探すことが、何のためなのかについては語られず、それを再生した自分の新しい使命ととらえていることのみが語られるわけだが、それから一年後の日付を持つ『春と修羅』第二集の「三一三　産業組合青年会」(一九二四、一〇、五)には、石灰岩の用途が次のように語られる。

部落部落の小組合が
ハムをつくり酵母をつくり医薬を頒ち
その聯合の大きなものが
山地の肩をひととこ砕いて
石灰抹の幾千車かを
酸えた野原にそゝいだりゴムから靴を鋳たりもすると

同日日付の「三一四　業の花びら」(「〔夜の湿気と風がさびしくいりまじり〕」下書稿)への加筆推敲のなかにも石灰岩は現れる。興味深いのはここでも「雲とはんのき」同様に石灰岩を求めて行われる営為が、層積雲の底でなされているということだ。

あの重くくらい層積雲のそこで北上山地の一つの稜を砕き　まっしろな石灰岩抹の億噸を得て
幾万年の脱滷から異常にあせたこの洪積の台地に与へつめくさの白いあかりもともし

はんや高萱の波をひらめかすと云っても

このスケッチでは、このあと「それを実行に移したときに／ここらの暗い経済は／恐らく微動も／しないだらう」と悲観的な現実を語ってゆくことになるのだが、しかし、ここで描かれているのは石灰岩抹による土壌改良への期待である。前のスケッチでも「酸えた野原にそゝいだり」と酸性土壌の改良に使われるものであり、産業組合の事業の一つとして期待されているものであった。

「雲とはんのき」以降のスケッチには〈石灰幻想〉が出現し、それがイーハトーブの改良をめざす詩人の使命ともなっていた。現実においても、羅須地人協会活動や肥料設計活動のなかで、積極的に石灰の使用を推奨し、実際の効果を上げていたことを、周囲も認めていたのである。

石灰岩抹の使用、普及は、賢治の農村改良の理念を実現する有効な手段の一つであった。東北砕石工場技師という職は、まさにその有効な手段となるはずだったのである。しかし、実際に肥料用炭酸石灰の宣伝・販売に従事した時、聞こえてきたのは、

肥料屋の用事をもって
組合にさこそは行くと
病めるがゆゑにうらぎりしと

さこそはひとも唱へしか

という声であった。「うらぎり」の内実は書かれてないが、「肥料屋」という販売を主たる業とするものへの呼称を使用しているところを見ると、羅須地人協会時代には無料で肥料設計をしていたのに、いまは、肥料を売りつけるようになったという、賢治の変り身に対して、「うらぎり」という言葉は投げかけられているようである。

いずれにしても、このように販売にかかわっている自らを意識したとき、「うらぶれ」「かなしみ」「なやみ」、はては生き恥の感情・感覚が身を包んでしまうのである。それはなぜなのか。青年期以来、家業の商行為に対する忌避感や、さらに資本の運転、交渉、駆け引きの拙さへの自覚などが、商行為に関わることへの負の意識を形成していたためではなかろうかと、とりあえず考えてみることもできる。しかしそればかりではなく、様々な複雑な要素から構築されていった商行為への意識がこのような反応の根底にあったことは疑いない。

羅須地人協会活動の挫折から再起しようとした宮澤賢治の選び取ってしまった場所は、ここに見てきたような亀裂の狭間であった。このことが、こののちの身を滅ぼすような宣伝・販売活動へと彼を押し出して行くことになったのである。

第5章

東北砕石工場技師時代

（昭和五年―昭和八年）

1930―1933

石灰岩を砕き、農民に必要な製品を作る労働者に立ち混じって、ポケットに両手を入れ、右足を折って佇む姿は、〈詩人賢治〉が〈魂の技師〉であったことを語っている。

一九三一（昭和六）年三月になると、病状は次第に快方に向かい、一月に東北砕石工場主鈴木東蔵から工場技師への招請を受けていた賢治は、関豊太郎の助言もあおいで返信（三月五日）。この頃より本格的に砕石工場の仕事に関わっている。炭酸石灰による土壌改良の必要を真剣に考慮していた賢治は、製品の改良や宣伝、また東北各地を巡回しての販売面にまで全力を投入した。

一九三一年九月、工場不況の打開のため、炭酸石灰・石灰製品の見本をつめた重いトランクを携行して上京する。着京と同時に発熱し、東京神田駿河台の旅館八幡館で倒れた。高熱にあえぎながら、既に死を覚悟して、父母弟妹に宛てて遺書を書き残した（没後発見）。電話により報知を受けた父の厳命により帰郷した賢治は、以後長い病床につくのである。この病床で賢治の思想の一つの結晶体ともいわれる有名な「雨ニモマケズ……」も黒い一冊の手帳に書きとめられた。

一九三三（昭和八）年九月十九日、鳥谷ヶ崎神社祭礼最終日の夜、神輿渡御を門前に迎えて礼拝、翌日夜遅くまで訪問の農民の肥料相談を受け疲労、二十一日朝、突然容体が急変した。「国訳妙法蓮華経」の印刷と頒布を遺言、その後記の言葉を口述した後、午後一時三十分に永眠した。三十七歳の短い、しかし烈しい生涯であった。

工場でのとりくみ

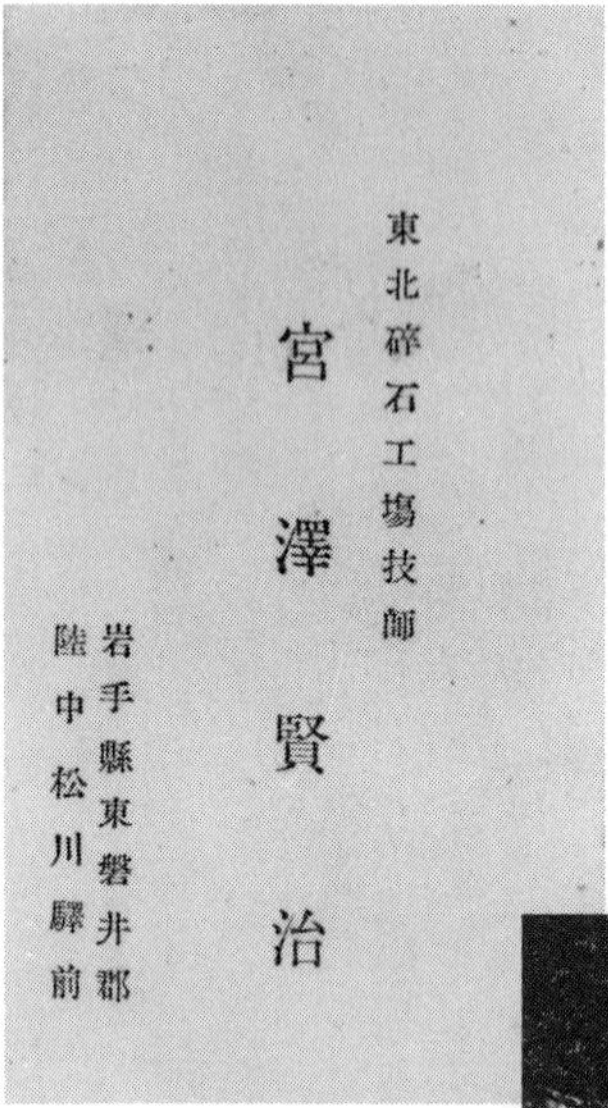
東北碎石工場技師
宮澤賢治
岩手縣東磐井郡
陸中松川驛前

この名刺の肩書はあたかもここまでの全仕事を集約体現しているかのようだ。

賢治が関わった当時の東北砕石工場。

後列左から３人目鈴木東蔵、その右が賢治。

1931年３月31日付、鈴木東蔵宛はがきの表裏。このところ連日（同日朝にも）このような商用書簡のやりとりが続いた。

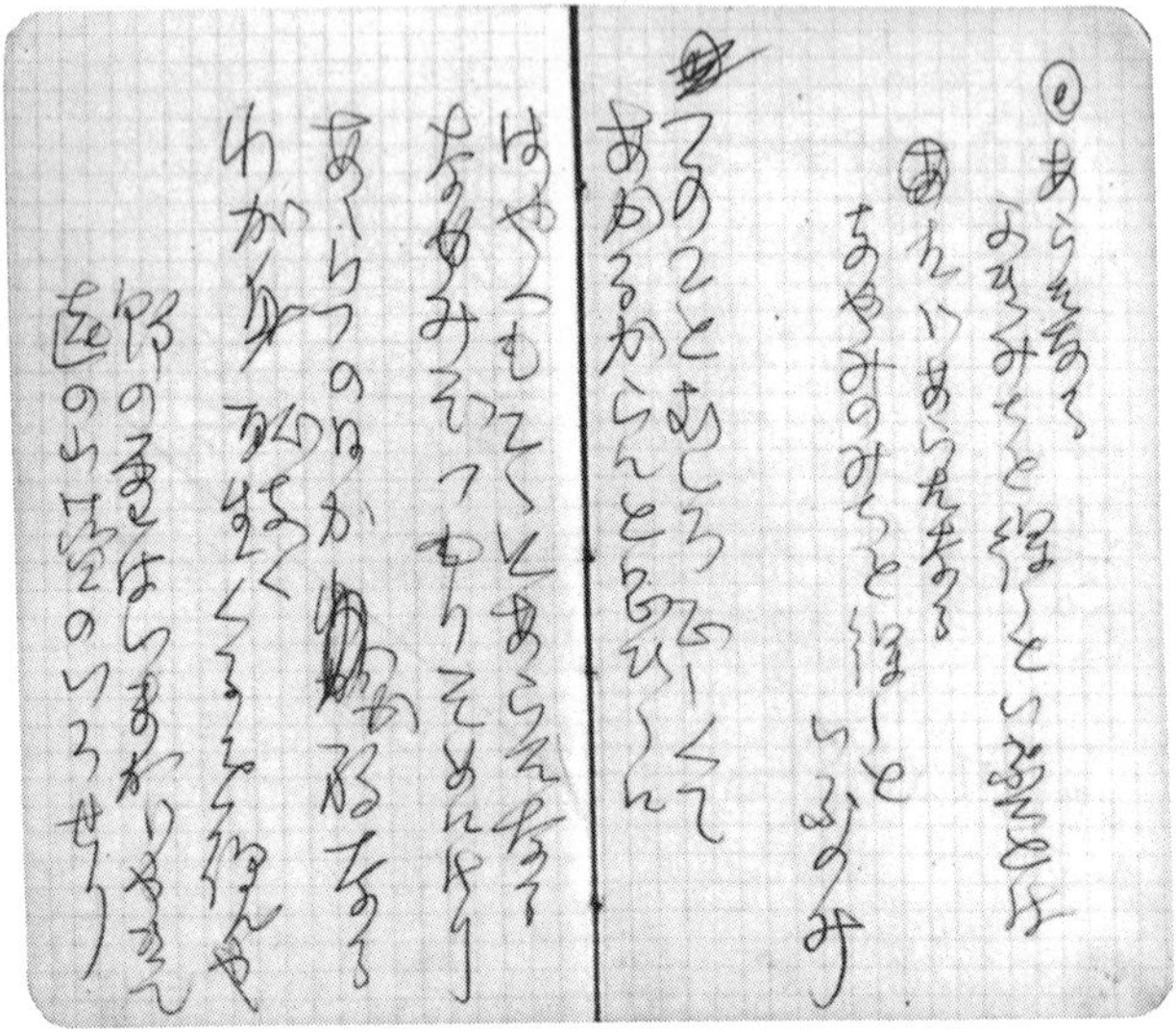

当時主として商用メモ用に用いられた「王冠印手帳」、43～44頁の詩句。

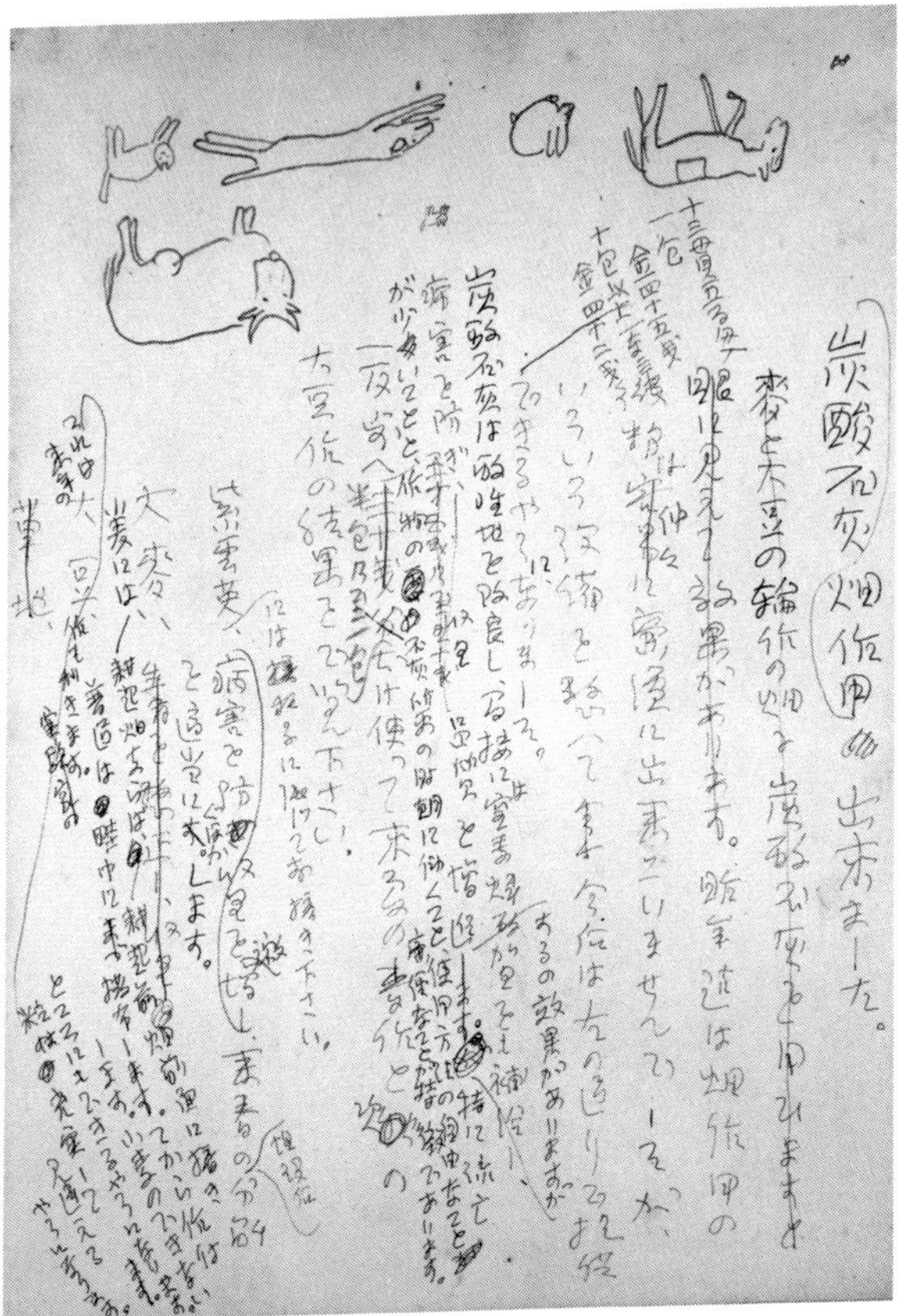

広告宣伝文「畑作用炭酸石灰ができました」の異稿下書にあたるもので、文語詩「式場」下書稿裏面に青インクで上下逆に書かれている。

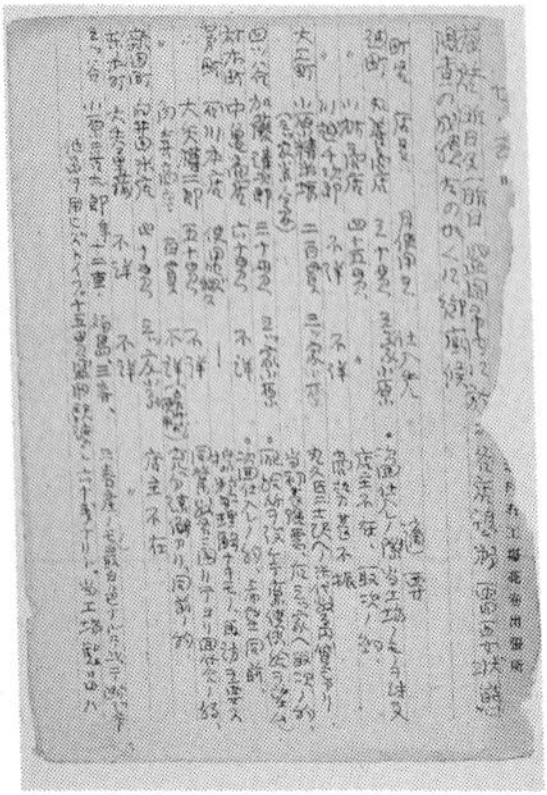

盛岡市内各店搗粉需要状態調査の報告（鈴木東蔵宛1931年7月3日付書簡）。

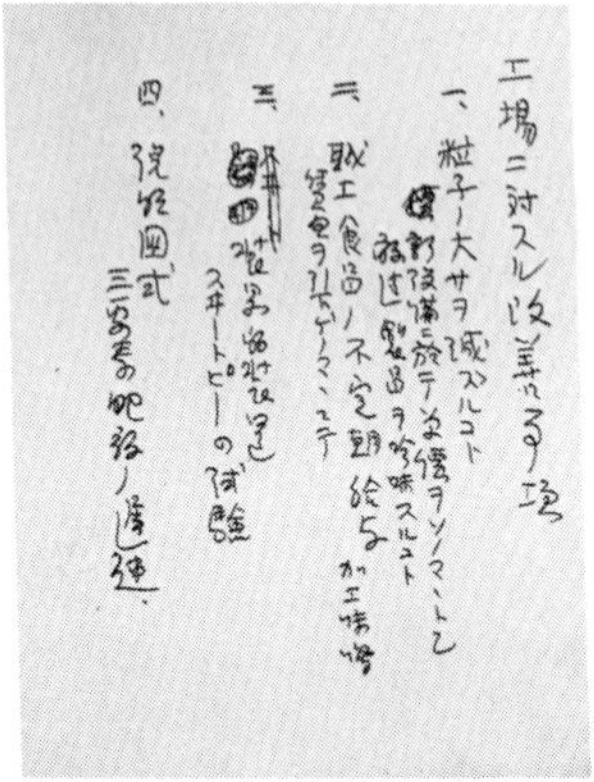

賢治自筆の「工場ニ対スル改善事項」。

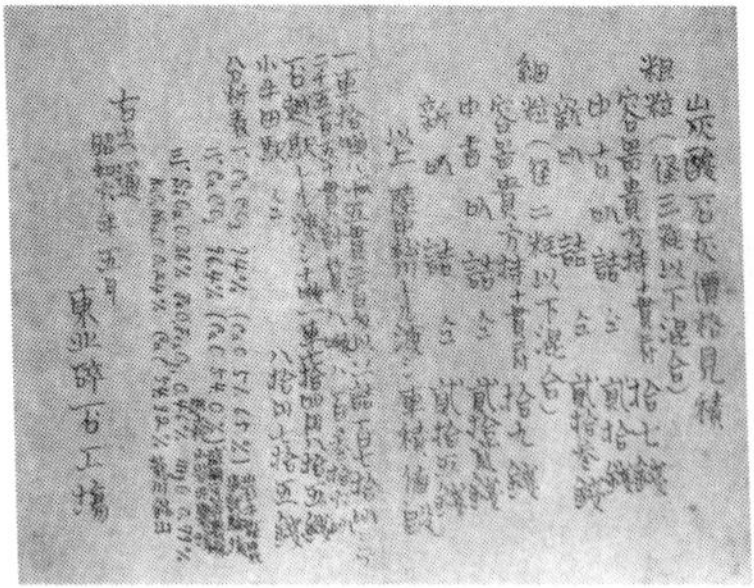

1931年5月炭酸石灰価格見積。

「肥料用炭酸石灰」宣伝用小冊子。表裏表紙の間に、横53cmの長い中紙に印刷したものを六折にしてはさんである（1929年版）。

浮世絵への関心

広重「池鯉鮒」。賢治の収集した浮世絵の一。他にも勝川春好らの角力絵、歌川国貞、三代豊国らの役者絵などが宮澤家に残されているが、他の多くは知友に贈られた。

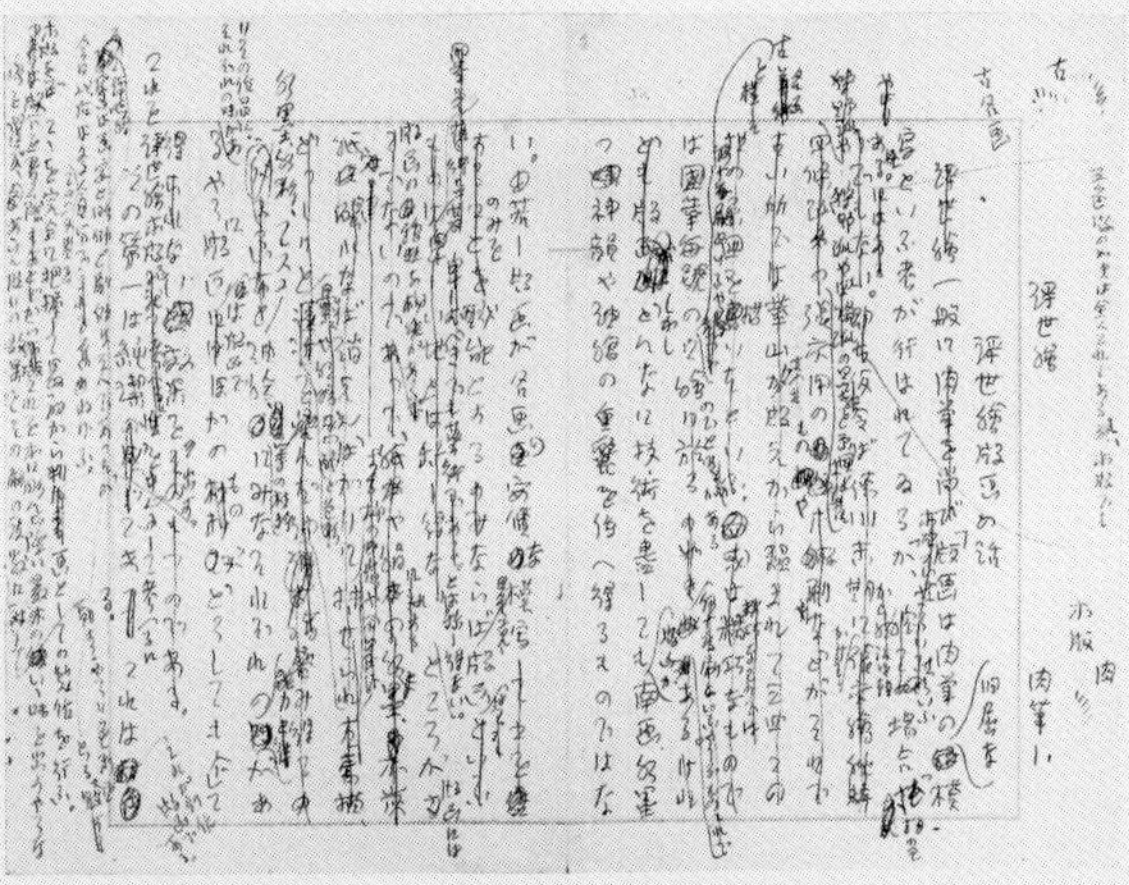

「浮世絵版画の話」草稿。佐藤益三商店製原稿用紙を使用。1932～33年秋頃の執筆。

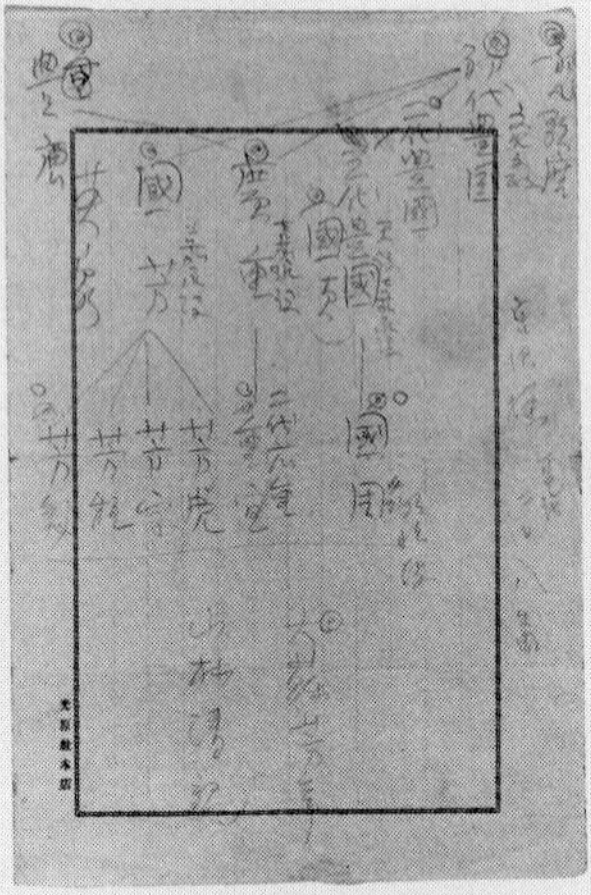

「浮世絵画家系譜」。「光原社本店」用箋（黒罫）に記入。

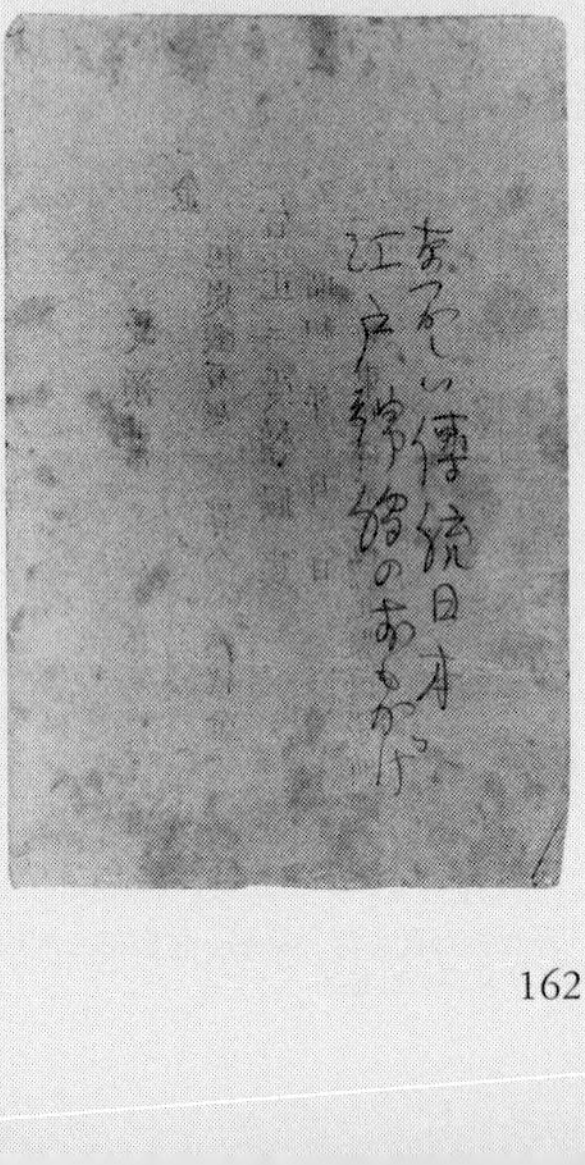

「浮世絵広告文」。東北砕石工場花巻出張所の「受領書」用紙の裏面に書かれたもの。

毛筆による習字・揮毫から

最晩年の賢治は、さまざまな用紙に毛筆で自作他作の短歌や俳句、経文の一節などを、習字・揮毫したものを残している。そのうち、「風耿」と自らの俳号が記されたものは自作の句である。

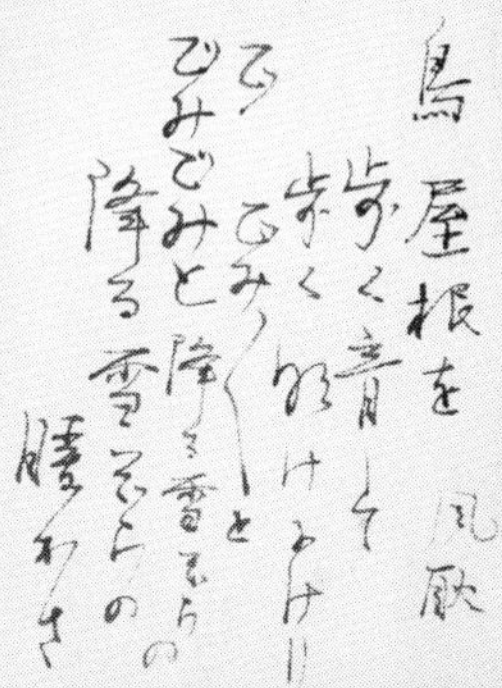

「鳥屋根を歩く音して明けにけり　風耿」
「ごみごみと降る雪ぞらの暖かさ」
（奉書紙にブルーブラックインクで）

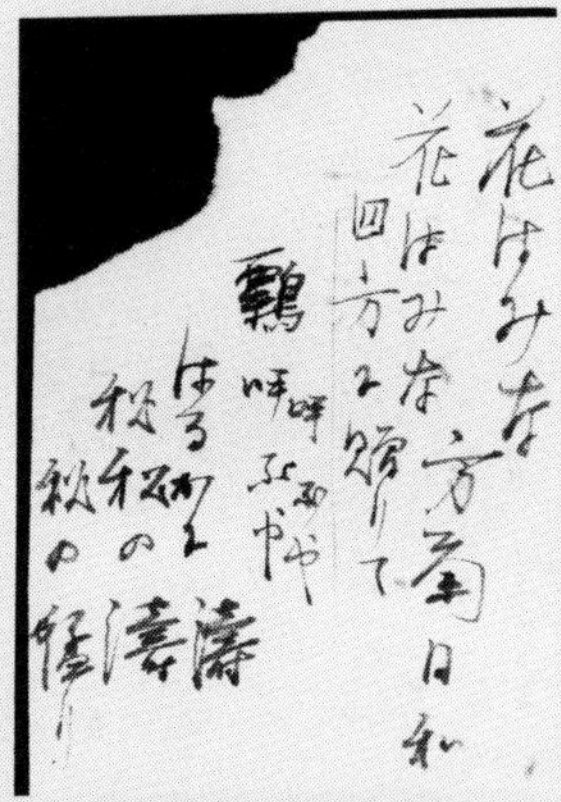

「花はみな四方に贈りて菊日和」
「鶺呼ぶやはるかに秋の濤猛り」
（奉書紙にブルーブラックインクで）

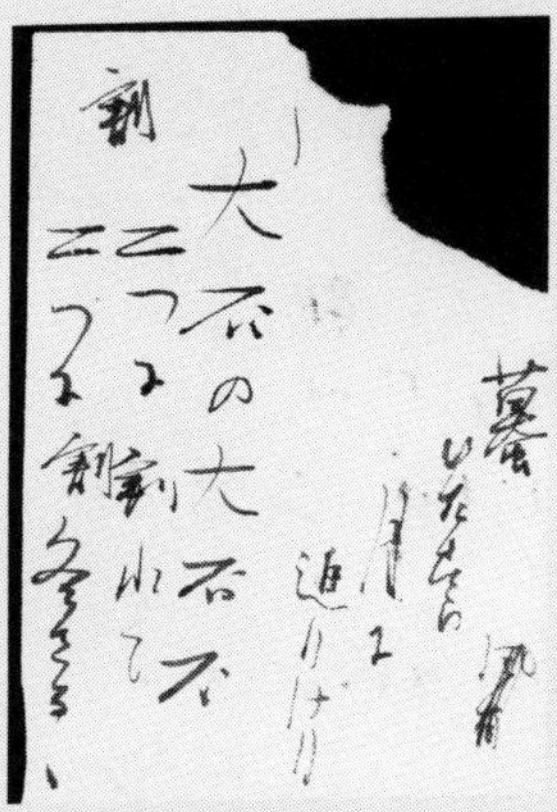

「墓ひたすら月に迫りけり」
（村上鬼城の作。原文は「墓一蓦」）
「大石の二つに割れて冬さるゝ」
（村上鬼城の作）

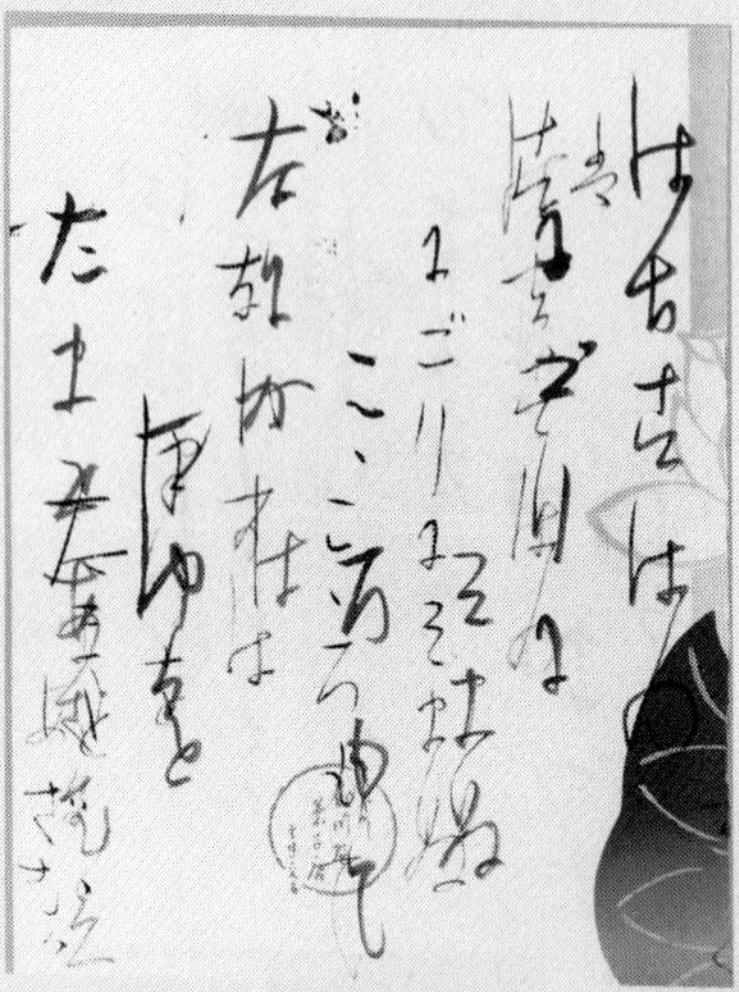

「はちすはのにごりにそまぬこゝろもてなにかはつゆをたまとあざむく」
（僧正遍昭作の和歌。濃い墨、淡い墨で、２通りに重ね書きされている）

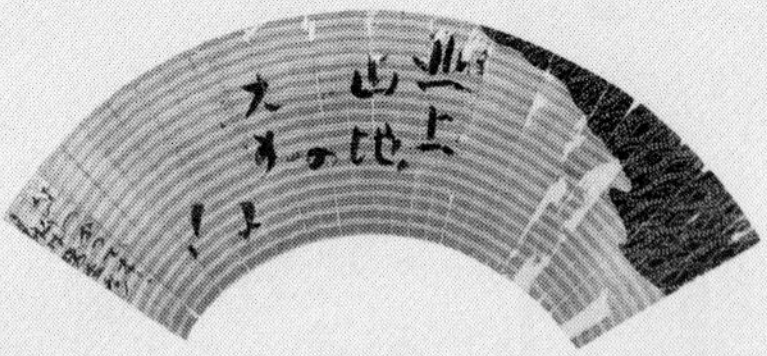

記入は墨で「北上山地のために」。これは文語詩「種山ヶ原」の扇面毛筆稿の裏面に書かれたもの（1930年３月）。

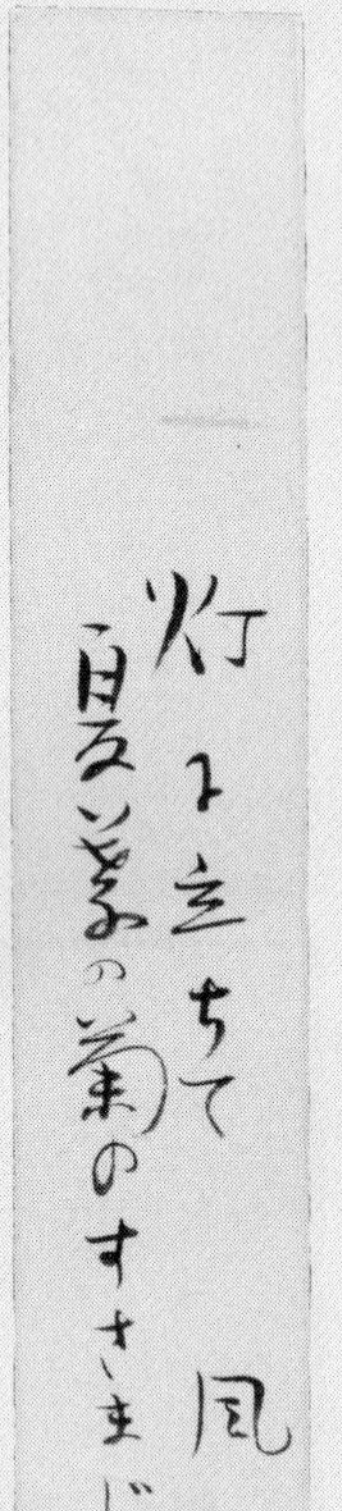

「灯に立ちて夏葉の菊のすさまじさ　風耿」
（上質和紙に墨で）

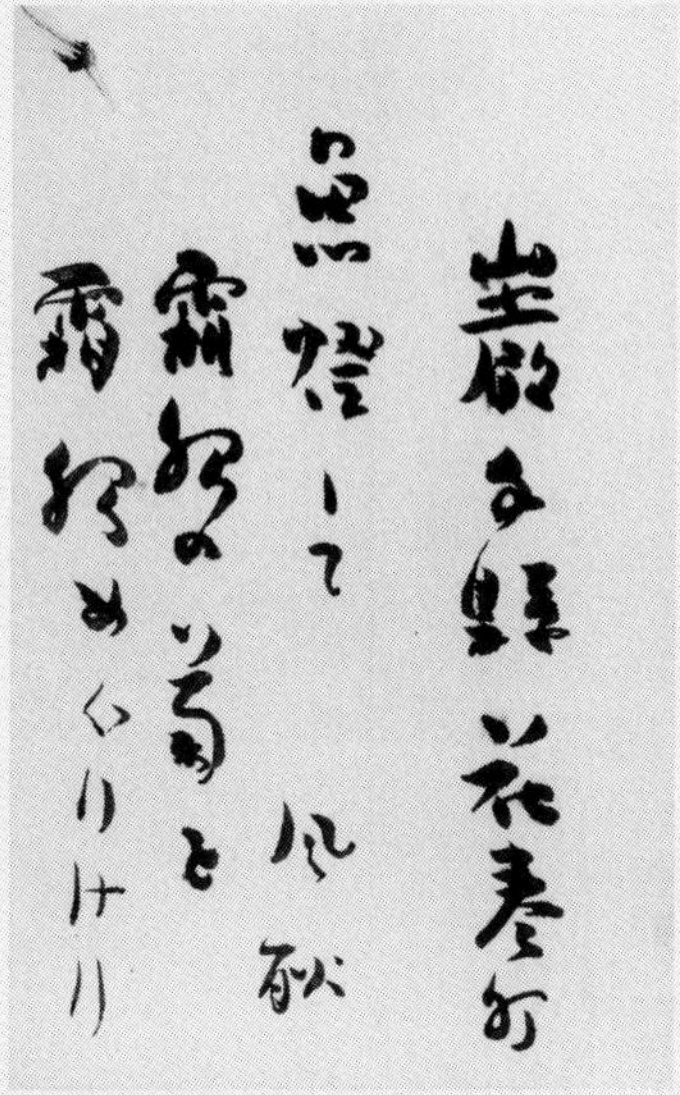

「巌手県花巻町　魚燈して霜夜の菊をめぐりけり　風耿」
（1枚の和半紙の右半に墨で、左半は切り離されている。その内容は189頁右下に掲出）。

自刻印鑑。1920年の作（実物は焼失）。印面の直径1.5m。

「菩薩像」として知られる（原画は戦災で焼失。詳細不明）。

草野心平は最も早く賢治作品に注目した一人で、とくに「詩神」誌で次々に言及、1931年7月の同誌第5号に長文の「宮澤賢治論」を発表している。

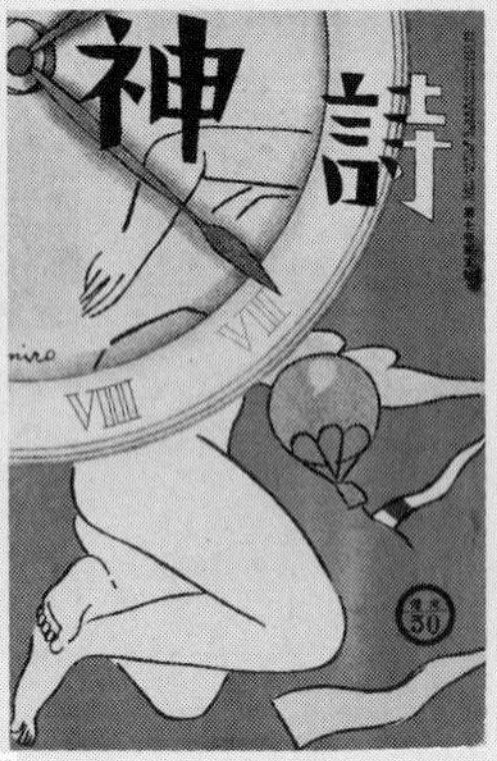

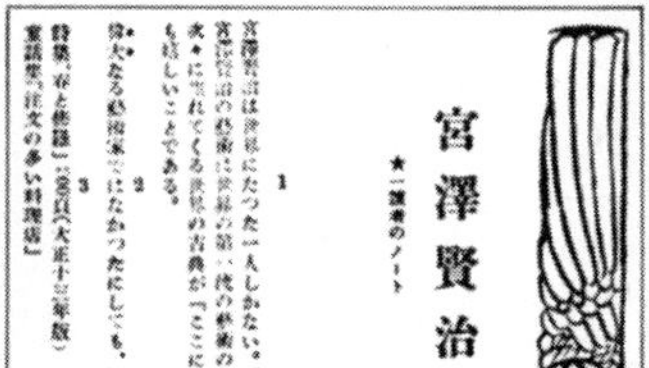

宮澤賢治論

★一讀者のノート

草野心平

1

宮澤賢治は世界にたつた一人しかない。ブリキ屋平山豊吉も世界にたつた一人しかないやうに。
宮澤賢治の藝術は世界の第一流の藝術の一つである。ブリキ屋平山豊さんが日本一流のブリキ屋である如くに。
次々に生れてくる世界の古典が「こゝにも仲間がゐる」と宮澤の藝術に胸をドキツカせるだらう姿体は思つただけでも嬉しいことである。

2

偉大なる藝術家ではなかつたにしても、稀有な詩人であつた啄木を生んだ岩手縣に宮澤賢治は生れた。

3

詩集「春と修羅」(大正十三年版)
童話集「注文の多い料理店」

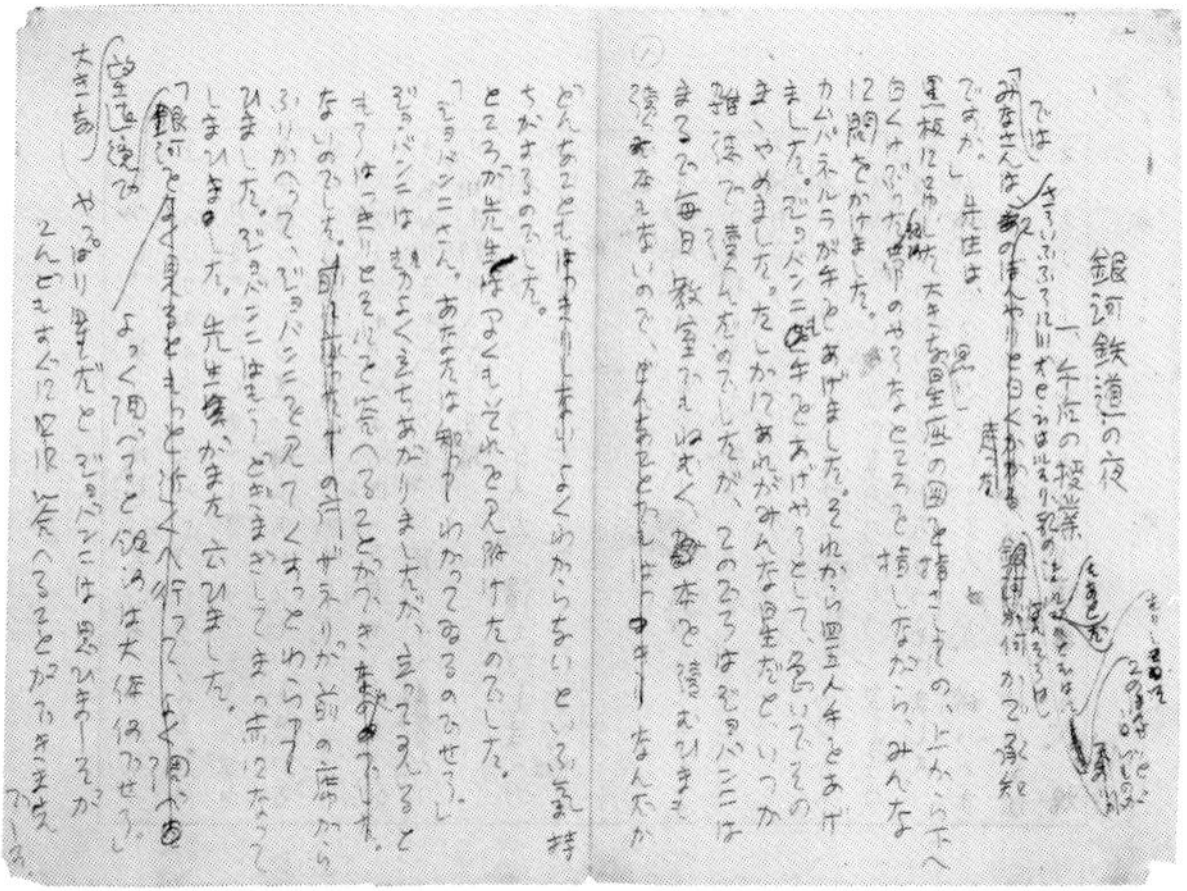
銀河鉄道の夜

「銀河鉄道の夜」最終形全83葉の第1葉（1931年頃）。量的にもその魅力と謎の点でも賢治の代表作となったこの童話は、すでに24年12月にはその初期形が出来上がっていたが、その後、清書や再清書を含む7度にわたる加筆や削除、4次にわたる改稿を経て、31～32年頃の黒インク手入れにより、ほぼ最終形に到達、しかもなお未整理の箇所を多くもつ未完成状態で遺された。この、孤独な少年と愛する友の悲痛な旅の物語は、没後すぐの文圃堂版全集でまず活字化されたが、後の諸全集で次々に重要な錯簡が正され、校本全集以後、「初期形」として3次稿が、さらに新校本全集で第1、2次稿も本文として読まれるようになっている。

「銀河鉄道の夜」

天の川の岸に沿って夜空を行く〈軽便鉄道〉は、花巻発の岩手軽便鉄道（現在のJR 釜石線）から発想。

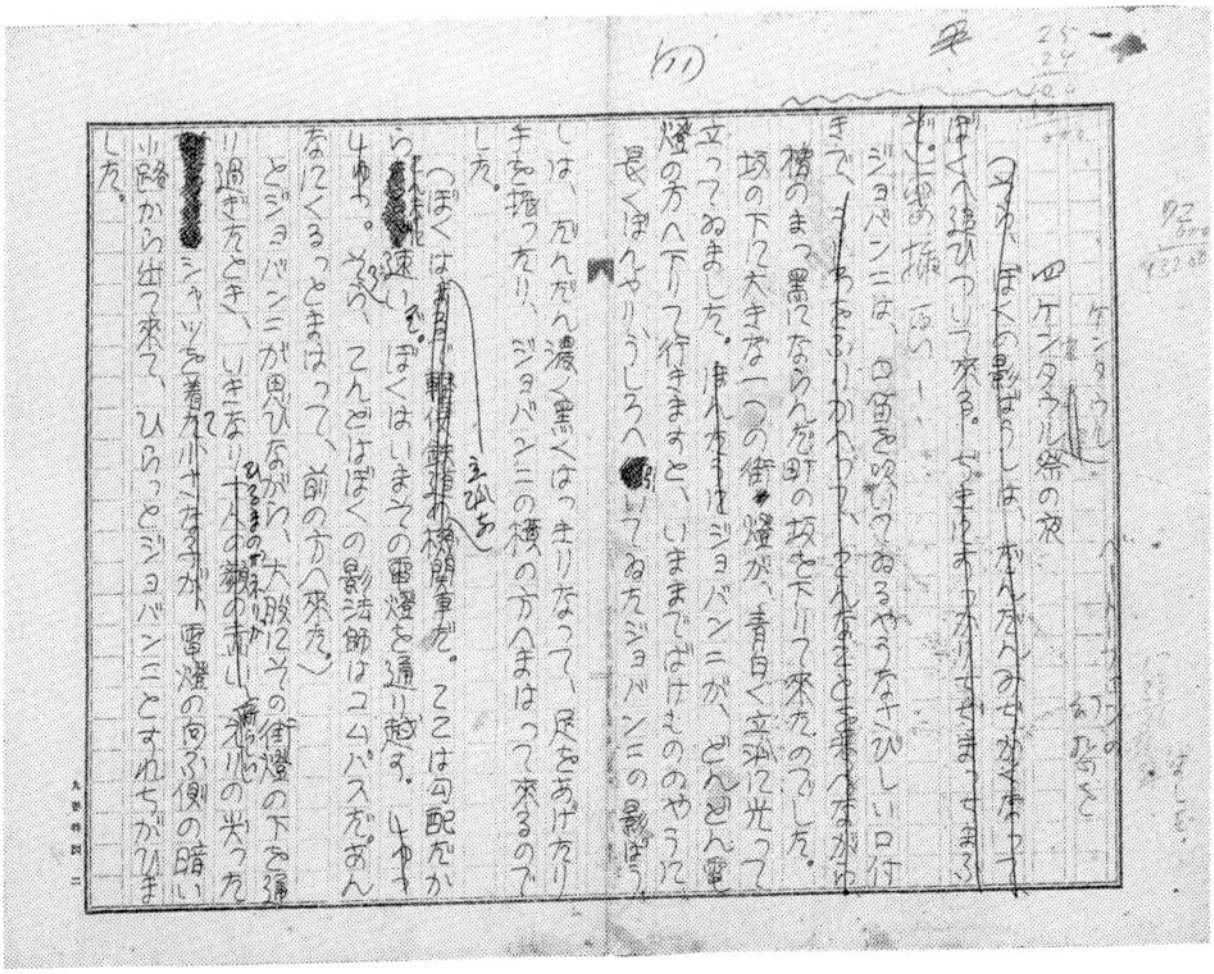

「銀河鉄道の夜」現存稿第11葉。「四 ケンタウル祭の夜」の冒頭だが、これは初期形では物語の冒頭だった。

「銀河鉄道の夜」初期形最終葉（和紙に鉛筆。現存第78葉）。中央部3行は改稿のためのメモ。

同じく機関車。童話「シグナルとシグナレス」のイメージモデルにもなった。

岩手軽便鉄道のシグナル。

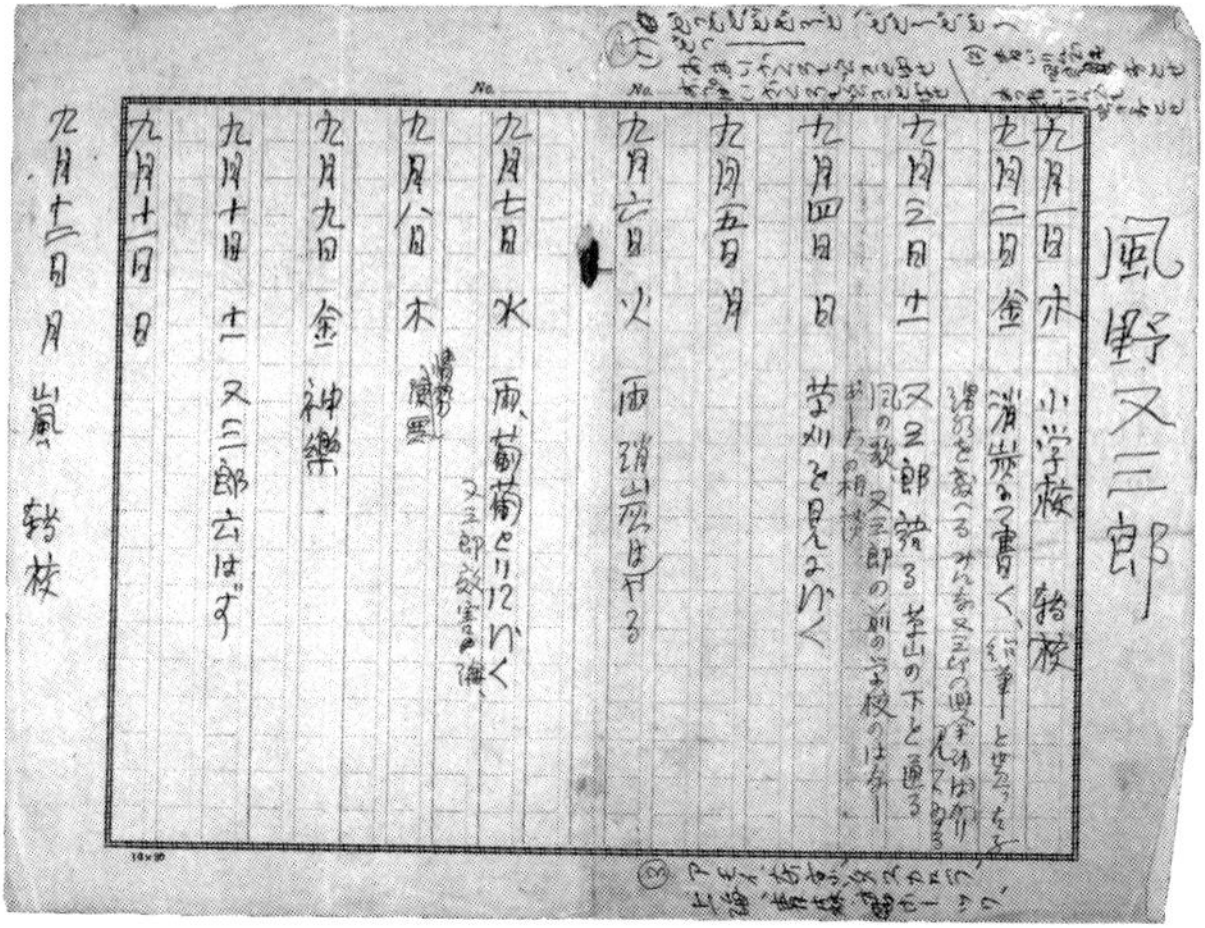

賢治作の〔又三郎物語〕には、初期形（本物の〈風の神の子っ子〉が来て去る物語）と、後期形（転校生高田三郎君が来て去る物語）の２つがあり、作者はどちらをも「風野又三郎」とよんでいる。便宜上私たちは後者を「風の又三郎」とよんで区別しているが、この創作メモは、「風野」から「風の」への改作のためのもの（この改作に際して他に「種山ヶ原」「さいかち淵」という2篇の初期童話が組みこまれた）。初期形「風野」は1922年前後に成立、「風の」への改作は31～32年頃、「銀河鉄道」と同じ黒インク手入れにより大幅に進行したがやはり未整理のまま遺された。

「風の又三郎」

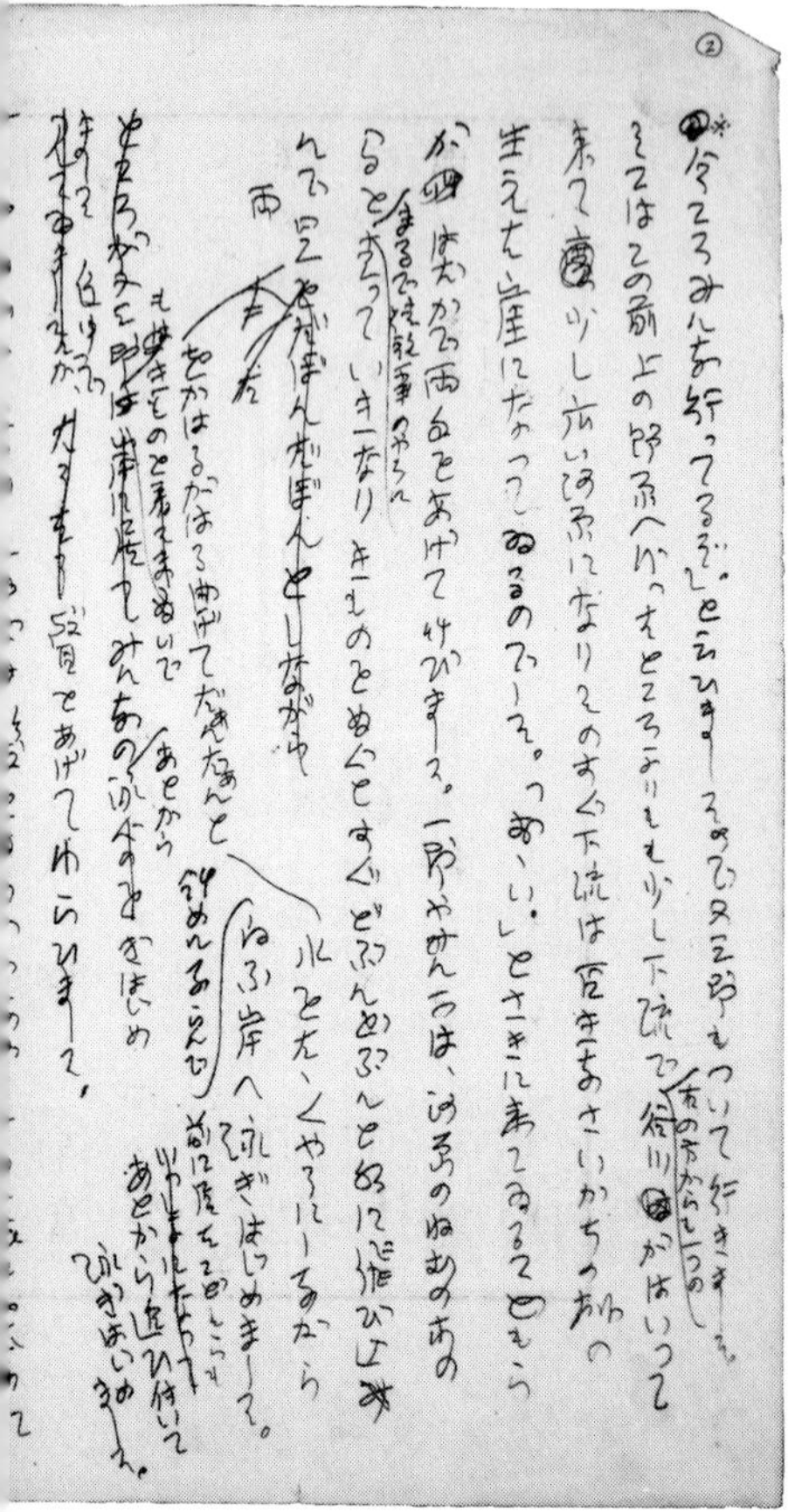

「風の又三郎」草稿全66枚中の第47葉（「青木大学士の野宿」清書第14葉の裏面に黒インク。左半に消されてあるのは「風野又三郎梗概」メモの1枚目で、かなり具体的に物語の細部に対応している）。内容は、「九月七日」の章で、子どもたちが「石取り」遊びに興じる場面。村童たちの泳ぎ方を三郎が「おかしいや」と「わらふ」ところも重要。

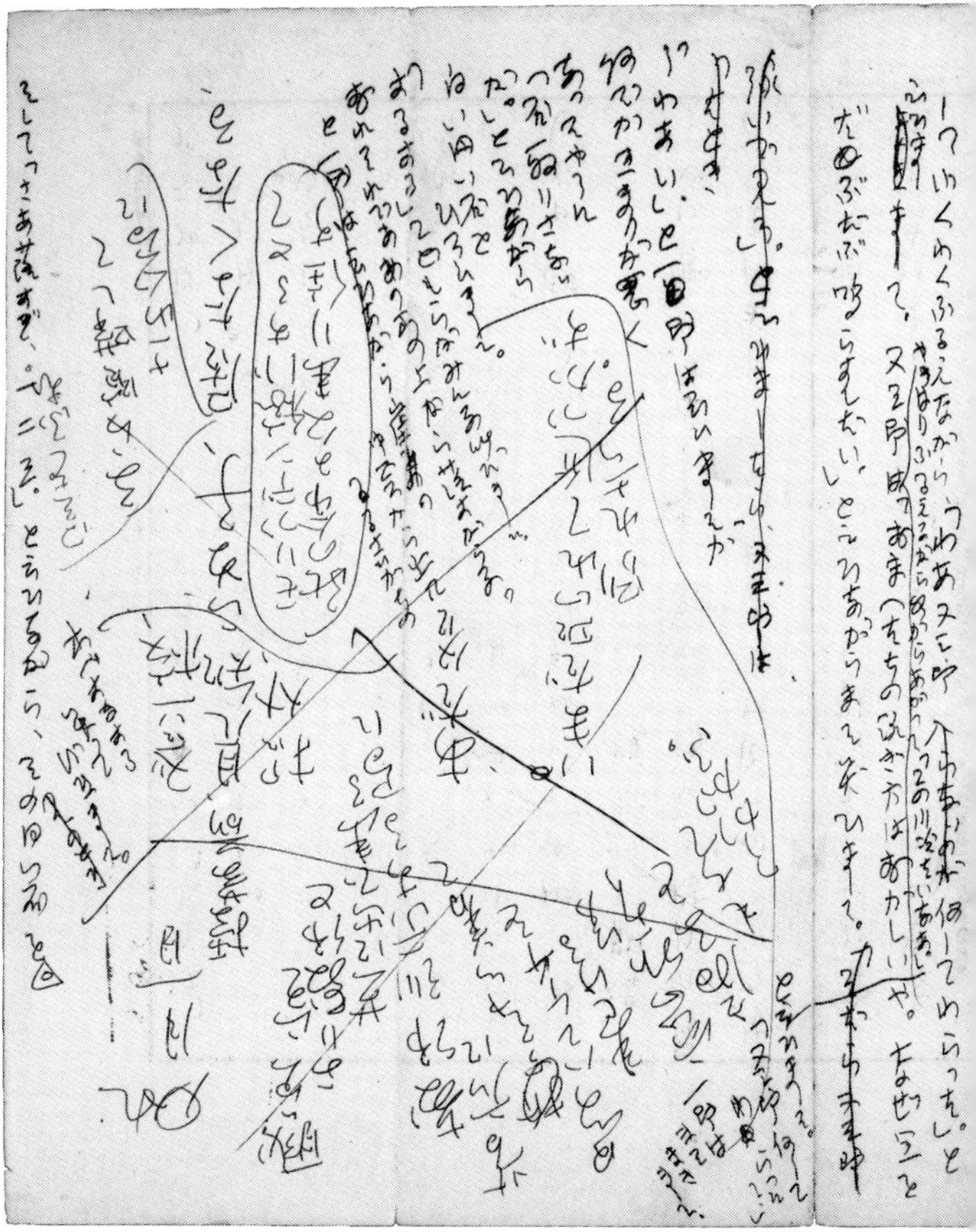

賢治作の戯画「狸腹痛而調現之証拠之図」。

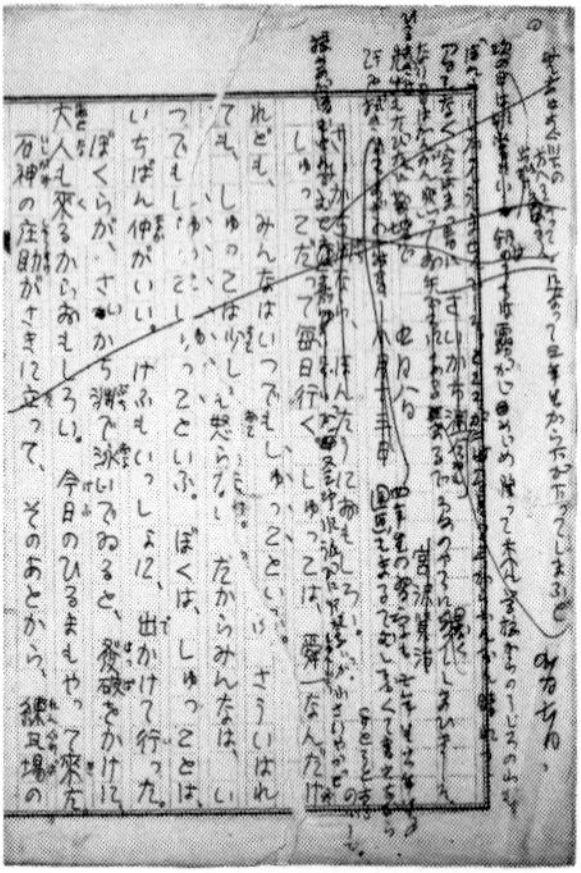

「風の又三郎」草稿第 46 葉右半（もと先駆作品「さいかち淵」第 1 葉から転用し、さらに欄外余白を利用）。

「セロ弾きのゴーシュ」

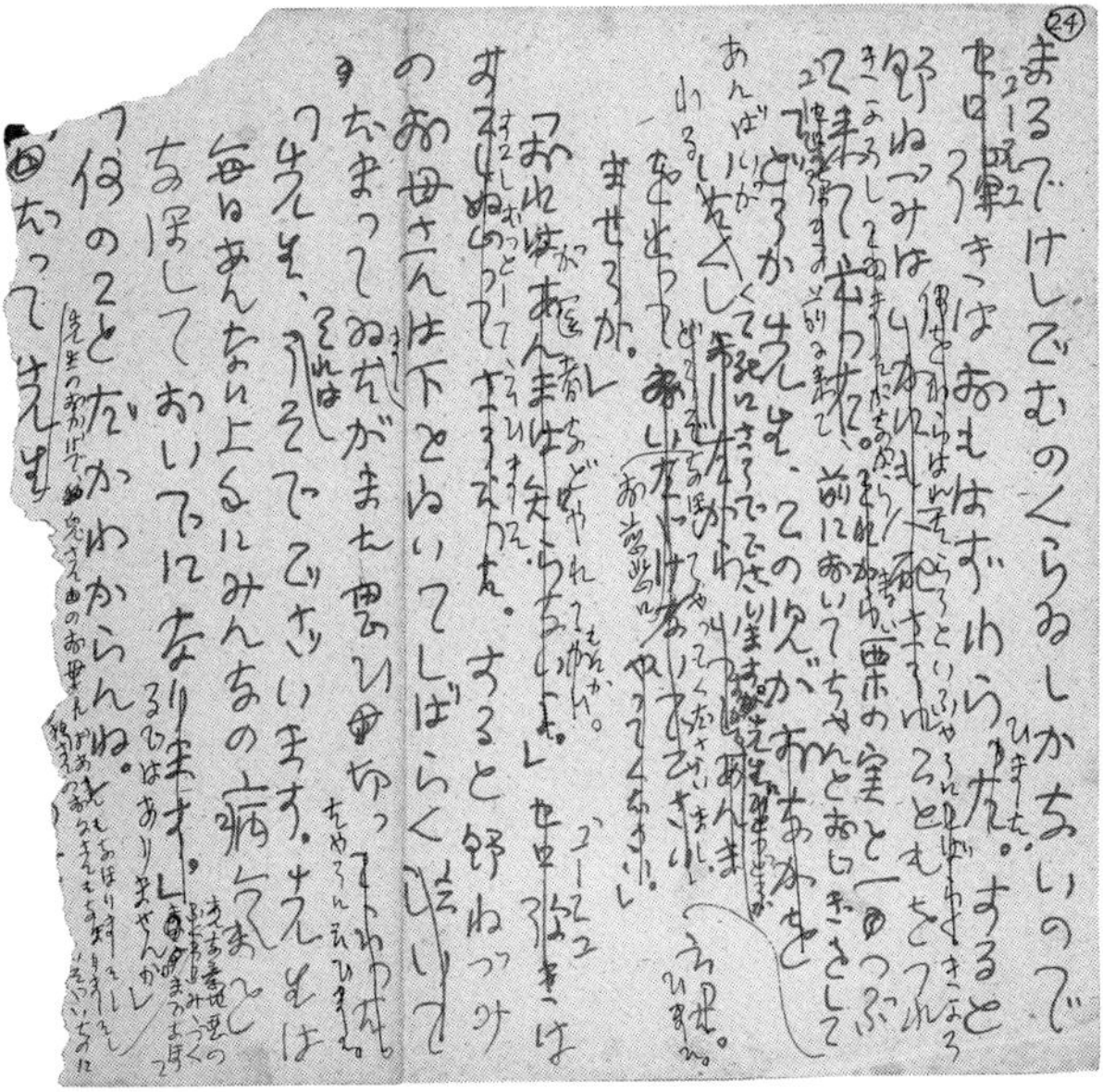

「セロ弾きのゴーシュ」現存稿32枚中の第24葉。第1形態は赤インクで書かれ、成立順でいうとこれは最古層。「セロ弾き」を「ゴーシュ」に直しているのは、じつは第4段階の朱インク。

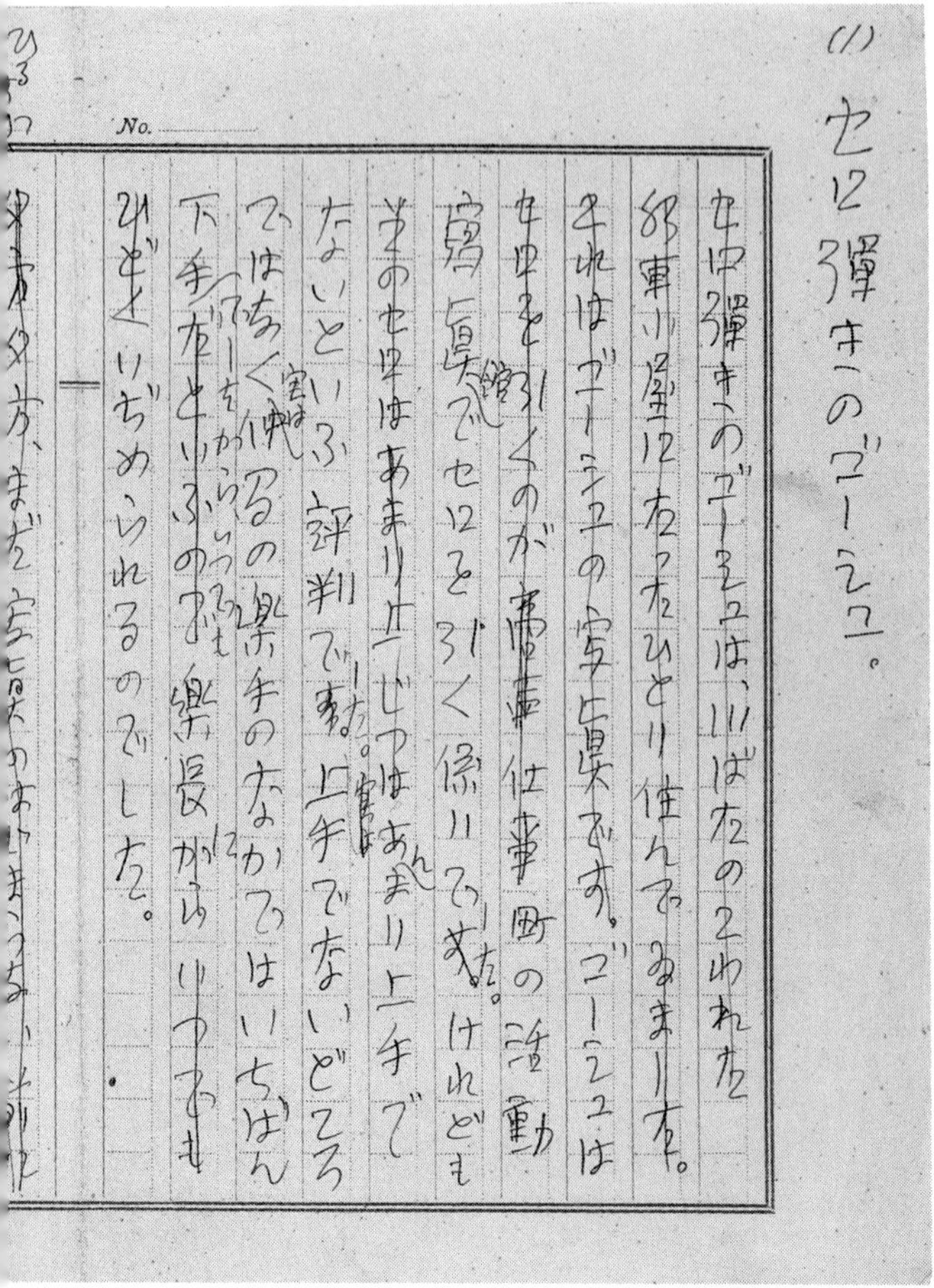
(1)
セロ弾きのゴーシュ。
セロ弾きのゴーシュは、川ばたのこはれた
水車小屋にたったひとり住んでゐました。
それはゴーシュの写真です。ゴーシュは
セロを引くのが専門の仕事町の活動
写真館でセロを引く係りでした。けれども
…のセロはあまり上手じつはあんまり上手で
ないといふ評判でした。実は上手でないどころ
ではなく実は仲間の楽手のなかではいちばん
下手でしたから、いつでも楽長に
いぢめられるのでした。

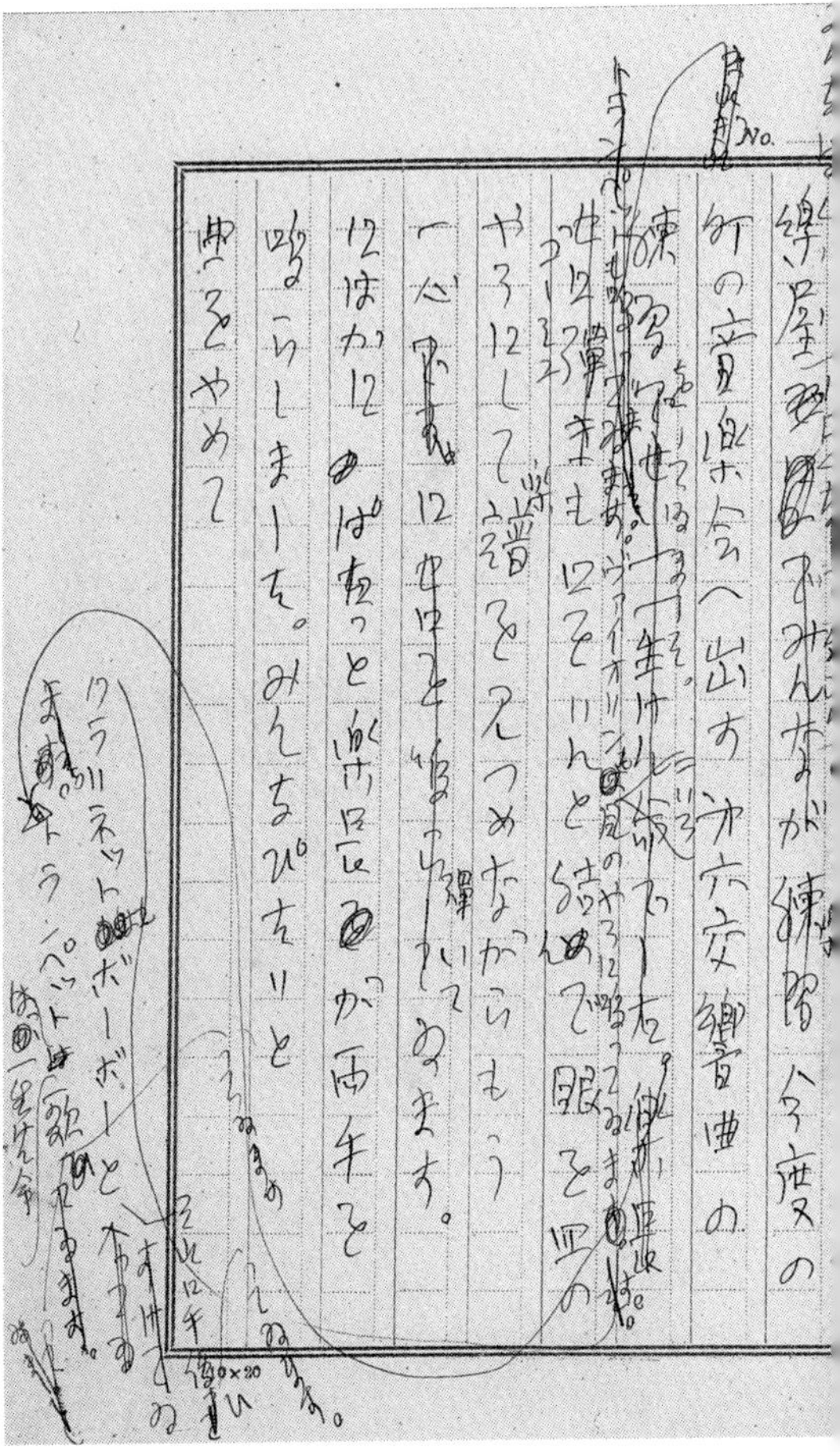

「セロ弾きのゴーシュ」現存第1葉。しかし本葉の成立は、ほとんど最終段階（ブルーブラックインク）になってから。

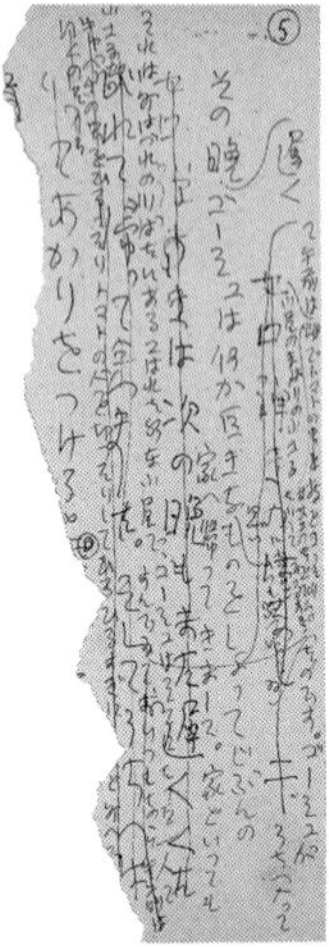

「セロ弾きのゴーシュ」第５葉（もとは第７葉と続いていた紙が２つにちぎられた）。第１形態は「セロ弾きのはなし　二」という章題ではじまっていた。

「セロ弾きのゴーシュ」第６葉。朱インクによる第４段階で書かれた右端の７行分は最終段階で消されて、あとの余白をテクストに利用されるが、その前の朱インク第１行には、セロ弾きの名前がまず「ティシウ」次に「ゴーバー」、そして「ゴーシュ」と決まって行った重要な推敲過程が見られる。賢治の手入れの試みは意味（フランス語で「へたな」）ではなくて、音に沿って行われたことがわかる。

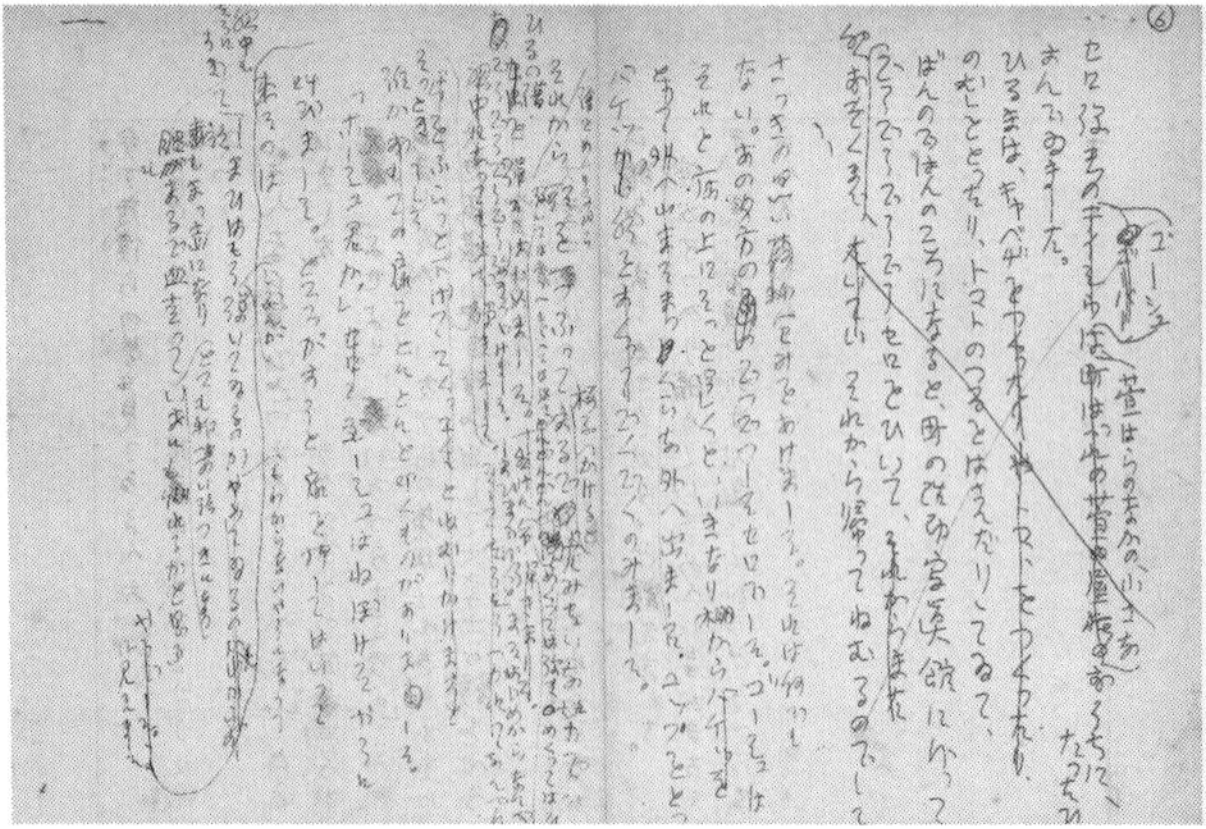

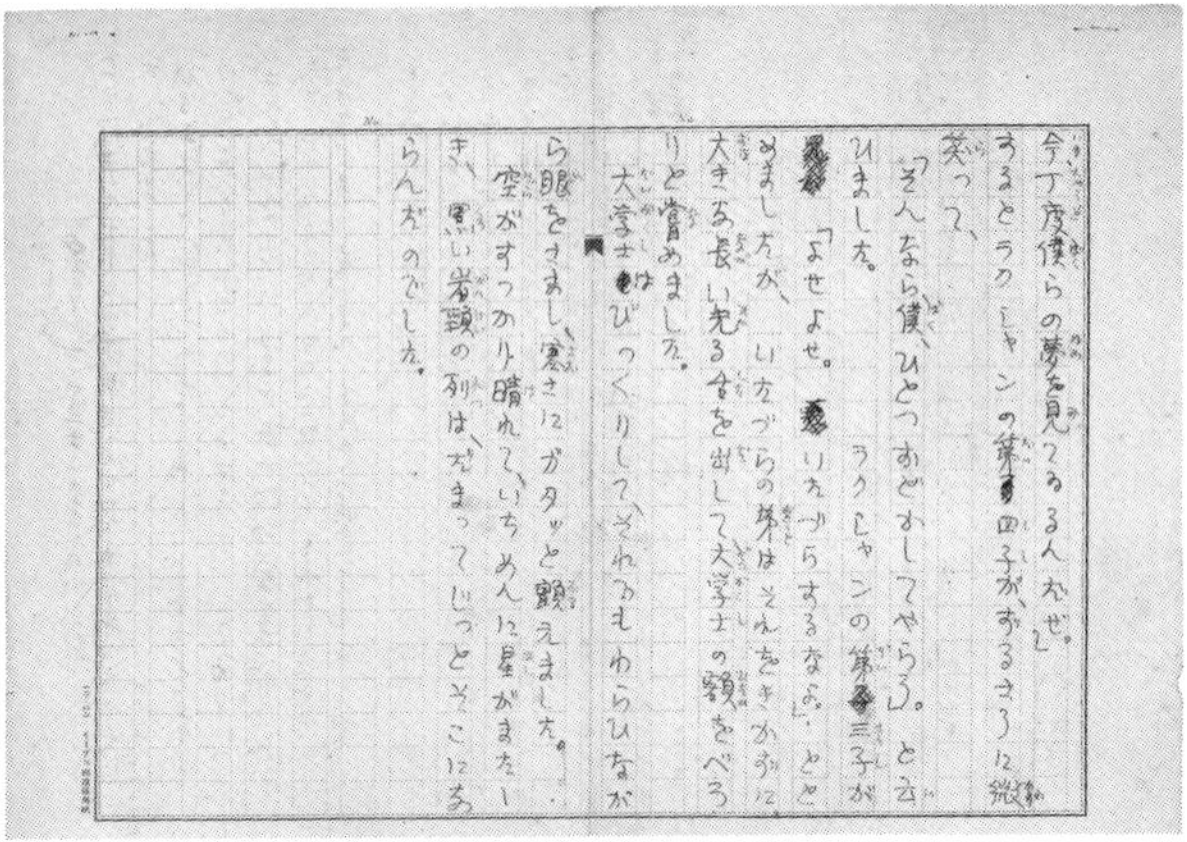

「セロ弾きのゴーシュ」第６葉の裏面。「楢の木大学士の野宿」の先駆形「青木大学士の野宿」の清書稿最終葉であった。

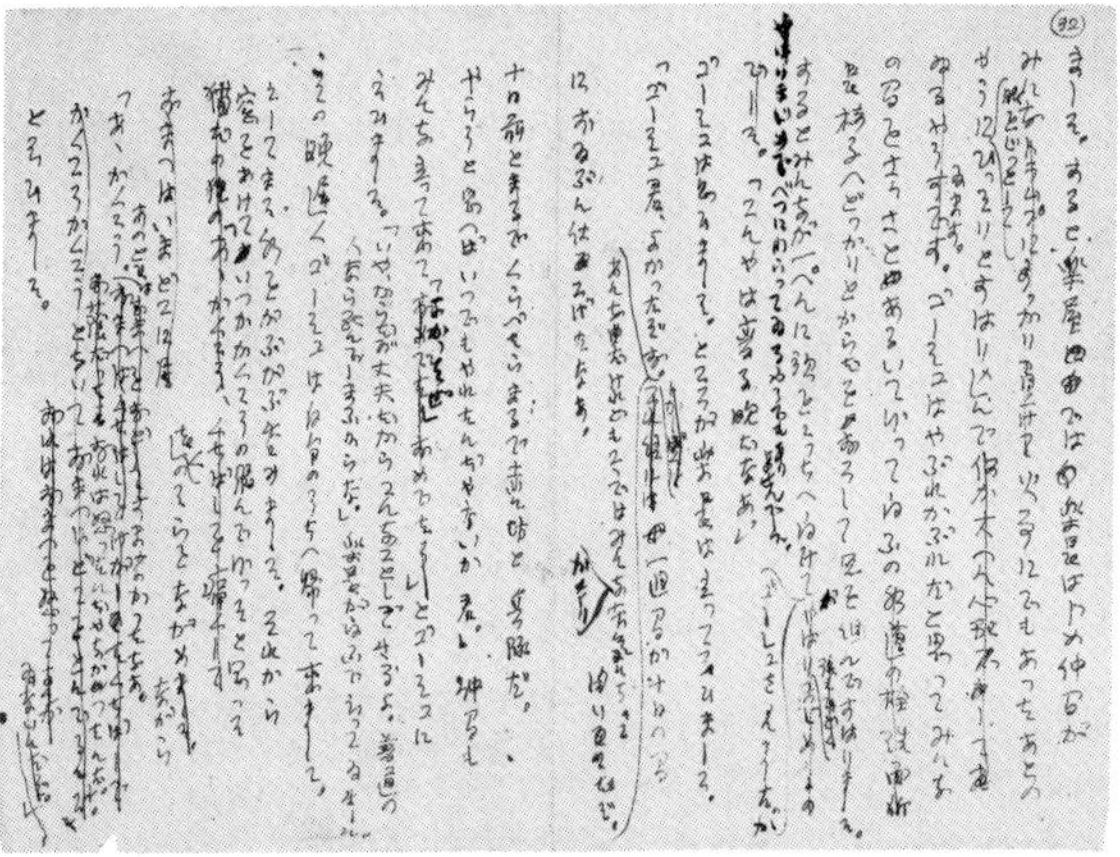

「セロ弾きのゴーシュ」最終葉（第 32 葉）。

詩と童話

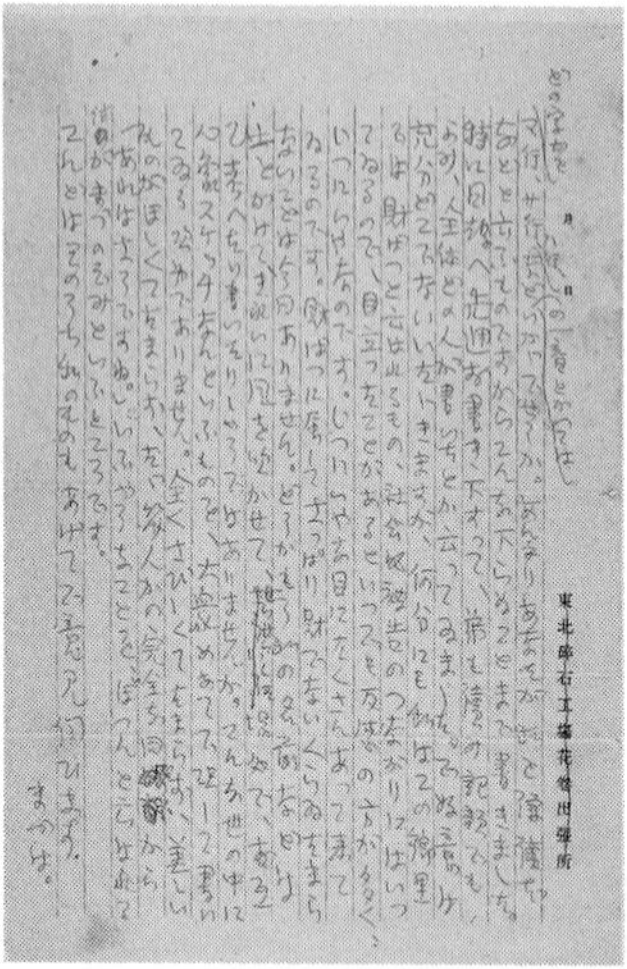

母木光宛書簡（1932年6月21日付）後半部。母木の童話への批評、詩作の意図など。

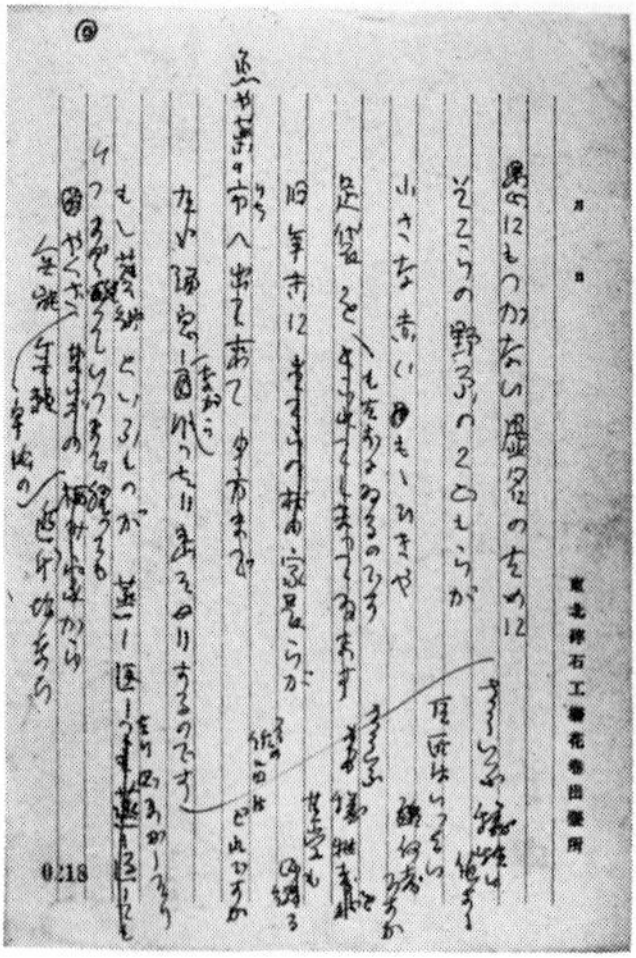

「東北砕石工場花巻出張所」用箋に書かれた詩（1933年3月「詩人時代」に発表の「詩への愛憎」下書稿）。

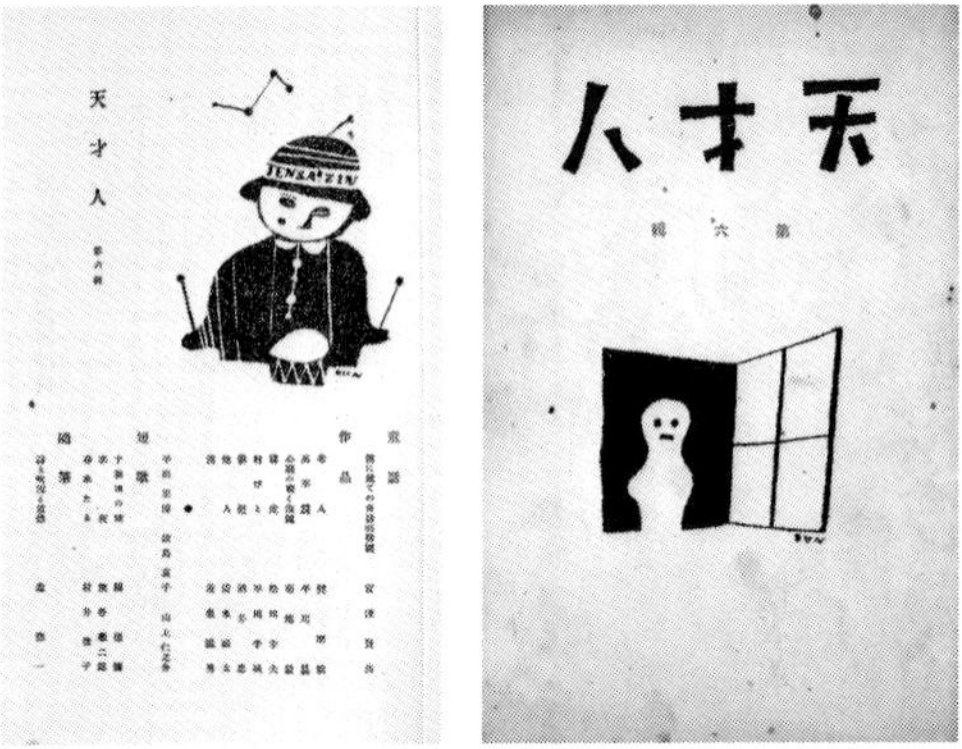

詩誌「天才人」6号（1933年3月）の表紙と目次。賢治童話掲載。

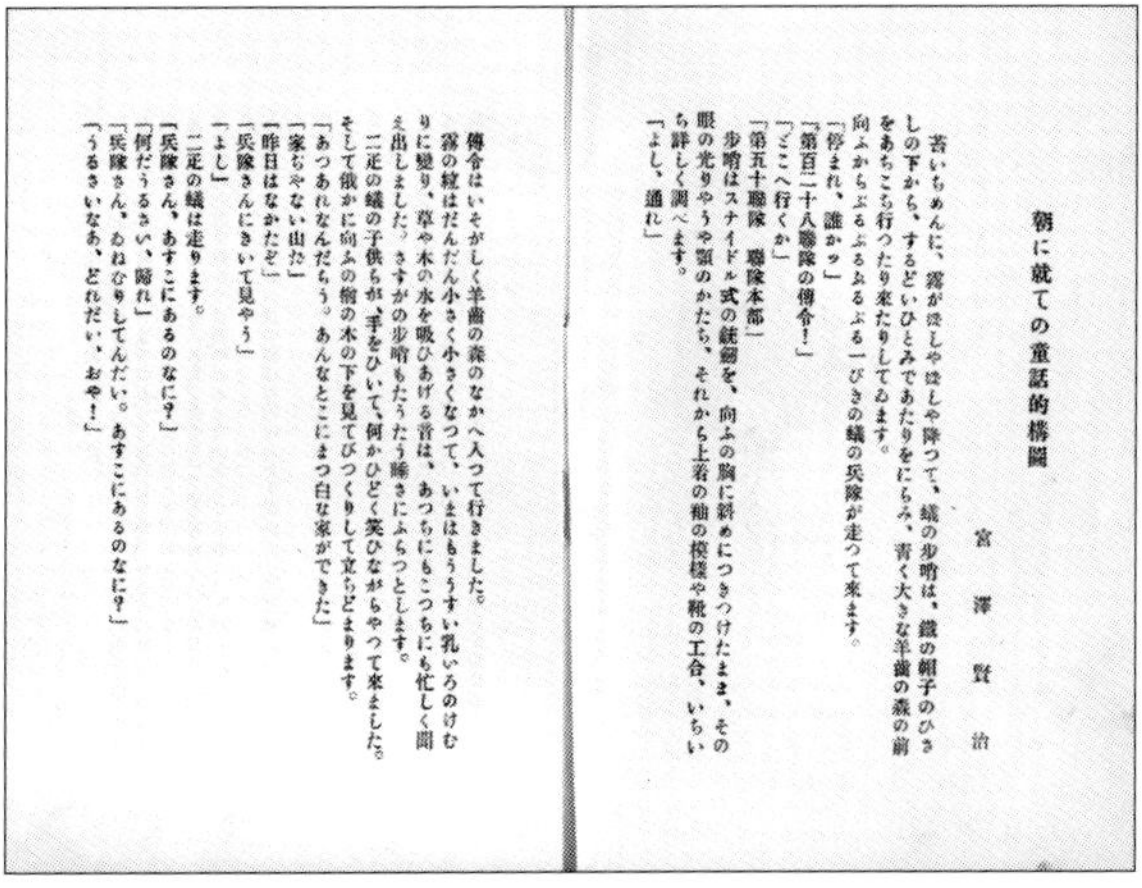

朝に就ての童話的構圖

宮澤賢治

苔いちめんに、霧がぽしやぽしや降つて、蟻の歩哨は、鐵の帽子のひさしの下から、するどいひとみであたりをにらみ、青く大きな羊歯の森の前をあちこち行つたり來たりしてゐます。

向ふからぷるぷるぷるぷる一ぴきの蟻の兵隊が走つて來ます。

「停まれ、誰かッ」

「第百二十八聯隊の傳令！」

「どこへ行くか」

「第五十聯隊　聯隊本部」

歩哨はスナイドル式の銃劍を、向ふの胸に斜めにつきつけたまま、その眼の光りやうや顎のかたち、それから上着の袖の模様や靴の工合、いちいち詳しく調べます。

「よし、通れ」

傳令はいそがしく羊歯の森のなかへ入つて行きました。

霧の粒はだんだん小さく小さくなつて、いまはもううすい乳いろのけむりに變り、草や木の水を吸ひあげる音は、あつちにもこつちにも忙しく聞え出しました。さすがの歩哨もたうたう睡さにふらつとします。

二疋の蟻の子供らが、手をひいて、何かひどく笑ひながらやつて來ました。そして俄かに向ふの楢の木の下を見てびつくりして立ちどまります。

「あつあれなんだらう。あんなとこにまつ白な家ができた」

「家ぢやない山だ」

「昨日はなかつたぞ」

「兵隊さんにきいて見やう」

「よし」

二疋の蟻は走ります。

「兵隊さん、あすこにあるのなに？」

「何だうるさい、帰れ」

「兵隊さん、ゐねむりしてんだい。あすこにあるのなに？」

「うるさいなあ、どれだい、おや！」


「天才人」掲載の「朝に就ての童話的構図」。没後は「蟻ときのこ」の題で親しまれた（この題は草稿反故や自筆題名リストにある）。

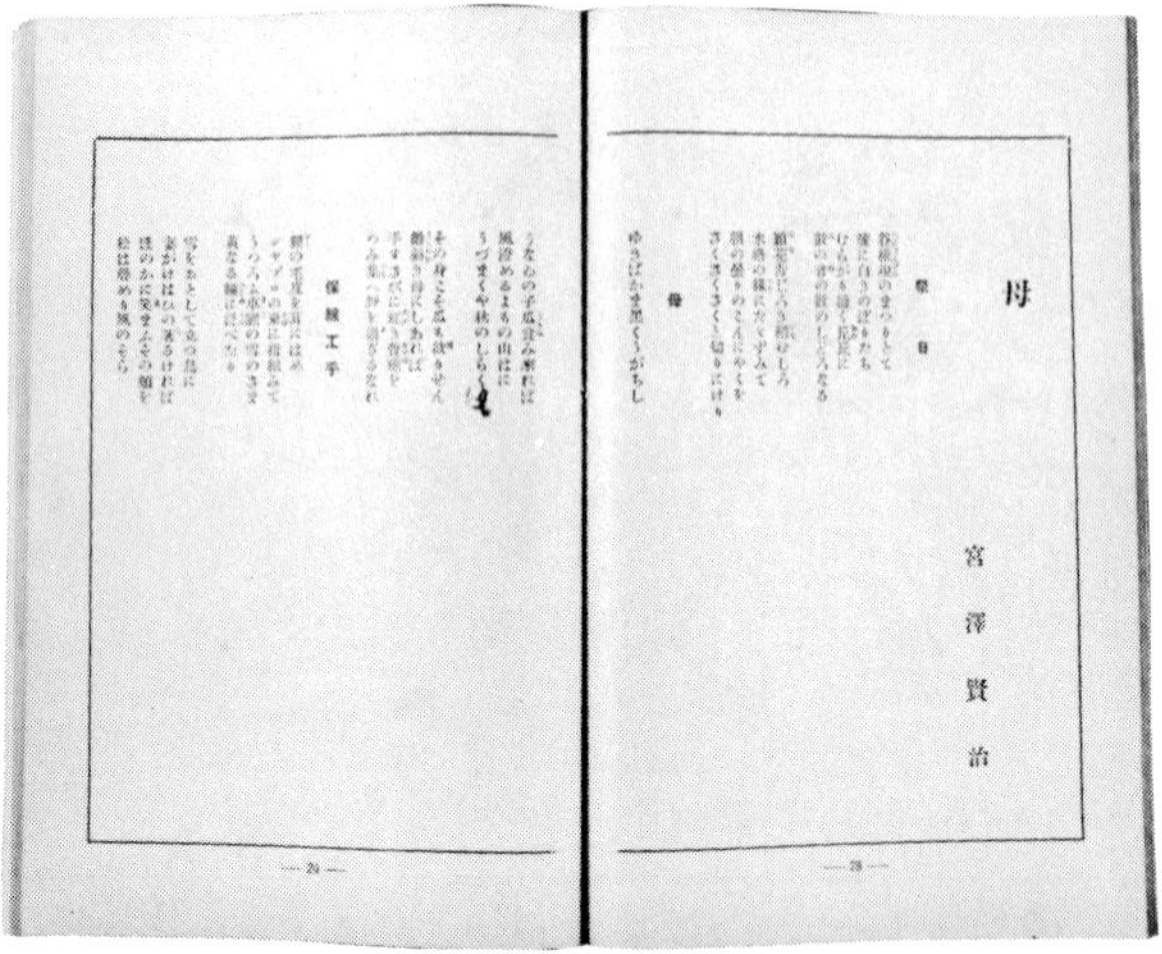

「女性岩手」4号（1932年11月）に発表された「祭日」「母」「保線工手」の3篇。いずれも文語詩。

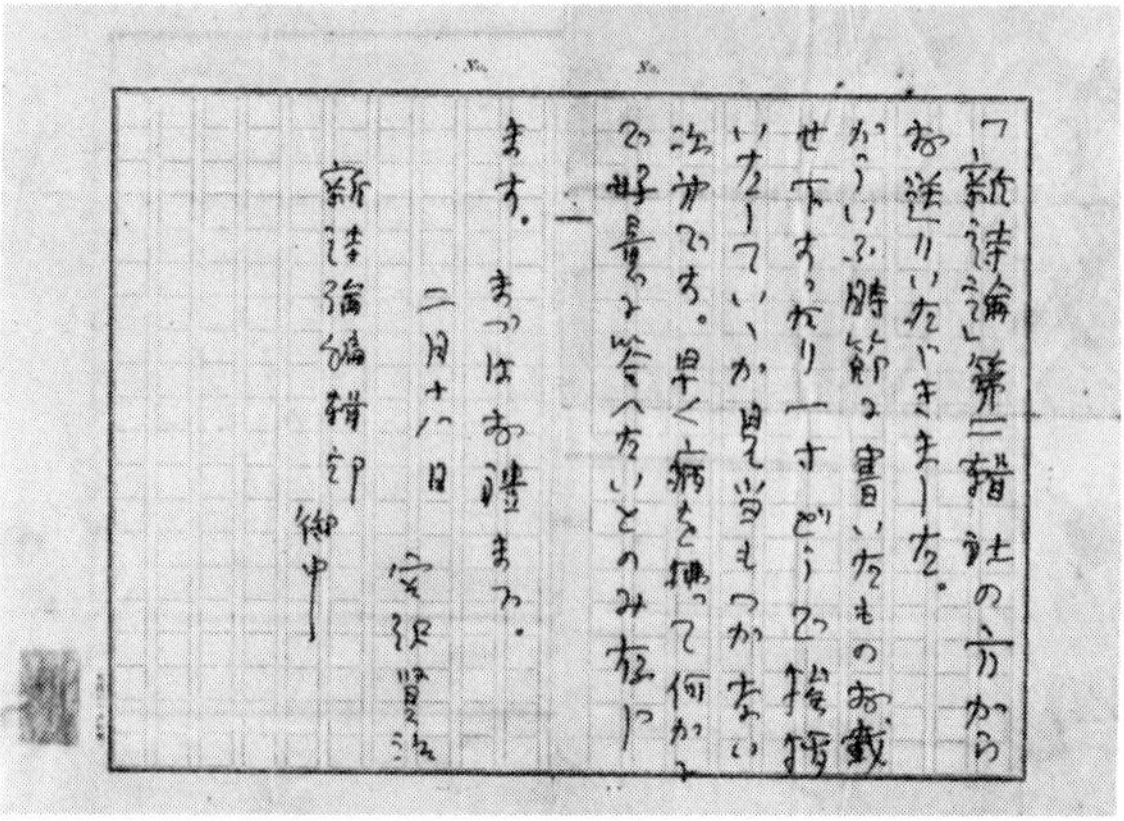
「新詩論」第二輯社の方から
お送りいたゞきました。
かういふ時節に書いたものお載
せ下すったり一寸どうご挨拶
いたしていゝか見当もつかない
次第です。早く病を揮って何か
で好意にお答へたいとのみ存じ
ます。まづはお禮まで。
二月十八日
宮沢賢治
新詩論編輯部御中

1933年2月、「新詩論」編輯部（吉田一穂）宛書簡。同誌第2輯に詩「半蔭地選定」が発表された（一緒に送稿された「林学生」は不掲載）。

賢治が携帯し常用した手帳が14冊（他に断片）残されている。「布製手帳」の表紙（左）と「MEMO印手帳」の裏見返しに描かれた戯画（右）。

雨ニモマケズ

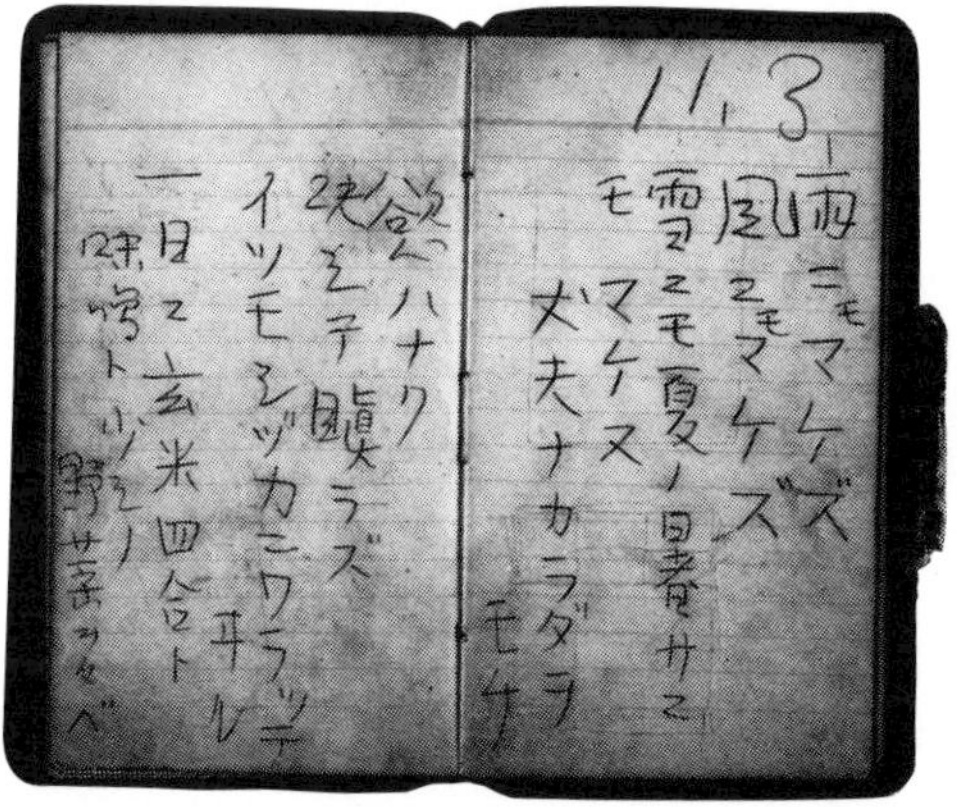

現在「雨ニモマケズ手帳」と呼ばれている手帳の、右開きにして第51、52頁。「〔雨ニモマケズ〕」冒頭部。本文は鉛筆、日付は青鉛筆で記されている。

アラユルコトヲ
ジブンヲカンジョウニ
イレズニ
ヨクミキキシワカリ
ソシテワスレズ
野原ノ松ノ林ノ陰ノ
小サナ萓ブキノ小屋ニヰテ
東ニ病気ノコドモアレバ
行ッテ看病シテヤリ
西ニツカレタ母アレバ
行ッテソノ稲ノ束ヲ負ヒ
南ニ死ニサウナ人アレバ
行ッテコハガラナクテモイヽトイヒ

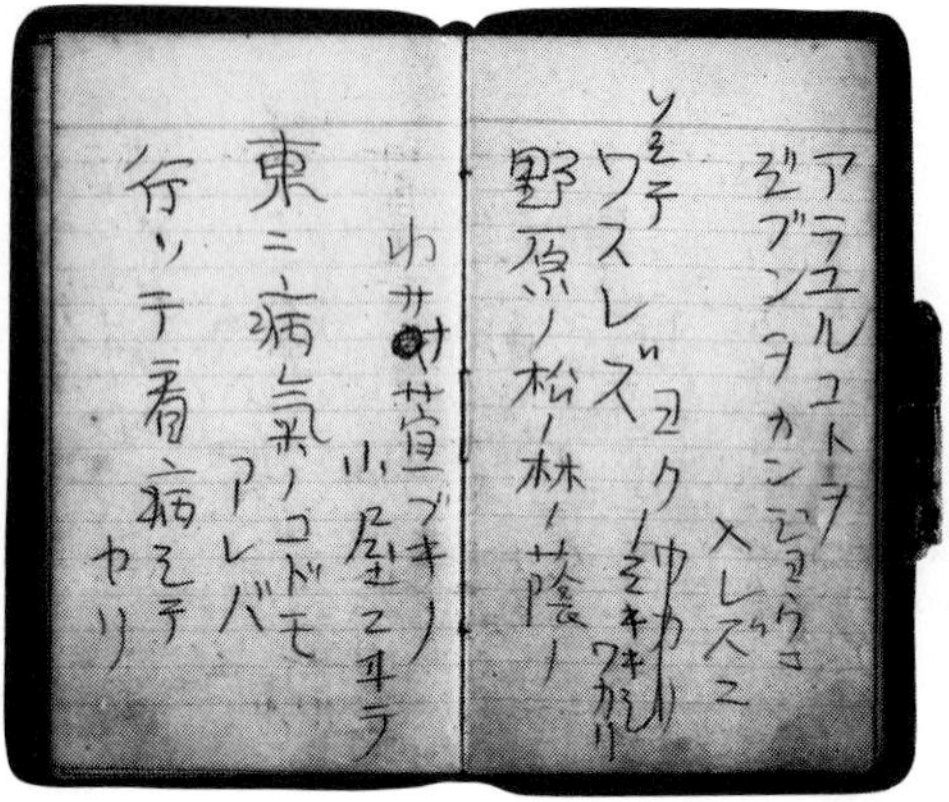

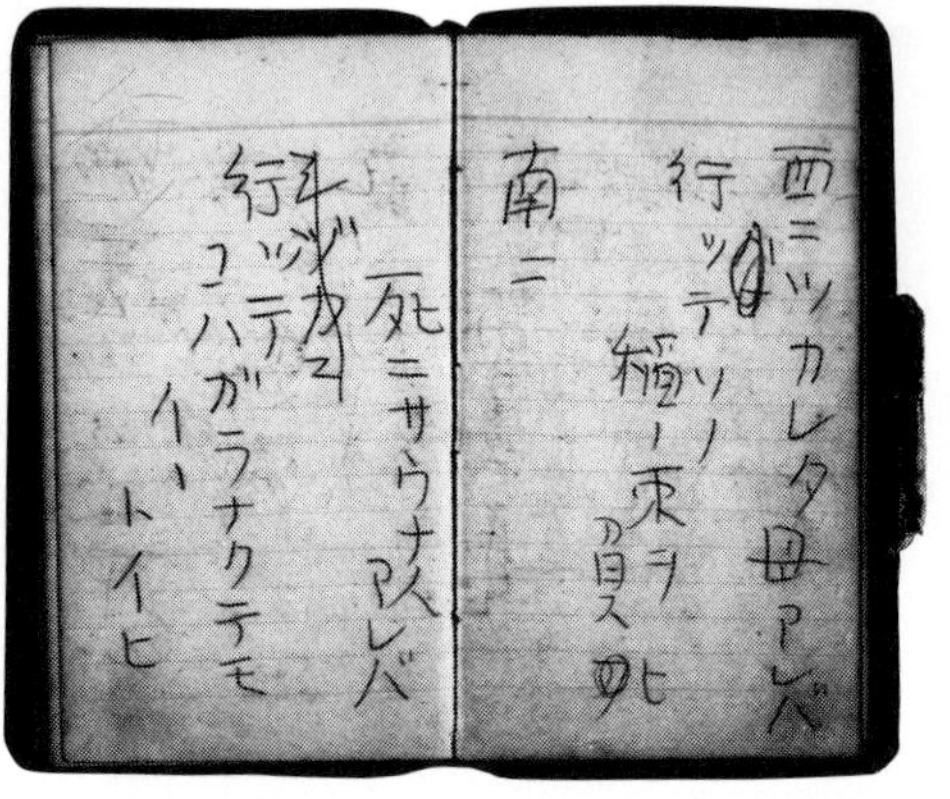

「〔雨ニモマケズ〕」の続き。

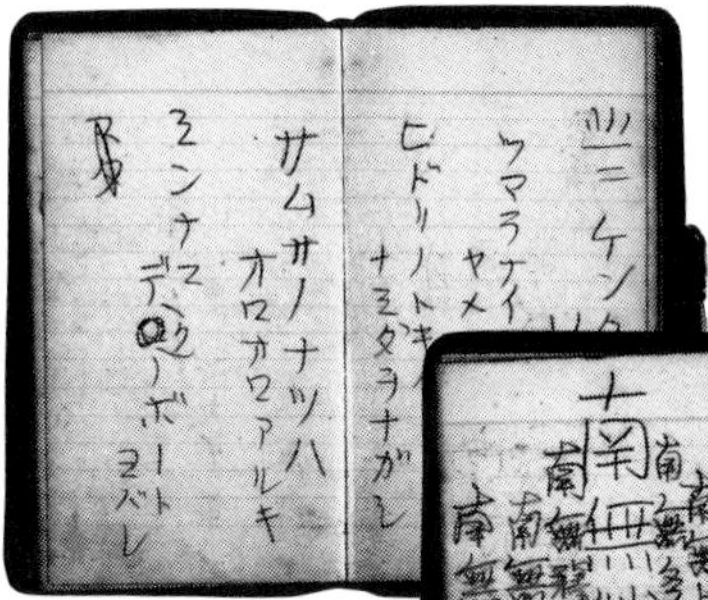

同じ手帳、第57、58頁。「ヒドリ」は「旱魃」の意とするのが妥当（方言や誤記というより書き癖）。

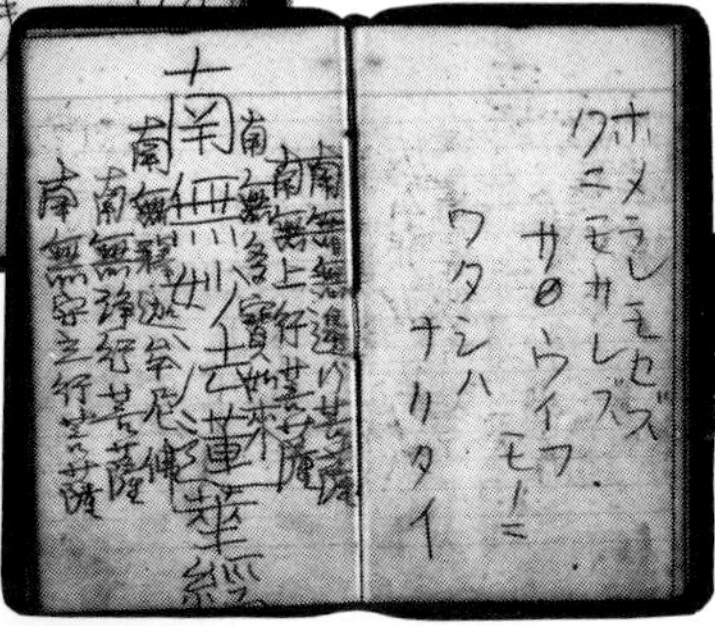

同前第59、60頁。左頁はいわゆる十界曼荼羅（前頁までのと同じ筆記具）。

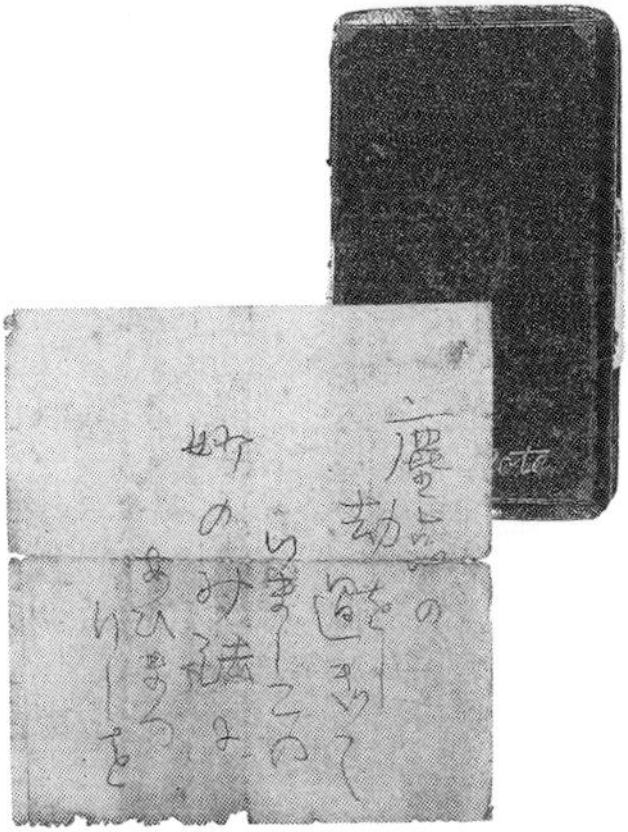

この「雨ニモマケズ手帳」は、1931年秋の発病・帰郷から32年初め頃まで、病床で使用されたもの。この時期の心的状況と思索の到達点が記されている。「塵点の……」は鉛筆挿しに挿された小紙片。

キリスト教への接触と関心

盛岡カトリック教会と、プジェー神父。賢治短歌に登場。

盛岡バプテスト派のタピング夫妻。文語詩「岩手公園」に登場する。

中央内村鑑三をはさんで、左が斎藤宗次郎。右が照井真臣乳。斎藤は賢治と親交があった。照井は小学5年時の担任教師。いずれも内村の独立教会のクリスチャン。

『日蓮聖人御遺文』

「妙法蓮華経」如来寿量品第16の、終り近くにある偈の一節。保険の広告紙を用いて筆写。

信仰と死

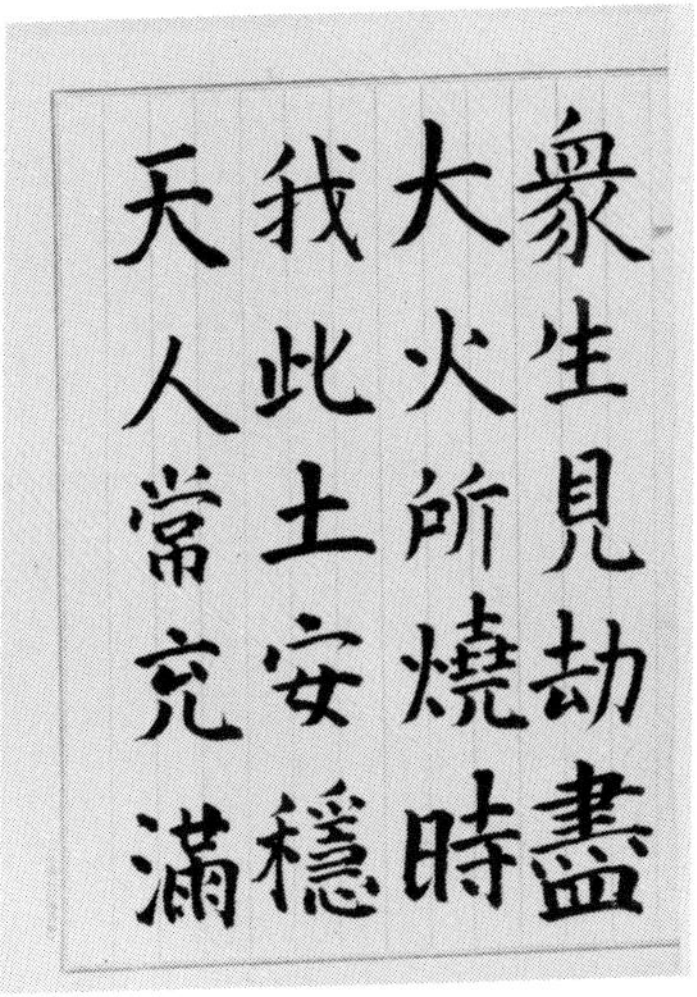

「法華経」如来寿量品
第16、偈の一節。

死去の前日に書かれた絶詠2首。この紙の右半は165頁左上に掲出（現在は切り離されてそれぞれ裏打ちされている）。

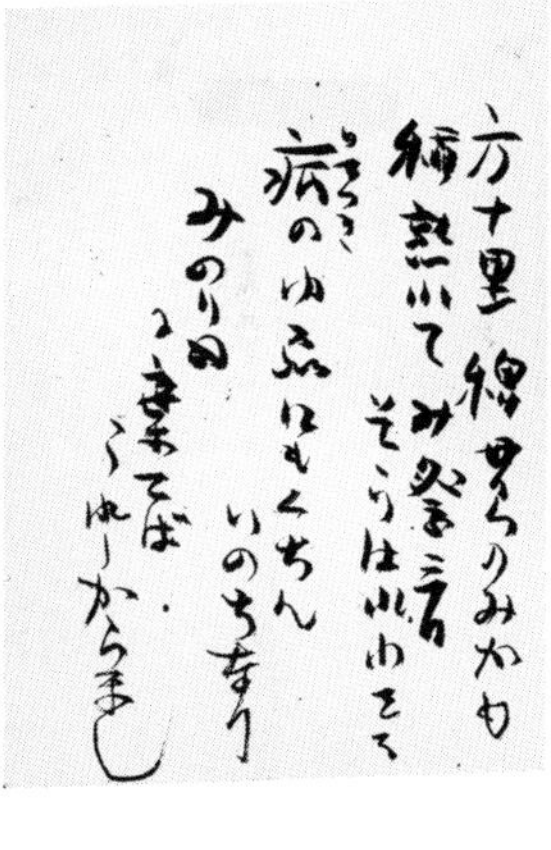

遺言によって1000部作製され、翌年配布された『国訳妙法蓮華経』。

東北砕石工場技師時代の賢治（1930年頃。
撮影は稗貫農学校の教え子高橋忠治）。

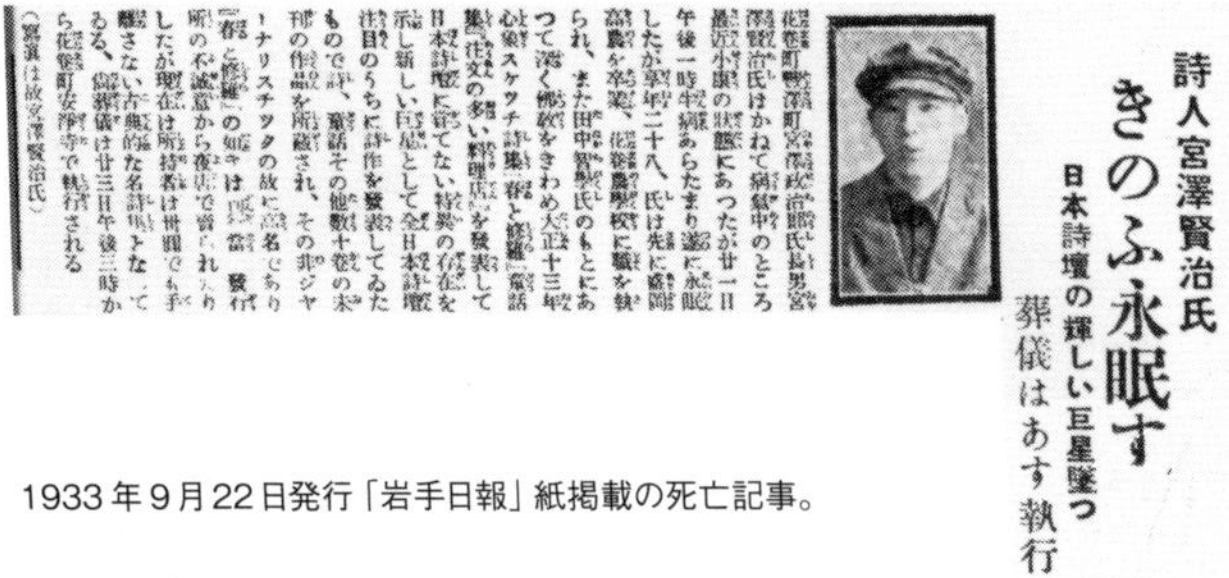

詩人宮澤賢治氏
きのふ永眠す
日本詩壇の輝しい巨星墜つ
葬儀はあす執行

花巻町豊沢町宮沢政次郎氏長男宮沢賢治氏はかねて病気中のところ最近小康の状態にあつたが廿一日午後一時半病あらたまり遂に永眠したが享年二十八、氏は先に盛岡高農を卒業、花巻農学校に職を執られ、また田中智学氏のもとにあつて深く仏教をきわめ大正十三年心象スケツチ詩集「春と修羅」童話集「注文の多い料理店」を発表して日本詩壇に嘗てない特異の存在を示し新しい巨星として全日本詩壇注目のうちに詩作を発表してゐたもので詩、童話その他数十巻の未発表の作品を所蔵され、その非ジャーナリスチツクの故に無名であり「春と修羅」の如きは当時発行所の不誠意から夜店で売られ入りしたが現在は所持者は世間でも手離さない古典的な名詩集となつてゐる、葬儀は廿三日午後三時から花巻町安浄寺で執行される

（写真は故宮澤賢治氏）

1933年9月22日発行「岩手日報」紙掲載の死亡記事。

《宮澤賢治》作品史試論

国語綴方帳から文語詩稿まで

天沢退二郎

はじめに

はじめに二つの暗闇があった、と考えられる。岩手県の自然と、詩人の少年時と。宮澤賢治の作品は、この二つの暗闇の重なりあうふしぎに明るい、蝕の中から生まれはじめた。当初、この二つは別々のものとしてあった。幼年期の暗黒は、うす暗いしかしあたたかな「家」によって守られ、そして「自然」はその周囲から、前後から、雨や風や寒さや暑さ、飢饉の絵図や、水死人を探して夜の川面を上下する灯火のイメージというかたちで、侵入しては排除され、襲うと見えては祓いのけられた。

もちろん、いくら排除されても祓いのけられても、「自然」の暗闇は倦むことなく再び忍びこみ、暴れまわり、おどしをかけてくる。そして未だ「守られた」状態にある子どもには、そうした侵入の様相だけが「自然」の切口、断面として認識される。

あの古校舎には我等は四年の上も居って習った。

（……）

その間には北風がぶーぶーと吹くと一しょに雪が入って、寒かった事もあった。雨がふったりするとすぐもって来、すぐ入って来て教室中が水だらけになったこともあった。

（……）

あー、我等と一しょに、四年の上も苦楽を共にしたあの校舎も今は捨てられて、この寒い時に只一人、あの風あたりの強いところで寒さに泣いてゐるであろう。

（『国語綴方帳』）

小学六年時のこの綴方においては、寒い雨や風の背後にあってそれをもたらしたものたち、「自然」の暗闇の力や法則、さらには魅惑への洞察はまだ見られない。

そしてまた、これらの〝綴方〟の言語表現には、表現するものと表現されるものとの間の生理的なあつれきも、表現の自己意識とよぶべきものの蕩揺もまだ見られない。このことは、小学六年生だったからといって、あるいは〝天才〟宮澤賢治だったからといって、何の割増も差引も要らないのである。

僕は先頃一週間ばかり大沢に行った。大事件は時に起ったね。

どうも僕はいたづらしすぎて困るんだ。大沢はポンプ仕掛で湯を上に汲上げてそれから湯坪に落す。所でそのポンプは何で動くったら水車だね。更にその水車は何で動くった《ママ》山の上から流れて来る巾三尺ばかりの水流なんだ。

その水流が二に分れる　一は水車に一は湯坪に。つまり湯があまり熱いとき入れるんだね。

そこにとめがかってある。

永らく流れないものだから蛙の死んだのや蛇のむきがらなどがその湯坪に入る水の道にある。一つも水が湯坪に行ってない。水車に行ってゐる。

乃公考へたね。そこでそのとめを取った。所が又本のやうにならない。水はみんな湯坪に行った。（後略）

（藤原健次郎宛書簡）

校本全集の第十三巻（書簡）ではなく第十四巻に補遺として初めて収録・発表されたこの書簡文は、賢治十四歳、中学二年夏のものと考えられる（本書二一四—二一五頁参照）。教師に提出する綴方と親友あての書簡とではもちろん発語意識に相異があるにしても、このノンシャランな、しかし措辞の隅々に注意のゆきとどいた表現の成立には注目すべきものがある。『国語綴方帳』と、従来知られていた中学初年時の父宛候文書簡との狭間にあって、この書簡は賢治の少年時最後の、生きた話体表現としても貴重なものであるが、一方で、『国語綴方帳』と対比した場合の表現水位の差とよぶべきものは、この間《かん》に《宮澤賢治》の作品史の始源となった二つの闇の重合と蝕とが想定されるゆえに、いっそう重要であると思われるのである。

少年がものを書き出す、それも綴方や手紙とは異った、ひとつの断層をとび越すかたちでのものを書き出す、その成り行きは、多くの場合、いってみれば茎をつかんで引き抜いても決して根の端までは抜け出て来ない、不分明な謎をのこすであろう。宮澤賢治における短歌制作のはじまりもその例にもれないとして、その見極めがたい髭根の端が、上述の蝕の中にかくれていることは確かである。

一　源泉としての短歌

（明治四十二年四月より）と自ら頭書している十二首の存在にもかかわらず、多くの論者および年譜の記述は、宮澤賢治の短歌制作のはじまりを明治四十三年あるいは四十四年とすることでほぼ一致しているようである。これは、問題の十二首が、大正十年夏以降に清書されたとみられる自筆歌稿の第一葉（「明治四十四年一月より」と記されている）の左半余白に、鉛筆によって下書的に記入されており、大正九年夏頃成立したもう一つの歌稿には含まれていないために、これら十二首は、中学入学時の印象・記憶に取材した後日の制作と考えられているからである。

しかし、そうであるとするならば、「明治四十四年四月より」として両歌稿に重複して清書されている歌群の中にも、四十四年四月頃の出来事に取材した後日制作の歌が全く混っていないかどうか、断定はできない。

また、大正九年あるいは十年に清書されたこれらの歌の字句は、明治四十四年以降の各時点で最初に書きつけられた字句にさらにある程度推敲がなされた結果であろうと想像される上に、これら両歌稿には、さらにその成立後、多くの推敲や削除の手が加えられ、少からぬ歌には、晩年近くになって、文語詩への改作の試みまでもが、物理的には、この歌稿上でなされるにいたる。

以上の様相は、第一に、いま私たちが《宮澤賢治》の作品史のおよそ始まりの部分にその短歌作品を見ていく際の困難と留意点を示唆している。私たちは何を読むのか？　校本全集第一巻の編纂を担当した小沢俊郎が、短歌の《賢治文学の出発点としての意義》を重視して、各歌稿に最初に記された形を本文に採用したのに対し、新修全集第一巻の担当者入澤康夫は一首一首の短歌の作品としての到達点の方を重視して、自筆歌稿における各歌の最終形態を本文に採っている。それぞれに理のある原則の立て方であり、どちらかのみを唯一の本文として主張することは難しい。校本全集本文のみを読んで足れりとすることは、当の作品たちが肯《がえ》んじないであろう。一方また、新修全集本文のみを読んだ場合に、中学・高農時の、賢治文学出発時の感触が全く消え失せていると見ることもできない。

そして、第二に、短歌作品のこのようなありようは、じつは短歌にとどまらず、のちの詩や童話、尨大な賢治作品のすべてに、いっそう徹底的かつ全面的に見られる特質となるのである。たとえ、一見、制作年月日とみられる日付の付された作品でも、おそらくその日付に着想されあるいは書きつけられたメモから、幾度かの下書き、それへの手入れ、度重なる推敲、改稿、改作の試みが、何カ月も、何年も、場合によっては十余年にもわたって繰返される。しかも作者は、たとえば『春と修羅』第二集や第三集の場合、そうした永年の推敲・改稿の到達テクストを清書したものの多くに、依然として十年前の年月日を付記するのである。作品史上のクロノロジーの指標として、これらの日付は依然として活きていたからである。

したがって、賢治がその『歌稿』に、「明治四十四年一月より」「大正三年四月」……というように、年月順に排列した短歌群を読んでいくとき、私たちはその年月順を、作品のクロノロジーとして読んでいくことを求められているのであって、「(明治四十二年四月より)」十二首の冒頭の歌は、たとえ後日に、記憶を溯って取材制作された作品であろうとも、賢治の『歌稿』のあくまで冒頭の歌であることにちがいはないのである。

付け加えていえば、このように、一つの作品（作品群）のまさに冒頭部を、後日に制作して持って来る、あるいは新しく制作した冒頭部で置換えるという操作は、賢治において頻繁ではないにしても、特徴的である。その最も顕著な例はいうまでもなく「銀河鉄道の夜」「セロ弾きのゴーシュ」であり、「風の又三郎」の先駆形「風野又三郎」も、現存稿でみるかぎり、冒頭の「九月一日」の章は、「九月二日」以降よりも一段と次元の新らしい形態で読む他はない。

源泉としての短歌

さて、宮澤賢治の短歌は、たんに賢治文学の出発点であるのみならず、その源泉である。このことには、二つの意味がある。

一つは、すでに種々指摘がなされているように、のちの賢治詩や、とりわけ賢治童話に現われる主題や設定、モチーフ、さらには具体的章句の殆ど同じいものが、短歌の中に点々と見出される――このことを指しての《源泉》である。最も顕著な例をあげておくならば、《いなびかり／くもに漲ぎり／家はみな／青き水路にならび立ちたり》（一九一二）にはじまって、《いなびかり／またむらさきにひらめけば／わが白百合は／思ひきり咲けり》（一九一三）を中心に展開する、「大正三年四月」の見出しに一括された中の六首は童話

「ガドルフの百合」の発想の在処を明示するかにみえるし、もっと早く、「明治四十四年一月より」の中の《凍りたるはがねのそらの傷口にとられじとなくよるのからすらなり》（五四）などは、童話「烏の北斗七星」にほとんどそっくり生かされているし、やはり「大正三年四月」の中の、《かすかなる／日照りあめ降り／しろあとに／めくらぶだうの実はうれてあり》（二一二）は、これを口語で書き下せばすなわち童話「めくらぶだうと虹」の書き出しそのものと云ってよく、「大正六年七月より」中の、《よりそひて／あかきうで木をつらねたる／夏草山の／でんしんばしら》のイメージは、のちに作者が原稿末尾に（一九二三《ママ》・八・九・）と日付を付している散文「イギリス海岸」に、《ふと私は川の向ふ岸を見ました。せいの高い二本のでんしんばしらが、互によりかゝるやうにして一本の腕木でつらねられてありました》というふうに出たのち、あの「銀河鉄道の夜」の終りちかく、カムパネルラが姿を消すまさに直前のところに、《(ジョバンニが）何とも云へずさびしい気がしてぼんやりそっちを見てゐましたら向ふの河岸に二本の電信ばしらが丁度両方から腕を組んだやうに赤い腕木をつらねて立ってゐました。》と、まことに印象的に姿を現わすのだし、「大正八年八月より」の中の連作「北上川第一夜」の一首、《北上川／そらぞらしくもながれ行くを／みをつくしらは／夢の兵隊》（七二一）の下句は、そのまま、『春と修羅』第二集冒頭の「二　空明と傷痍」（日付一九二四、二、二〇）の下書稿にも、そして同じく第二集中の「一六六　薤露青」（日付一九二四、七、一七）にも出てくる。さらに、晩年に短歌を素材として制作した多くの文語詩にいたっては、数え上げれば際限がない。

しかしまた、これらの短歌の詩・童話に対する関係を、このように〝発想の在処〟とか〝素材〟とか、そういう意味での〝源泉〟という視点からのみ見ることは決して正当ではない。《賢治の短歌が、世の評者によって、あたかも詩や童話に移行してゆくための習作であるかのごとくに取られてしまった》（福島泰樹）、事の成り行きの不当さは、一首一首の短歌の作品としての独立性や自主性、「歌稿」という作品群が、群としてまた一個の作品として読まるべきこと、そのようにして読まれたばあいの、〝賢治短歌〟の〝質〟の評価等々の視点からみても当然である。しかしさらに、これら主題やモチーフや表現をあからさまに共有する短歌と詩・童話については、制作年代とか〝出来栄え〟とかを超えた、テクストの相互変換の問題として、賢治の全作品群の中でとらえ直される必要があろう。

すなわち、賢治の短歌が《源泉》を感じさせるもう一つの所以は、たんにそれらがしばしばのちの詩や童話の材源・素材を提供したからではない。ひとりの詩人が少年時代に初めて選びとったこの文学様式のうちに、かれの詩的言語が生命活動のさなかで次々に作品をかたちづくってゆくときの基本的な源泉感、《源泉》との触れ合いの現場感、逆に言えばおよそ作品なるものの、源泉的な成立感が、たとえときとして未熟であれ、そこで求められかつ打ち出されているからである。

三つの時期

この見地から賢治短歌の推移を大別すれば、大よそ、中学時代の歌と高農時代のそれとに二分できる。本来、そう簡単明快に、時期的に〝二分〟などできるはずもない作品史に、しかしこのような分割ないし見別けを可能にしているのは、両者にはさまれてどちらにも属さない期間、すなわち、一九一四（大正三）年三月末の盛岡中学卒業から、翌一九一五（大正四）年四月の高農入学までの、今日でいえば浪人中の短歌群であって、云い直せばこれにより賢治の短歌は、三つの時期を、その作品史上、作品日付によってしるすことになるのである。

中の字の徽章を買ふとつれだちてなまあたたかき風に出でたり
うしろよりにらむものありうしろよりわれらをにらむ青きものあり　七九

第一期、中学時代の短歌は、右の「中の字の」の一首にはじまって、「うしろより」の歌によって終る。この二首は、それぞれに、始まりと終りにふさわしく象徴的である。たとえ数年後に制作されて歌稿冒頭へ挿入されたものであろうとも、中学入学を象徴する《徽章を買ふ》行為をめぐって吹いた《なまあたたかき風》のなまあたたかさは、同じく冒頭挿入歌群中の、

公園の円き岩べに蛭石をわれらひろへばぼんやりぬくし

のろぎ山のろぎをとればいたゞきに黒雲を追ふその風ぬるし

といった歌の《ぬくし》や《ぬるし》とともに、はじめて家の束縛を出て寄宿舎入りする少年の解放感と、北国の春の季節感とに託して、いまはじまった《作品》群のやや呆然とした解放感をあらわしている。そしてこのなまあたたかさ、ぬるんだ風の中にさし出された意識ののびやかさは、ただちに世界の寒さやきびしさ、あるいは作品行為そのものの属性である本質的孤独によって不意打ちされたりはしなかった。

タオルにてぬぐひ終れば台ランプ石油ひかりてみななまめかし

ランプもちならびてあれば青々と廊下のはてに木の芽ゆれたり

等における象徴的モチーフとしてのランプには、外へ出た少年の内部にともっている生命のあかりと、その少年を見守る外部のまなざしのやさしさとが鏡像のように一致している安定感があり、《這ひ松の／なだらを行きて／息吐ける／阿部のたかしは／がま仙に肖る》《鉄砲を／胸にいだきて／もそもそと／菓子を／食へるは／吉野なるらん》といった、いずれも歌稿の「明治四十四年一月より」の歌群中に後日挿入された歌は、級友の名前と何となないしぐさとを歌いこんだだけの何ということもない内容とみえながら、詩人の対他意識の安定感をさりげなく強調している。

しかしながら、このような当初のなまあたたかさ、ぬくもり、安定感は、もともと表層にいっときかかったあの蝕のかげにほかならなかったというように、《やうやくに漆赤らむ丘の辺を／奇しき袍の人にあひけり》《泣きながら北に馳せ行く塔などの／あるべきそらのけはひならずや》のような秘教的イメージの歌が点々とあらわれ、《黒板は赤き傷受け雲垂れてうすくらき日をすすり泣くなり》《深み行きてはては底なき淵となる／夕ぐれぞらのふるひかなしも》のような、外界との不安な接触をへて、終りにあの《うしろよりにらむものあり……》およびそれに先立つ数首において、うす明るくなまあたたかい蝕は溶けさり、その背後のあの二つの暗黒のただなかから詩人を《にらむもの》の眼が姿を現わすのを見る。

病熱と恋

「大正三年四月」の見出しからはじまる歌群は、『歌稿』のナンバーでみると「八〇」から「二三〇」までにわたり、次の「大正四年四月」が「二三一」から「二五五」までであるのに比して、かつまたその前の、中学時代の作歌のナンバーが「七九」までしかなかったのに比して、量的に著しい豊富さであるが、内容的にもまた注目すべきものをもっている。この時期の短歌は、《検温器の／青びかりの水銀／はてもなくのぼり行くとき／目をつむれり　われ》にはじまる病中歌、それもとくに《疾《やまひ》の熱》に侵された世界であり、年譜によればこの春岩手病院に入院した事実に照応しているが、作品史上でみるならばこの病熱とその《かなし》み、《ふらめき》《ゆがみ》は、前述した《うしろよりにらむもの》の発見と危機との延長上の、あたかも必然的な対応とみることができよう。

《ゆがみひがみ
　窓にかかれる赭こげの月
　われひとりねむらず
　げにものがなし》

そしてこの、《赭こげの月》の《ゆがみ》がまた自己の心象のゆがみに他ならないことを少年はすでに見抜いていた——

《月は夜の
　梢に落ちて見えざれど
　その悪相はなほわれにあり》

そしてこうした状況へこれまた必然のごとくに、初恋という、別種の病熱が、現実の病熱の治癒とほとんど入れ違いに訪れる。

《きみ恋ひて
　くもくらき日を
　あひつぎて
　道化祭の山車は行きたり》

《神楽殿

のぼれば鳥のなきどよみ
いよよに君を
恋ひわたるかも》
《はだしにて
よるの線路をはせきたり
汽車に行き逢へり
その窓明し》

これらのいかにも少年の恋愛感情を鮮かに喚起する素朴な恋歌は、しかしそれにとどまらず、詩の源泉との遭遇のしかたを詩人に啓示したのであって、やがて《恋》は賢治における重要なキーワードとなって、のちの詩や童話に切実な主題として、あるいはまた他に置換不可能な暗喩として、くりかえし現われることになるのである。

法華経と化学

これに続く高農生時代の賢治の短歌作者としての意識の新局面のひとつは、発表意識の出現であろう。中学時代は校友会誌にさえも歌を発表しようとしなかった賢治は、高農に入学してまもなくから、「健吉」「銀縞」等の筆名で、「校友会々報」に十首、二十首と発表しはじめるばかりでなく、河本義行・保阪嘉内らの同志を語らって学内同人誌「アザリア」を刊行、毎号のように短歌や短い散文を掲載するようになる。内容的にも、たとえば《悪《わる》ひのき》と見え《ひのき菩薩》とも見える樹木へのオブセッションを追求した「みふゆのひのき」（アザリア第一号）や、方言短歌「ちゃんがちゃんがうまこ」連作（同）などの大胆な連作が注目される。

しかしながら、賢治は自分の短歌を万葉以来のわが国の和歌伝統の縦の流れや、同時代短歌の横軸上に位置づけるというような、いわば歌人としてのプロフェッショナルな志向を持とうとはしなかった。賢治における創作の源泉と言語とのかかわりは、すでに短歌様式とは別の場所で胎動しつつあった。そこへ詩人を導くきっかけとなったのがおそらく片山正夫の『化学本論』であり島地大等編の『漢和対照妙法蓮華経』が啓示した法華経の世界である。そしてまた、その場所とは、あの二つの暗黒、岩手の自然と少年時とが、自然科学的言語と法華経的認識とによってついにその魅惑と恐怖とを新たにした場所でもあった。詩と童話という二つのジャンルは、そこに殆ど宿命的に準備されていた。

二　歌と悪業　初期童話の世界

賢治童話の大部分は、草稿にも制作年月日に当るものが記されておらず、数少い日付の付されているものについても、およそ前述したように賢治の作品が重要な加除や改稿改作を何カ月・何年にもわたって施されるために、その日付がテクストのどの段階に当るのかは不明である。しかしさまざまな証言や状況証拠から、校本・新修両全集とも童話篇の冒頭に並べている「蜘蛛となめくぢと狸」「双子の星」「貝の火」の三篇の、少くとも或る形態が、賢治童話成立史の最も初期に属することはほぼ確かなようである。

令弟清六氏の記憶によれば、最も早く一九一八（大正七）年の八月に弟妹が読みきかせられたという「蜘蛛となめくぢと狸」の現存稿は、第一葉だけが第二葉以下より成立時日の新らしい所謂さしかえ稿なのだが（『歌稿』に関する箇所参照）、それによると次のようなプロローグではじまっている——

《蜘蛛と、銀色のなめくぢとそれから顔を洗ったことのない狸とはみんな立派な選手でした。

けれども一体何の選手だったのか私はよく知りません。

山猫が申しましたが三人はそれはそれは実に本気の競争をしてゐたのださうです。》

一体何の選手だったのか、一体何の競争をしていたのか？　語りは「一、」「二、」「三、」と章を立てて、この三疋の「伝記」を調べて行く。

伝記といっても、蜘蛛のそれがわかっているのは《おしまひの一ヶ年間だけ》であり、なめくじの場合も狸の場合もほぼそれに同じい——ということは、三疋とも何やら素姓がよくわからない。とにかく、《蜘蛛は森の入口の楢の木に、どこからかある晩、ふっと風に飛ばされて来てひっかゝりました》のだし、狸はちょうど同じころ《一本の松の木によりかかって目をつぶってゐました》という状態で登場、そしてやはり同じころこちらはすでに《立派なおうち》をかまえているなめくじのところをかたつむりが訪ねるところから「二、銀色のなめくぢ」の章ははじまっている。

そして、まずのっけに云っておけば、三疋は三疋とも札つきの悪党であり、三つの「伝記」とはすなわち三者それぞれの悪業の歴史に他ならない。蜘蛛は、まず一生けん命につくった《それはそれは小さな二銭銅貨位の網》で蚊をつかまえて、泣くのをかまわず《頭から羽からあしまで》みんな食って、次には一まわり大きな網を張り、次に盲目のかげろうをだましうちに捕えて《たゞ一息に》《食ひ殺して》ようやく人並の網をかけると、妻をめとり、毎日かかるものを沢山たべてたくさんの子どもをつくる。ついには《一生けん命であちこちに十も網をかけたり、夜も見はりをしたり》するほどの発展ぶりを誇るが、困ったことに、食物がたまりすぎて《腐敗》を起し、それが自分の体にうつって、親子四疋《足のさきからだんだん腐れてべとべとになり、ある日たうたう雨に流れて》しまう。

一方、銀色のなめくじは、《林の中では一番親切だといふ評判》をかくれみのに、かたつむりやとかげをだましてはぺろりと食べてふとって行くが、ある日やってきた雨蛙に塩をまかれて、溶けて食われてしまうし、狸はさもありがたそうに「なまねこなまねこ」と《念猫《ねんねこ》》をとなえそら涙を流して兎や狼をだましては呑みこむうちに、《からだの中に泥や水がたまって、無暗にふくれる病気》にかかり、熱にうかされて、《おれは地獄行のマラソンをやったのだ。うう、切ない》といいながら焦げて死ぬ。そして、いみじくも吐かれたこの狸の臨終の語を引用して語り手は、三人が一体何の競争をしていたのかという冒頭の設問に対する、《なるほどさうしてみると三人とも地獄行きのマラソン競争をしてゐたのです》という答え、恐怖の結論を下して物語にけりをつける。

三人の主要登場人物が、三者三様ながらいずれもまるで不可避不可逆の急坂を転げおちるごとくに地獄へと殺到する――このような悪業の物語が、なぜ、どのように、賢治童話成立史の冒頭に現われたのであろうか？　それはあの、始源の二つの暗黒とどのようにかかわっているのか？　そして、同じく成立史最初期に現われる他の童話、「双子の星」も「貝の火」も、さらには「よだかの星」も「ペンネンネンネンネン・ネネムの伝記」も、それぞれにやはり〝悪業の物語〟なのではあるまいか……。

飢えの位相

「蜘蛛となめくぢと狸」の三つの挿話、三つの「伝記」がいずれも極度の〝饑餓〟の状態からはじまっていることは、見てとりやすい重要なポイントである。蜘蛛は《あんまりひもじくておなかの中にはもう糸がない位》だったのを、それでも《ひもじいのを我慢》してけんめいに糸を出してやっとあの《それはそれは小さな》網をかけたのだし、顔を洗わない狸も、最初に伝記に登場する姿といったら《すっかりお腹が空いて一本の松の木によりかかって目をつぶって》いるというなさけないていたらくだった。なめくじだけは立派なおうちを構えているわけだが、物語でまずそこへやってくるかたつむりのセリフは、《なめくぢさん。今度は私もすっかり困ってしまひましたよ。まるで食べるものはなし、水はなし、すこしばかりお前さんのためてあるふきのつゆを呉れませんか》となっていて、ここでも〝飢え〟が状況を支配し瀰漫していることが知れる。云ってみれば、成り上がりの悪党（蜘蛛と狸）・既成あるいは世襲？　の悪党（なめくじ）という差異こそあれこの三疋の悪業はいずれも極度の〝飢え〟の状況からたち現われたものである。

いうまでもなく、〝飢え〟の認識は日本東北部をくりかえし襲った災異としての凶作・飢饉の歴史を基盤にしている。それはたんに古来の歴史の流域を点々と、黒々と、被っているばかりでなく、詩人が物心ついてからだけでも、何度となく周囲の人々や世界を襲い跳梁したが、とりわけそれは、階級制度や流通機構に起因する人災としてよりも気候風土に根ざす宿命的な、しかしとりわけ科学によって人間が懸命に立ち向かうべき、自然の暗黒の溢出としてとらえられた。成立はやや遅れるかと思われる「ペンネンネンネンネン・ネネムの伝記」は、主人公の「慢」の形成とその酬いとしての転落を追求するが、そのはじまりにやはりこのような、宿命としての「飢え」が歴史的にとらえ直されている。

ところで「蜘蛛となめくぢと狸」の物語の中心には、《子ども》は現われない。というより、〝魅せられたる時〟としての少年時は現われない。これはのちにこの童話を改作した「洞熊学校を卒業した三人」というある程度まで同工異曲の作品においては、各章末に現われる蜂たちのイメージと仕事とによって、一種〝魅せられたる時〟に相当する被い《ヴェール》がかけられるが、「蜘蛛となめくぢと狸」ではまさにむき出しのままの悪業が突きつけられていて、たとえ二百疋の子蜘蛛が描かれようと、かれら固有の論理は無視されている。すなわち、「蜘蛛となめくぢと狸」の悪業と暗黒は、あの「自然」と「少年時」という二つの暗黒が重合するとき生じた奇妙な蝕の明るさから、一方の「少年時」をはずされたために、「自然」の暗黒のみがおぞましくも露出したことに由来しているのである。

一方で、幼少年時なるものの一つの表現形態はいわゆる無邪気、イノセンスであるが、「貝の火」及び「双子の星」において賢治はこのイノセントなるものの視点へ語りを近寄せて設定することを試みたとみることができる。「双子の星」のチュンセとポウセは、《夜は二人とも、きっとお宮に帰って、きちんと座り、空の星めぐりの歌に合せて、一晩銀笛を吹く》――すなわちつねに暗黒なるものの魅惑と危険から身を持して、水晶のごとき澄明な音楽の中に自己を無化する、中性的ないし無性的、ないし前性的な一対《ペア》として設定されるし、「貝の火」のホモイはいきなり無私の献身的行為に殆ど本能的に身を投ずる、能動的イノセンスの発現者として登場する。しかしながらいずれの場合も、このように表層に張りめぐらされたイノセンスのバリアは、悪業なるものの内から及び外からの攻撃に対して頼り甲斐のある防壁ではないことが、それぞれの物語において明らかになってゆく。「貝の火」には、狐という見るからに札つきの悪党が登場して重要な役割を果すけれども、にもかかわらずこれは子兎ホモイの悪業の物語とみるべきである。《貝の火》という運命的かつ暴力的な賢者の石を触媒として、ホモイのイノセンスの裏側に〝内なる悪〟が着々とあばき出されてゆく過程は、ホモイ自身にとっても読者にとってもほとんど戦慄的であるが、最後に砕けた《貝の火》の砕末によるホモイの失明は、罰であると同時に救済であって、悪業の追求と処罰はここではいったん停止され執行が猶予される。「双子の星」においては、二人の童子のイノセンスをイノセンスのまま温存しようとして悪業の体現を大烏や彗星に押しつけたために、星童子たちの転落という黙示録的主題は追求されずいっさいは微温的な猶予状態に押し戻される。賢治が「貝の火」の草稿表紙に《無邪気さをとれ》、「双子の星」の表紙に《一層の無邪気さとユーモアとを有せざれば全然不適》といずれも赤インクでおそらく同時期に記入したのも、むべなるかなというべきであろう。

ところで「蜘蛛となめくぢと狸」の第「一」章、「赤い手長の蜘蛛」が一種の歌物語の構成をもち、この章題自体、挿入歌の一節からとられているということは大切である。

「赤いてながのくぅも、
　天のちかくをはひまはり、
　スルスル光のいとをはき、
　きぃらりきぃらり巣をかける。」

これは、ようやく立派な巣をかけることに成功した蜘蛛にむかって、下の方から《いゝ声で》《きれいな女の蜘蛛》が歌いかけるオマージュであり、恋の歌であり、求婚歌でもあって、手長の蜘蛛はさっそく《こゝへおいで》と糸を一本下げてやり、女の蜘蛛はすぐそれにつかまってのぼって来て、二人は夫婦になり、沢山の子どもをつくる。前後や内容からみて、いまの歌は女蜘蛛の自作であり、これはなかなかの作品であって、《いゝ声》もしてるから、彼女はなかなかのシンガーソングライターであったことになろう。さらにこの歌は、なめくじや狸によって次々に替え歌にされ、それら替え歌のパロディとしての巧みさ・的確さは、そのまま、蜘蛛の転落を反映すると同時にその契機ともなるという仕掛けになっている。

「双子の星」にも、チュンセ童子とポウセ童子が手をつないで歌う《お日さまの、／お通りみちを　はき浄め、／ひかりをちらせ　あまの白雲。》という行分け短歌形式のものからはじまって、いくつもの歌が挿入されており、中でも、

あかいめだまの　さそり
ひろげた鷲の　　つばさ
あをいめだまの　小いぬ、

を第一連とする「星めぐりの歌」は、のちに「銀河鉄道の夜」でも歌詞はかくされたまま一種の主題歌として重用される一方、作者自身の作曲になる代表的歌曲として、賢治の死後今日までひろく唱われるに至っているが、星座名の列挙によって構成されたこの歌は、「双子の星」においては、大空を乱し星たちを揺さぶる悪業の蠢動に対する、晴朗な祓い歌となっている。(「貝の火」でこれに相当するモチーフはといえば、〝教会〟的なるものの暗喩ともみられるつりがねそうの、「カン、カン、カンカエコ、カンコカンコカン」という、くりかえされる朝の鐘鳴をあげることができよう。)

さらにまた、初期童話のうち特に〝地方色をもって類集〟された童話集『注文の多い料理店』の各篇は、ほとんどすべて、作中に挿入された童謡風あるいは短歌形式の歌謡が物語展開の重要な契機もしくは節目になっており、初期童話における賢治の想像力と表現の発進が、そうした歌の節奏によってゆりうごかされて展開したことを示している。そして、

それらの歌謡の一つ一つを点検してみるならば、村童たちを林の中へ誘い入れて栗やきのこを御馳走した狼《オイノ》たちの歌や、柏林での歌くらべのはてに農夫清作をリレー形式で揶揄しさる木たちの歌、人間の見ていない隙に大行進をやってのけながら声はりあげて歌う電信柱たちの軍歌、食物を得た喜びと太陽への讃歌をあわせうたう鹿たちの絶妙な方言短歌など、いずれも、《自然》の側から、樹が風に鳴るごとくに発現する驚異にみちた歌声である。このことは、詩人が自らの童話形式のなかに、あの自然の暗黒が自ら孕んでいた風と光とを解き放つ術《すべ》を見出したことを示すとともに、そこで選ばれた歌謡のリズムとメロディは、少年時代以来の短歌という様式からの、あざやかな脱却と発展であることを示している。

三　修羅の発見と《詩》の死　『春と修羅』

おそらく一九二一（大正十）年から一九二二（大正十一）年へかけての冬、賢治はすでに短歌形式を外れた、しかしそれぞれ一篇の作品としての成立や完成度を目ざすにはいたらない断片的な、主として三、四行（一行のみのものもあれば十行前後に及ぶものもある）の短章群を書きためて、おそらくすでに「冬のスケッチ」という総題を与えていたと思われる。口語もあれば文語もあり、その混淆体もあるこれらのスケッチは、短歌の制作とも、次なる口語詩の制作とも一部時期的に重なりながら書かれ、晩年にその少なからぬ部分が文語詩に改作されあるいはその素材となるが、最も密接な関係が見出されるのは、『春と修羅』導入部との間にである。

中学から高農時代にかけて馴れ親しんだ短歌の節奏と措辞とを、時としてぶざまなまでに絶ち切り、さまざまな《冬》の風物や心象をすばやく書きとめたようにみえるこれらの詩句は、ときに山村暮鳥、ときに白秋あるいは朔太郎を連想させる（これは影響というよりもむしろ同時代的刻印とよぶべきであろう）が、それらのスケッチの間の、そこかしこに、「いかり」や「なやみ」や「かなしみ」を重く抱いて歩く詩人の姿が見えはじめている――

（現存第三七葉）

※　がけ

杉ばやし
けはしきゆきのがけをよぢ
こゝろのくるしさに
なみだながせり

※

灰いろはがねのいかりをいだき

われひとひらの粘土地を過ぎ
がけの下にて青くさの黄金を見
がけをのぼりてかれくさをふめり
雪きららかに落ち来れり。

（第四四葉）

この、同じく《灰いろはがね》や草地の《黄金》をふくむ詩句から、詩篇「春と修羅」の、

心象のはいいろはがねから
あけびのつるはくもにからまり
のばらのやぶや腐植の湿地
いちめんのいちめんの諂曲《てんごく》模様
（正午の管楽《くわんがく》よりもしげく
　琥珀のかけらがそそぐとき）
いかりのにがさまた青さ
四月の気層のひかりの底を
唾《つばき》し　はぎしりゆききする
おれはひとりの修羅なのだ

という冒頭部、さらに後段の、

　草地の黄金をすぎてくるもの
　ことなくひとのかたちのもの
　けらをまとひおれを見るその農夫
　ほんたうにおれが見えるのか

といった箇所への懸隔はまことに目ざましいものがある。「スケッチ」における《冬》とは、たんに風物や気候のそれではなくて、詩人の精神の冬でもあったことは当然であるが、その冬のきびしさと縮こまりの中で堪えていたもの、自分の眼では見ずにいたものが、春のなまあたたかさと狂おしさの中で一気にその正体をあらわし、かつ見えはじめたというように、詩の言葉そのものが、さまざまな桎梏や不協和をふりすて払い落して進行する。そして悶々とただ心にとりついていた「いかり」や「かなしみ」が、それぞれの本性と位置とを明らかにして新たにとらえなおされる。

　とすれば、このようなとらえなおしを可能にしたもの、あるいはむしろ必然的ならしめたものは、たんに春の季節感などに還元できるはずはない。この、詩集および詩篇のタイトルにあらわれた〝春〟の象徴性、そこに詩人が籠めたものは複雑である。

『春と修羅』の構成と成立

『春と修羅』は、たんに詩を寄せ集めただけのものではなく、全体の構成といい隅々までの配慮といい、よく考え抜かれた一冊の書物、一個の作品として提出されている。このことは、冒頭約十枚を除いてすべて奇跡的に焼失を免れた印刷用原稿をみるとき、そこに無数の詩句の推敲のみならず詩行の縮減や増加、まとまった部分の全面さしかえ、詩篇そのものの出し入れなどが最後まで徹底的になされている事実からもわかるが、たとえそのような成立過程が隠されたとしてみても、詩篇「春と修羅」と「永訣の朝」とをいわば二つの頂点、二つの中心として、全七十篇が楕円形の構造をなしながら宙に懸かっているさまからも、事は充分に納得されるのである。

このような一冊の書物、このようなあたかも一個の作品をなすごとき作品群体は、どのようにして成立したのだろうか？　冒頭の「屈折率」の初稿が書かれた時点において、やがて第二の焦点をなす「永訣の朝」が書かれていたはずはないし、第一の焦点たる「春と修羅」も書き上げられていたとは思われない。そしてまた同じく小岩井駅から小岩井農場へむかう未舗装の一本みちを、やがて五月二十一日に行っては戻ってくる話者のモノローグが八百数十行におよぶ長詩を形成するとは予測しなかったと考えられる。

それでは「春と修羅」の第一稿を書き上げたときには、これが少くとも第一の核、もしくは第一の頂点をなして、その周囲を磁場とする一冊の書物が成立するであろうことを予感しただろうか、と問うてみると、それは予感したかもしれないという気がしないでもないが、その書物は唯一の焦点をもつにとどまるものではなくて、成立までにはもう一つの中心点を要するであろうというところまで果して予感したかと考えると、これはしょせん推測するしかない事柄のようにみえる。さらに、「永訣の朝」そして「松の針」「無声慟哭」とつづく《無声慟哭》詩群の第一稿を書きつけたとき、詩人はついに問題の第二の頂点が成立して裾をひいたことを感じたであろうか、そしておそらく数カ月の沈黙を経て「青森挽歌」以下の挽歌詩群のそれぞれ第一稿が成ったとき、いよいよ一冊の書物のかたちが成立の方へと向かい出したことを実感したであろう、それゆえにこそあれらの挽歌詩群の、落着きたゆたいながら展開するトーンが生じたのではないか、とこうみるならば、なにやら事はそのように進んだように思えてはこないだろうか?

問題点はここでおそらく二つある。第一に、すでにみたように賢治作品の場合には、かんたんに作品「何何」を書くと云うことができず、かれが何を書くかといえばその作品の第一稿か第二稿か……第n稿、あるいはそのそれぞれへの手入れとしかいえないわけだが、しかし確実に進行したはずのそれら第一、二……n稿を書くにつれて、その作品の本文形態が成立に向かうと同時にそれを含む『春と修羅』なる書物の成立も、そしていま述べた成立への予感もまた、次第にはっきりしてきたにちがいないという点である。そして第二に、個々の詩篇がそのように成立していったことを背景としながら、全七十篇の詩篇が決然として日付順に配列されていることに、改めて留意すべきなのである。あれほど構成に意をこらし、少からぬ作品を入れてみたり除けてみたりしたにもかかわらず、一篇たりと、日付順に逆らって前後させたり移動させたり嵌入したりすることをしなかった――すなわち、一篇一篇の制作年月日なるものは決して一概に規定できないにもかかわらず、それらの発想もしくは第一稿のそれとみられる日付を目次で各題名下方に明記しつつ、決然とその日付順に（もちろん序詩は別としてであるが）全篇を配列したということは、この一冊の書物内時間とでもいうべきものが決然としてこの順に継起していることを主張しているのだが、それればかりでなく、この書物内時間に厳密にこだわりつづけることにより、逆に、各作品、各テクスト間の相互関係が、決して自然的時間や順序にとらわれない自由な結ばれ方を獲得しているのである。

この見地から、さきほどの議論をもういちどむし返してみよう。冒頭に置かれた「屈折率」は、なるほど書物内時間の最も早いところに位置している。しかしその、《陰気な郵便脚夫のやうに》という比喩が、四カ月のちの日付をもつ「小岩井農場」のパート二で話者のうしろからやってくる《黒いながいオーヴアを着た／医者らしいもの》に喚起された《冬にもやつぱりこんなあんばいに》やってきて《本部へはこれでいいんですかと／心細さうにきいた》《くろいイムバネス》の男のイメージによって逆に照射され、さらに、話者が《冬にきたとき》の記憶が次々に喚起されて、あたかもその冬の時点で書きとめられた通りであるかのようなモノローグまで括弧にくくられて出現するに及んで、詩篇「屈折率」の見えざる背後に、まぼろしの「小岩井農場（一九二二、一、六）」という非在のテクストが、隠れたままで出現するにいたる。

「永訣の朝」についていうならば、妹の臨終もしくはその死病という主題はここにいたってほとんど突然に登場するようにみえてそうではなく、すでに冒頭から十番目に位置する「恋と病熱」の第三行以下に、

　あいつはちやうどいまごろから
　つめたい青銅《ブロンヅ》の病室で
　　透明薔薇の火に燃される

とある（そしてこの第三行行頭のややあいまいな《あいつ》は、宮澤家所蔵自筆手入本で《いもうと》に書き改められる）ところから暗示・予告されて、以後「永訣の朝」に至るまで、決して詩句の水準に現われてこないこの病熱に燃されている妹の存在を各詩篇各詩句の背後に隠しつつ、隠すことによって示しつづけている。また、《透明薔薇の火》という暗喩はのちの挽歌詩群の最後にくる「噴火湾（ノクターン）」で、《烈しい薔薇いろの火》《透明薔薇の身熱》というふうに繰返されるが、繰返されるとするのは書物内時間に沿ったみかたに他ならず、この挽歌詩の暗喩によって逆に「恋と病熱」の喩が照射を受け、

そのことによってあの三行の意味が成立し、『春と修羅』なる一冊の書物における「恋と病熱」なる詩篇の位置もまた成立しつつ、『春と修羅』全体の成立にも寄与するにいたる――というのも、「恋と病熱」には、先述の「冬のスケッチ」の中に明瞭な先駆的短詩があり、それは第三七葉の、

※

あまりにも
こゝろいたみたれば
いもうとよ
やなぎの花も
けふはとらぬぞ。

という殆ど行分け短歌ともよびうる音律をもった五行詩であり、また、第一七葉冒頭のもしかしたら前があるのかもしれない、

からす、正視にたえず、
また灰光の桐とても
見つめんとしてぬかくらむなり。

という三行であって、「恋と病熱」に付された（一九二二、三、二〇）という日付はもしかしたらこれらの短詩、あるいは前者の五行詩の書きとめられた日のそれなのかもしれな

いわけだが、いずれにしてもこれら先駆的断片の中には、あの《透明薔薇の火》に燃される妹を喚起される三行に対応するものがないのである。だから、『春と修羅』印刷用原稿の「恋と病熱」の箇所は失われて見ることができないけれども、もし見ることができたらあの三行が加筆であることが知れるかもしれないわけだが、たとえそうでなくても、「冬のスケッチ」中の断片詩から『春と修羅』中の「恋と病熱」への発展のポイントがこの三行にあることは明らかであり、しかもその三行の内実が、のちの「無声慟哭」詩群や挽歌詩群からの反照にあることも明らかなのである。

《修羅》の発見と《詩》の死

以上いくつかの例でみてきたように、それぞれの詩篇が成立してゆくにつれて『春と修羅』なる一冊の書物も成立へむかってすすみ、その間、その動きの内部で、それぞれの詩篇の間にもさまざまな相互関係、照応や喚起や地下構造《クリプト》の投影などが網の目のように形成されていったその中で、とくに「春と修羅」および「永訣の朝」が二つの焦点、二つの頂点、もしくは二つの核となっていったなりゆきに、もういちど目を向けておきたい。

頂点——という語をつい用いたのは、これらの詩篇の質的な高さ——格調や、私たちに与える衝撃のつよさ等から来ているけれどもそのような主観的評価を別にして考えれば、これら二篇が占めている場所はむしろ深々とした淵、もしくははげしく何かが欠け落ちた虚の深みを指し示す点というべきかもしれない。「恋と病熱」の場合ほど明瞭でないにしても、「春と修羅」もまた「冬のスケッチ」の中に先駆稿に準ずる短詩を持っていることはすでに引用したとおりであって、「春と修羅」の話者が唾しはぎしりゆききしながら吐露する怒りや悲しみはすでにそれら先駆的断片にも見出されるが、しかし《おれはひとりの修羅なのだ》という発見と断定はまだ見られない。

修羅とは何か――六道のうちで人間と畜生との中間に位置する存在様式であり、また、仏道の守護神《阿修羅》でもある、この見るからに聞くからに荒々しくかつ悲しく憤ろしい存在は、その視点からは《ほんたうにおれが見えるのか》と農夫に心の中で呼びかけずにいられない存在である。そしてまた「無声慟哭」では、《わたくしは修羅をあるいてゐるのだから》それゆえに、臨終の床で自分の体臭を気にしている妹に向かって《かへってここはなつののはらの／ちいさな白い花の匂でいつぱいだ》という真実を語ることができないのだ。これらの箇所は《修羅》なる存在様式の、憤ろしくも悲しい虚の深み、虚体性を示している。そして、ここにおいてついに発見されたこの《修羅》の深みから、深みへ、あらゆる詩句が明暗を交替させながらほとばしりあるいは引きこまれて消える。

一方、「永訣の朝」およびそれにつづく詩群は、詩人の愛する妹、そして唯一人の信仰の道連れである存在がまもなく死なんとしていることを、すでに死んだ時点をも先取りしつつ、目のあたりの現在時という場で見つめ、語られぬ語りによって語りつくそうとした。

詩人にとってこれほどまでに切実な対象は《詩》以外にありえない。『春と修羅』の第二の焦点は、そのような《詩》の死という悲しくも憤ろしい淵の上に落ちている。そしてこの喪失は、あらわれ方は個々に異るにせよ、あらゆる詩人の真の歩みの前提に、あるいは根柢に、かならずあらわれる宿命である。

心象スケッチ

そしてこうした修羅の発見、《詩》の死の現前が、いずれも《心象スケッチ》という方法によってもたらされたことも見ておくべきであろう。この造語および方法は西条八十の詩集『砂金』（大正八年刊）自序に《閃々として去来し、過ぎては遂に捉ふる事なき梢頭の風の如き心象、（中略）吾人が日夜の心象の記録を、出来得る限り完全に作り置かうとするのが私の願ひである》とあるのを直接の契機として発想されたとみられるが、賢治においてはたんに閃々と去来する心象を定着するにとどまらず、書くことを通してとらえられた心象は時間軸上でさらに変幻しながら、詩人の存在そのものをあばき、悲しく憤ろしいその宿命と条件とを啓示せずにいなかったのである。

四　探求と驚異　童話の展開

一九一八年頃はじまった賢治の童話制作は一九二一年前半の無断上京・滞京時に猛烈な多作ぶりを示した。これは一つには当時しばしば賢治と話し合った国柱会の高知尾智耀の言がきっかけであったことが、「雨ニモマケズ手帳」に記された《◎高知尾師ノ奨メニヨリ／1、法華文学ノ創作（……）》というメモから推し測られているが、「ひのきとひなげし」初期形のような若干の例外を除き、比較的初期の賢治童話は《法華文学》という呼称から想像されるような仏教臭・教化臭を殆どもっていない。むしろ、《イーハトヴは一つの地名である。（……）（それは）ドリームランドとしての日本岩手県である》（『注文の多い料理店』広告文）と自ら規定した、ドリームランドとしての普遍性と岩手の地方色とを交々《こもごも》特色とする幻想性がきわだって濃密にたちこめているが、それとても、当時の賢治の、大都会の炊煙にまぎれながらのきびしく多忙な暮しのストレス、幼少年時以来細胞のすみずみまでを涵していた郷土から引離されているゆえにいよいよ強まるローカルなものの夢魔といった要因でもってすべて説明・還元するわけには行かない。

賢治童話ぜんたいを見わたした上で気がつく特色の一つは、その多様性であろう。「ツェねずみ」と「クンねずみ」のような、内容からも明白な姉妹篇でさえも、両者の文体・

感触は必ずしも全く同じではない。まして、これら豊饒で絢爛とした作品群は、おたがいに同族としての親和感はたもちながらも、じつにそれぞれに固有の言葉や色彩をもって、ちょうど母親の木からいっせいに飛びたつあの銀杏の実たちのように、いちどきに散乱しようとして待ち構えているかのごとくである。

類集と解体

このような多様性に眩惑されて、賢治童話の世界がてんでばらばらであり、統一のとれていないディレッタントの作物にすぎないとみた評家がかつてあったが、作者賢治自身もそうした眩惑を自らふり切ろうとしてであろうか、これら多様な自作群を選《よ》りわけ、分類する試みを幾度もくりかえしている。すでに『注文の多い料理店』の広告文に、この童話集が《十二巻のセリーズの中の第一冊で先づその古風な童話としての形式と地方色とを以て類集したもの》であることを明らかにしていた。第二冊以後、のこりの十一冊がどのような基準によってどのように類集されるはずであったかは知り得べくもないが、賢治の自筆草稿を調べていくと、そこかしこに、自作童話題名を列挙したメモがあって、それはたとえば《花鳥童話集》という総タイトルのもとに「蟻ときのこ」「おきなぐさ」「畑のへり」「やまなし」「いてふの実」「まなづるとダァリヤ」「せきれい」「ひのきとひなげし」「ぼとしぎ」「虹とめくらぶだう」「黄いろのトマト」の各題名が列挙され（このうち「ぼとしぎ」は「よだかの星」の初題。「せきれい」は該当作品現存せず）、この殆どが別に《童話的構図》と題された列挙メモと共通している。また「ポラーノの広場」「風野又三郎」「銀河ステーション」「グスコーブドリの伝記」の四つが《少年小説》として列挙されている歌稿表紙のメモもよく知られている。他に、このような総括的タイトルなしで、三つあるいは四つの題名をひとまとめにし、あるいは弧線でまとめているメモもあって、その中では「セロ弾きのゴーシュ」「オツベルと象」「北守将軍の凱旋」「毒もみの好きな署長さん」の四篇をひとまとめにしているのが注目される。さらにまた、いくつもの童話草稿表紙に、童話の原稿枚数を加算したとみられる足し算のメモが書きちらされていて、個々の数字がどの童話のものか必ずしも明らかではないが、作者の類集行為の一痕跡がそこにも見られるのである。

　これらのメモ、このような類集は、たしかに、多様な賢治童話の世界を整理して理解の一助とするという意味では有意義であるかもしれない。しかしまた、このような類集で賢治の全童話をより分けてしまうことができないことも明らかである——というのは、どうしてもどれにも入らない作品、方々にまたがる作品、分類項目からはみ出る部分など必ず出てくるからであるが、つまりは、分類という、固定した枠組が、作品という、成長・合体と解体をくりかえす生動する活性体にそぐわぬものだからである。

　事実、賢治童話の成立史のもう一つの側面は、作品の解体史であり、具体的には草稿の解体史なのである。詩の場合と同じく、それぞれに各稿の第一形態から第二形態……第一稿から第二稿……と展開していく賢治童話の、初期稿とよばれるものの中には、「三人兄弟の医者と北守将軍」や「青木大学士の野宿」草稿のように、まったく解体されてそれぞれの紙の裏面を他のいくつもの童話を書く場に使われてしまうものや、「さいかち淵」や「種山ヶ原」のようにそのテクストの一部、数枚を黒インクにより侵犯されてそのまま他童話草稿束へと誘拐され、永久にそちらへ住みつかされてしまうものや、「若い研師」のように、第一章と第二章とがそれぞれ別の作品へと改作され、改作されたそれぞれがさらにまた別作品へと改作されて、それら最終的に成立した作品「タネリはたしかにいちにち噛んでゐたやうだった」と「チュウリップの幻術」とが、もはや元は同じ童話の一、二章だったとは到底おもわれぬ程の変容ぶりを示すにいたるものもある。「グスコーブドリの伝記」の統一性、濃密な均質性と主題の確立ぶりに比べて「ペンネンネンネンネン・ネネムの伝記」はハチャメチャで不協和音にみちた初期形であるようにみえるけれども、見方を変えれば、「ブドリの伝記」こそ「ネネムの伝記」という母胎を破壊し解体させて生れた鬼子であったともいえる。

探求の文学として

ところで、このようなあくなき解体と再生のくりかえしには、それらを衝き動かし、おし進めた原動力となるものが必ずあったはずである。それはもちろん、あの「少年時」と「自然」という二つの暗闇に源を発しているにちがいないが、そしてまたあの『化学本論』と『妙法蓮華経』とが二つの大いなる導きの糸であったにちがいないが、そのような補助線をいったん消去して賢治童話の展開・作品自体の内実の流れを無心に透視してみれば、そこにほとんど一貫した一つの意志、独特のある衝迫力の運動とその形態が見えてくるであろう。その運動とは、《探求》の動きであり、その形態はすなわち《驚異》であると、まずひとくちで云うことができるように思われる。

多様多彩な賢治童話の、そしてそれぞれに生死変幻するテクスト群を通して、何かをひたむきに探求する精神の運動が感じられるとは、多くの読者も肯かれるところであろう。賢治自身のちに「農民芸術概論綱要」序論に《求道すでに道である》と書きつけていて、賢治の文学をいわゆる〝求道の文学〟〝求道者の文学〟と名づけることはかねてからしばしばなされてきたが、〝求道〟というよりもうひとつ原形質的な《探求》の動きをここでみて行きたいのである。

すでに本稿の「二」でみたように、「蜘蛛となめくぢと狸」をはじめとする初期童話においては、悪業の追求が中心動機としてあらわれていた。蜘蛛やなめくじや狸はそれぞれにひたすら自己の悪業を追求して地獄へと転げこんで行ったし、よだかは悪業からの絶対的解放を目ざし、「貝の火」では悪業自らがあたかもホモイの内部に住みついて自己を探求しようとしたのだった。

そうしたラディカルな悪の探求は、「自然」の暗黒が切り開かれたことからくるまず第一期的な反動であるとみられるが、これにつづいて、「少年時」の暗黒もまた切り開かれると、そこからまた別の探求者たちが続々と賢治童話の世界へあふれ出てくる。「蜘蛛となめくぢと狸」で蜘蛛の夫婦からたくさん生まれる子供たち、《あんまり小さくてまるですきとほる位で》《網の上ですべったり、相撲をとったり、ぶらんこをやったり、それはそれはにぎやか》な、二百疋の子供は、「いてふの実」の、お母さんの銀杏の木から今年生まれた《千人の黄金《きん》色の子供》たちとちょうど比較しうるのだが、二百疋の子蜘蛛のうち《百九十八疋まで蟻に連れて行かれたり、行衛不明になったり、赤痢にかかったりして死んでしま》っても親ぐもたちはすぐ忘れてしまい、残る二疋も両親ともども腐って雨に流れてしまうのに対し、銀杏の実たちはそれぞれに甲斐甲斐しく仕度をして、新たなる転生へと、探求の旅にとび立ち、それを悲しむあまりに《扇形の黄金の髪の毛を昨日までにみんな落してしま》った母親の木と、旅に出た子どもらとには、お日様が《あらんかぎりのかゞやきを》《投げておやりなさ》る。この「いてふの実」もまた相当に初期に成立した童話であるとみられるが、この二つの《子供たち》の運命の違いは、すでに両者の出自の「暗黒」の違いを交々示して象徴的である。

ここで個々の作品に詳しく立ち入る余裕はないが、中期（ここでとりあえず中期とよぶのは一九二〇年代に次々に第一稿が書かれていったと考えられる作品群の第一稿ないしはその数次稿、さらに具体的には、「10 20」原稿用紙の清書第一形態の成立を中心にその前後に分布しているものの成立時期）とみられる童話には、さまざまな登場人物や主題や、さらにはさまざまな表現、エクリチュールの展開を通して、《探求》のさまざまな相が百花撩乱の様態を示していることが観察される。たとえば「まなづるとダァリヤ」「ひのきとひなげし」「谷」「若い木霊」「チューリップの幻術」などには、探求者たちを待ち受けるさまざまな深淵が、テクストの中頃から終りちかくに口を開けていて、探求者たちを蒼ざめさせているし、「ひかりの素足」「さいかち淵」「土神と狐」「フランドン農学校の豚」などには、不吉なる探求者（死神）による追求がほとんど狂奔とよびたいほどに自他を狩り立てているし、「鳥の北斗七星」や「楢ノ木大学士の野宿」では、探求それ自体の不条理がついに見出されるに至っている。そうとなれば、「車」「黒ぶだう」「連れて行かれたダァリヤ」（「まなづるとダァリヤ」の初期形）のように、むしろ〝探求しないこと〟のユートピアさえ夢見られることがあるのも当然である。ただしこのユートピアがしょせん受動的な、はかないものにすぎないことは「気のいい火山弾」の結末にも示されているし、「黒ぶだう」の仔牛のゆくてに「オツベルと象」の白象の悲劇を置いてみれば自ら明らかであった。

一方、こうした主題的探求と不即不離に展開された語りの自己探求、それもとりわけ

「フランドン農学校の豚」「北守将軍と三人兄弟の医者」「ポラーノの広場」などの成立過程にみられる韻律の探求、律動的散文の獲得にいたるみちすじもまた、目ざましいばかりであるが、そこでも、「フランドン農学校の豚」の場合をおそらく例外として、韻律の獲得には或る原形質的な主題とのかかわりの放棄が付随している。そして、度重なる執拗な推敲の結果ゆきついた「フランドン農学校の豚」最終形態と、草稿からみるかぎりほとんど一息に一挙に書き上げられたまま推敲のあとのきわめて少ない（ただし、鋏で紙を切り離してエピソードの順序を入れ換える操作をしているが）「なめとこ山の熊」の二篇が、探求者の運命の探求自体を律動的散文の成果にぴったり重ね合わせることに成功しているが、あたかもそれとひきかえに、この二つの童話の主人公は、数ある賢治童話の中でも最もひとを粛然とさせる悲しい最期をとげるのである。

解体の彼方へ

しかし賢治童話をつらぬく《探求》の行方も、解体と合体のドラマも、「風の又三郎」「銀河鉄道の夜」という、誰がいかなる強調をこめて重要なと云っても云いすぎることのない二つの作品をぬきにして語りおえることはできまい。この二つが重要なのは、たんに傑作だからとか代表作だからとかいうためではない。考えてみれば、数多い賢治童話のほとんどが、何らかの意味でこの二つの作品のどちらかへと究極的に流れこむ二系列上に並んでいるといえるのではないかと思われるが、この二つが重要なのは必ずしもそれゆえではない。

「風の又三郎」と「銀河鉄道の夜」は、いずれも単純に晩年の作と呼べるものではなく、それぞれに十年近い歳月をかけて成立に向かい、結局未完成——というより、未整理の部分を多く残した草稿状態のまま、作者の死を迎えた。

「風の又三郎」の先駆的作品である「風野又三郎」の原稿を賢治が農学校生徒の一人に手渡して筆写を依頼したのは一九二四年二月十三日であるから、それ以前にこれは成立していたことになり、また、「九月四日」の章の先駆形である「種山ヶ原」は、使用用紙からみてそれより先に成立していた可能性がつよい。「風野又三郎」は、疑いもなく超自然的な風の精である又三郎が少年たちに見聞を話してきかせる——そこには「死神」又三郎の影はなく、むしろその「又三郎」の存在をとおして、「自然」にふれたときの少年たちの驚異が明るく溢れ出していたのに対して、「種山ヶ原」の達二少年は「自然」の暗黒に直《じ》かに触れあうことによって、内なる「少年時」の暗黒をのぞきこんだのである。この二篇に、もう少し遅れて書かれたかと思われる「さいかち淵」をもとりこんで一九三一年に大幅に進行した現在の「風の又三郎」は、転校生高田三郎に、少年たちにおける「又三郎」幻想を重ね合わせつつ、ほとんど両者を反転させることによって、「少年時」と「自然」との二つの暗黒がもはや蝕をなさぬところまでを見とどけた、おどろくべき作品である。

一方「銀河鉄道の夜」の初稿も、一九二四年の末には出来上っていたことが、読みきかせられた菊池武雄氏らの証言で知られている。ブルカニロ博士の誘導により夢の銀河鉄道に乗ったジョバンニが、カムパネルラを見失って地上に帰ってくるこの物語は、さらに第二次、そして第三次の大幅手入れに際して、夢からさめる直前の少年に黒い帽子の大人が地理と歴史の辞典を手に信仰と化学の合一を説き、《みんなのためにほんたうのほんたうの幸福》を探求するように少年を衝き動かすという重要な加筆を行う。そしてさらに、これも一九三一年頃と思われる加筆で、夢からさめた少年が友の犠牲的水死を知るという、別のラストを書き、同時に、冒頭三章を新たに書き加えたのみならず、誘導者ブルカニロ博士を消去して少年を自らの意志による主体的な探求者たらしめたのだった。

しかしながら、この第四次改稿において、細部や枠組の未整理状態はいっそう甚しくなり、作者没後の編集者たちの懸命の努力にもかかわらずむしろ作品はその解体の危機をあらわにしている。そしてこのことは「風の又三郎」草稿についても、程度の差こそあれ同じことがいえる。賢治童話における探求は、これも最晩年に現行テクストにたどりついた「セロ弾きのゴーシュ」を幸福な例外として、その悲劇性を克服するにいたらぬままで終る。

五　生々流転　「春と修羅」二、三集そして文語詩稿

詩を書く、書きつづけるということも、ずいぶんたよりなくわびしい営みである。とりわけ《詩》の死という由々しい出来事に襲われ、なおかつそれを詩作によって全身に受け止めた後であればなおさらである。しかし《詩人》には詩を書きつづけることしか残されていない。閃々たる心象は擦過することをやめず、しかもその心象が書き留められることによって活性体となり、時間軸上を、詩人とのたえまない交感のうちに継起してゆくことを知った詩人のペンは、戸外にあって手帳の罫線の間を走り、机上にあっては詩稿用紙の罫の間を、さらに周縁の余白を、さっと走りあるいはよじのぼりはせめぐり、消しゴムでの消しあとの上にさらに深い凹みの畝を掘りすすむほかに、なすことはない。そうして、憑かれたような書く行為の喜びと悲惨のうちに、いつか《詩人》の死が向こうから近づいてくる。

「春と修羅・第二集」「春と修羅・第三集」とは、いずれも賢治自身が設定した題名であり、それぞれのクロノロジーの枠組も、前者については《大正十三年／大正十四年》、後者については《自大正十五年四月／至昭和三年七月》と自ら定めて、それぞれそのように表書きしたクロース装紙挟みに、当該詩稿をはさみ込んでふりわけてあった。しかしながら、

「第二集」の場合は刊行を見越しての「序」詩まで書き上げながら、として、いずれも詩集としては未刊に終ったのであるから、じっさいにもし刊行されたとしたら、それぞれの原稿束の中からどれどれが選び出されて、どのような配列の詩集になったかは、推測することもかなり難しい。一応私たちは、原則としてそれぞれの原稿束にある各稿の最終形態を本文として日付順に並べた全集本を読むことによって、「第二集」「第三集」の世界を、まずは、とらえるほかないが、それには幾つかの留意が必要である。

つい思いこみやすい錯覚は、表書きに《大正十三年／大正十四年》とあり、「序」にも《農学校につとめて居りました四年のうちの／終りの二年の手記から集めたものでございます》とあるために、これら私たちの読むテクストがすなわちこの二年間に書かれた作品であるような気になることである。しかし童話の場合と同じくこれらの作品の下書稿(一)から(二)へ……(n)への推敲改稿は以後何年も、晩年まで十年近くも続いたのであって、「序」を書いたとおぼしい昭和二年の初め頃に、それぞれの詩篇のテクストがどの段階にあったかも明らかでない。「第二集」の中から生前雑誌等に発表されたものや定稿用紙に清書されたものが相当数あって、これがもし刊行された場合収録されたであろうものの目印になりそうな気がしたりするけれども、定稿用紙ができたのは昭和八年であり、第二集からの生前発表の大部分もまた昭和八年にすぎない。

しかもなお、「第二集」「第三集」では、何年後に書き直され紙を更められようと、各作品に付された日付は（ごくわずかな例外をのぞき）改められない。少からぬ作品が、改稿の果てについに日付も作品番号もなくなってしまうが、これは二つの原稿束の外へ出て行ってしまうことなので、「第二集」「第三集」である限りは、作品内時間としての日付はやはり生きつづける。従ってこれらの詩篇は、二通りのクロノロジーの網目、二つの座標軸で計られる面上を生々流転するのである。

テクストからテクストへ――複数性へのあゆみ

『春と修羅』第一集の世界が二つの焦点をもった楕円の世界であることを私たちはみてきたが、その二つの焦点は、云いかえれば「いかり」と「かなしみ」という要約に照応しうるものであった。怒りにふるえ、あるいは悲しみに首をたれながら詩人が野原や村をゆききする、暗く透明な詩篇の合間合間に、のどかな草地に身を横たえて「あゝ　いいな」と呟いたり、明るく口笛をふいて大またに畑道を歩いてゆく、明るくて陽炎や霞のかかった詩篇がたちまじり、あるいは長大な一篇の詩の中でもにわかに明暗が交錯し、転調が奏でられる……。

これに対して、「第二集」における詩句や詩のあゆみには、いささかならぬ変調がみえる。たんに「いかり」や「かなしみ」にかられてさまよいあるくのではなくて、一見いよいよ深々とよろめきさまよいながら、その悲しみの根源を何とか見つけ出し、ときにはそれをのりこえるまでのあゆみが追求されている。これはもちろん『春と修羅』でも「青森挽歌」などで企てられ、到達されていたといえるかもしれない。しかし「第二集」では、しばしば複数の作品にまたがってその追求が何かをふりしぼるように追求され、その果てに〈作品〉もまた何かを超出したようにすっぽりと彼方の空間へ自らをひらく。そしてさらに個々の詩篇の下書稿㈠から㈡……(n)へのあゆみもまた、このような追求と超出へのみちすじを描いている。

「春と修羅」第二集の世界を見わたすと、具体的に、「一四　〔湧水《みづ》を呑まうとして〕」から「一六　五輪峠」を中心に「一九　晴天恣意」へいたる五輪峠詩群、「六九　〔どろの木の下から〕」から「七三　有明」「七四　〔東の雲ははやくも蜜のいろに燃え〕」を経て「七五　北上山地の春」にいたる《外山詩群》（池上雄三氏の命名・研究による）、「三一三　産業組合青年会」と「三一四　〔夜の湿気と風がさびしくいりまじり〕」とがその下書稿の一部を相互に錯綜させながら形成している《業の花びら》詩群、「三三八　異途への出発」から「三四三　暁穹への嫉妬」「三五六　旅程幻想」を経て「三五八　峠」にいたる旅程幻想詩群（小沢俊郎、伊藤真一郎両氏の研究がある）などの詩群が、あたかも連作詩群・星団をなして、そこかしこに苦渋と解放へのあゆみを展開しつつ宙に懸かっているのが見出されるのである。どの星団も複雑な構造と展開を見せていて、一口では何も云い尽せるわけがないがあえて一言ずつ云っておけば、《五輪峠》詩群では認識論・物質論の問題が、《外山詩群》では欲望の超克の問題が、《業の花びら》詩群では信仰の暗たんとした未来が、《旅程幻想》詩群では重層する《旅》のさなかに宙吊りにされた詩人の不安の根源が、それぞれに、複数のテクストのそれぞれの複数性の織物が織られてゆく過程で追求されている。

一方また、全集本文では一つ一つ独立してあらわれている詩篇の中でも、「一七九〔北いっぱいの星ぞらに〕」や「三三〇〔うとうとするとひやりとくる〕」「三六八　種山ヶ原」のような、草稿群が錯綜をきわめた推敲・改稿状況を示している作品が例外なく重要作品であるのも、上述の事柄の証明である。このうち「三六八　種山ヶ原」本文稿は、推敲のあとも殆どなく、さりげない二十七行の独白にすぎないように見えるが、その背後には多くの判読不能箇所を含む下書稿㈠㈡の長大な問題作が隠れており、さらにそのゆくてには、それら「種山ヶ原」草稿群から解体・発展して番号も日付も失った「〔朝日が青く〕」他四篇の改作詩篇が待ち受けている。また、「〔うとうとするとひやりとくる〕」の下書稿群の中には、「初冬幻想」や「霜林幻想」など、連歌形式や天狗問答の愉快な詩作があるが、そのはるか彼方には初期散文「柳沢」があり、この「柳沢」の向う側には、斎藤文一氏によって注目された一九一七年十月末の一夜における超高層白光現象の重要な体験がある一方、「〔うとうとするとひやりとくる〕」のダイアローグは、「柳沢」の中の、隣室での帝室林野局の人たちの会話へといっさんに回帰する還流幻想を成立させている。

追放と消去

「春と修羅・第二集」から「第三集」へと読みすすむときそこには明らかな一種の落ち込み、位相の落差が感じられる。これは質的低下とか詩人のエネルギーの衰えとかいう意味ではない。悲しみの根源を追求していた主体があたかもここからは悲しみそれ自体と化して、流転の水面に声をゆだねるからである。

陽が照って鳥が啼き
あちこちの楢の林も、
けむるとき
ぎちぎちと鳴る　汚ない掌を、
おれはこれからもつことになる

（「七〇九　春」）

これはおそらく、すぐ読みとられる内容からいっても措辞からいっても、一冊の詩集の冒頭に置くにふさわしい詩篇と見えるであろう。校本全集も新修全集も、しかしこれに先立って、草稿では他作品に紙を転用するため抹消された「七〇六　村娘」を活かして冒頭に据えている。また、「第三集」の現存する限り最初期形態を一括して書き連ねていわば〝詩集〟全体の初期形ともいいうる『詩ノート』の冒頭は、焼失した可能性があるが、その現存する限りの冒頭作は「七四四　病院」であって、

　途中の空気はつめたく明るい水でした
　熱があると魚のやうに活溌で
　　そして大へん新鮮ですな

というぐあいにはじまる。そしてその次の「七四五〔霜と聖さで畑の砂はいっぱいだ〕」（日付は一九二六、一一、一五）には、《そしてその向ふの滑らかな水は／おれの病気の間の幾つもの夜と昼とを／よくもあんなに光ってながれつゞけてゐたものだ》という箇所があって、これは本文の「七四一　白菜畑」の先駆形であることが知られる。このような「第三集」のはじまり方には、すでにこの詩集をつらぬく自己追放と自己消去、地べたにより近いところに自分の視点を置いて、労働と連帯の詩句をつらねながら、自らはいよいよ孤独に、あたかも死を先取りした死者のいっときのまぼろしのように《みんな》の中へ自らを消去して行く。『詩ノート』の中にいくつも見られる物語的な詩はその一方のあらわれであろうし、敬意とはりつめた意志につらぬかれた「一〇二〇　野の師父」から、暗く弱々しい「表彰者」への改稿改作のあゆみ（安田裕子氏の研究がある）にもそれははっきりと反映している。

死後の歌・文語詩

しかし自らの詩のあゆみが踏みこんだこの悲しみと苦悩の境地を、しかも時期的にほとんどそれと並行しながら詩人は一挙に総括し、かつのりこえようと試みる――そして殆どそれに成功する。これが晩年の文語定型詩制作である。

詩人の死の年すなわち一九三三（昭和八）年に、まず五十篇、さらに一百一篇と、まとめて清書され、詩人をして《なっても駄目でもこれがあるもや》と呟かしめた文語詩稿は、いつ頃、どのようにして書き出されたのであろうか？　ここにいくつかの資料はある……。

昭和二年かあるいは六年の記入か、いずれとも定かでない『NOTE印手帳』第二頁に、

　　病　中　記

　　　全部文語とする

　　　　こと

とあり、また、《春と修羅／第三集／未定稿／発表不可》と見返しに記された黒クロース表紙の別の見返しに、これは必ずしも「第三集」作品について云われたとは断定できない《この篇みな疲労時及病中の心こゝになき手記なり　発表すべからず》という記入があり、さらに、一九二八年から九年にかけての発熱時に起稿されたと思われる「疾中」という総題をもつ作品群は、口語詩と文語詩との混合体であって、そこに見出される文語詩はクロ

ノロジー上、最初に登場する文語定型詩であるように思われ、かつその原形のいくつかが記入されている『装景手記ノート』(一九二八年頃使用)に「鮮人鼓して過ぐ」と題された口語詩があり、これは「文語詩稿　五十篇」の冒頭作「〔いたつきてゆめみなやみし〕」の先駆作品であるが、この「〔いたつきてゆめみなやみし〕」の下書稿㈠の書き出しに、

ときにわれ胸をいたづき
日もよるもゆめみなやみき
そがなかにうつゝをわかず
なが鼓の音町をよぎりし
そのリズムいとたゞしくて
なやみをもやゝにわすれき

とある。これらをあわせ考えれば、一九二八、九年の発熱時の苦しみの中をよぎった《リズムいとたゞし》い高麗の軍楽の、鼓の音が、文語詩制作を導く原体験となったと——事実はどうであれ、象徴的に想定することは的外れではないであろう。しかもこの病熱は、はるかにあの中学卒業時、一九一〇年春の、短歌の転機に照応する発熱、『春と修羅』の焦点のひとつをもたらす前兆となった妹の《透明薔薇の身熱》をひきついで、いよいよ間近に詩人の死をもたらしに来た、死病の熱である。清書された百五十一篇の文語詩は、いずれも非人称の語と節奏が整然と格調高い調べをかなでているが、その背後にはこれまた

錯綜した下書稿の堆があり、さらにそれらとは別に、破調の詩、文語自由詩をもふくむ文語詩未定稿が推敲・改稿の手を待ちうけていた。このようにみるとき、ついに死を間近にひかえた詩人が百五十一篇を清書して、《なっても駄目でもこれがあるもや》と呟いた理由が見えてくるように思われる。これら文語定型詩のあくまで整えられた節奏は、詩人が自らの死の彼方から先取りせずにいられなかった、死後の歌のそれに他ならなかったからである、と。

宮澤賢治略年譜

西暦	和暦	年齢	宮澤賢治に関する事項	時代に関する事項
一八九六	明治二九	誕生	八月二七日（戸籍簿では一日）岩手県稗貫《ひえぬき》郡里川口《さとかわぐち》町（現在の花巻市）に、父政次《まさじ》郎《ろう》（二二歳）母イチ（一九歳）の長男として出生。家業は祖父喜助が開業した質・古着商。	⑥三陸大津波。⑧陸羽大地震。前年、④日清戦争終わる。
一八九八	明治三一	二歳	一一月、妹トシ出生。	二年続き凶作、米騒動。
一八九九	明治三二	三歳	仏教篤信の家庭で伯母ヤギの称える親鸞の「正信偈」や蓮如の「白骨の御文章」を暗誦。	岩手県に赤痢流行。
一九〇一	明治三四	五歳	六月、次妹シゲ出生。	岩手県豊作。このころ救世軍の廃娼運動で山室機恵子らが活動。⑩社会主義政党禁止。
一九〇二	明治三五	六歳	赤痢を病む。	東北大凶作三割作。①シベリア鉄道完成。日英同盟調印。⑧大谷光《こう》

一九〇三	明治三六	七歳	町立花巻川口尋常高等小学校尋常科（のちの花城小学校）に入学。	東北地方飢饉。⑧東京市内電車開業。
一九〇四	明治三七	八歳	小学二年生。／四月、弟清六出生。	岩手県豊作。②日露戦争始まる。郷土部隊動員。
一九〇五	明治三八	九歳	小学三年生。担任の八木英三より『未だ見ぬ親』（エクトール・マロ「家なき子」の翻案）などを語り聞かせられる。	岩手県大凶作。⑨日露戦争終わる。
一九〇六	明治三九	一〇歳	小学四年生。父や有志によって毎夏開催されていた大沢温泉夏期仏教講習会に参加。鉱物・植物採集、昆虫標本つくりに熱中。	東北大飢饉のため窮民多数出る。救世軍、身売子女救出活動を実施。
一九〇七	明治四〇	一一歳	小学五年生。鉱物好きで家人から「石コ賢さん」と言われる。／三月、末妹クニ出生。	戦後恐慌。岩手県豊作。
一九〇八	明治四一	一二歳	小学六年生。	⑨工兵特別演習で皇太子来盛。
一九〇九	明治四二	一三歳	県立盛岡中学校入学。寄宿舎生活。鉱物採集に熱中。	③北原白秋『邪宗門』

一九一〇	明治四三	一四歳	中学二年生。六月岩手山に初登山。九月にも登頂、その魅力に以後も頻繁に登る。	刊行。⑩伊藤博文暗殺される。生糸輸出量世界一位。岩手県秋豪雨のため不作。⑤ハレー彗星接近。⑥柳田国男『遠野物語』刊行。⑫石川啄木『一握の砂』刊行。
一九一一	明治四四	一五歳	中学三年生。短歌作品遺される（制作開始は前年から）。大沢温泉の講習会で島地大等の講話を聴く。『中央公論』やエマーソンの哲学書などを耽読。寄宿舎内で薩摩琵琶流行。／四月、妹トシ花巻高等女学校入学。	アムンゼン南極到達。日本の白瀬隊南極探検。
一九一二	明治四五・大正元	一六歳	中学四年生。五月、松島仙台方面修学旅行、初めて海を見る。一一月、父あて書簡に「歎異鈔の第一頁」をもって自分の「全信仰」とすると記す。	④石川啄木没、タイタニック号遭難。⑪花巻に電灯つく。
一九一三	大正　二	一七歳	三学期舎監排斥の「寄宿舎騒動」起こり四・五年生全員退寮を命じられる。寺院に下宿。三月、祖母キ	花巻に電話開通。岩手県大凶作。⑨中里介山

			ン死去。四月、中学五年生。五月、北海道修学旅行。九月、報恩寺・尾崎文英のもとで参禅。ロシア文学愛読。	『大菩薩峠』発表開始。
一九一四	大正　三	一八歳	三月、盛岡中学校卒業。四月、岩手病院で肥厚性鼻炎の手術。手術後熱が下がらず一ヶ月余り入院。看護婦に初恋。秋、『漢和対照妙法蓮華経』に深く感動。進学を許され、受験勉強に励む。	⑥トルストイ『戦争と平和』（島村抱月訳）刊。⑦第一次世界大戦始まる。⑪田中智学、国柱会設立。
一九一五	大正　四	一九歳	四月、盛岡高等農林学校農学科第二部（のち農芸化学科）に首席入学。寄宿舎へ入る。級長をつとめる。『化学本論』を愛読。／四月、妹トシ日本女子大学校入学。	⑪岩手軽便鉄道全通。
一九一六	大正　五	二〇歳	三月、関西修学旅行。四月、二年生。夏上京、独逸語講習を受ける。九月、秩父地方地質見学。一一月、「校友会々報」に短歌発表。	⑤タゴール来日。アインシュタイン「一般相対性理論」発表。
一九一七	大正　六	二一歳	三年生。旗手、級長などをつとめる。盛岡中学入学の弟清六らと共に下宿。七月、学内文芸同人誌「アザリア」発刊（〜六号、大正七年六月）。八月、江	岩手県豊作。③⑪ロシア革命。②萩原朔太郎『月に吠える』刊行。

			刺郡地質調査。九月、祖父喜助死去。	④村上鬼城『鬼城句集』刊行。
一九一八	大正 七	二二歳	卒業後の進路と信仰をめぐり、父と議論を重ねる。三月、卒業。四月、高農研究生となり、実験指導補助をつとめる。稗貫郡土性調査に携わる。徴兵検査受検。第二乙種で兵役免除。六月、土性調査従事中、肋膜に異状を見る。在京中のトシ病み、年末、看病のため上京。	岩手県豊作。⑦「赤い鳥」創刊。⑧シベリア出兵。全国で米騒動。⑪第一次世界大戦終結。
一九一九	大正 八	二三歳	父に東京で仕事を持つ意思を表明。人造宝石業を計画。妹回復、三月に共に帰宅。家業を手伝う。浮世絵に関心を抱き収集する。九月、無署名にて「〔手紙 一〕」を配る。この年、稗貫郡立農蚕講習所で講師をつとめる。	岩手県豊作。浅草オペラ盛んとなる。⑥島田清次郎『地上』第一部刊。ベルサイユ講和条約調印。
一九二〇	大正 九	二四歳	五月、高農研究生修了。夏頃、国柱会入会。父や父周辺の同信者と法論。／妹トシ、九月に花巻高等女学校教諭心得となる。	⑤日本初のメーデー挙行される。⑩第一回国勢調査、内地人口五五九六万余。
一九二一	大正一〇	二五歳	父の改宗ならず一月に家出、上京。謄写版で大学の	⑪原敬首相暗殺。

			講義録を出す出版社のアルバイトをしながら国柱会で奉仕活動。「法華文学」の創作を志す。四月、上京の父と伊勢、比叡、奈良旅行。童謡「あまの川」を「愛国婦人」九月号に発表。秋、トシ喀血の知らせに帰宅。童話「雪渡り」を「愛国婦人」一二月号に発表（～一月号）。一二月、郡立稗貫農学校教諭となる。	
一九二二	大正一一	二六歳	一月、詩作開始。藤原嘉藤治と親交始まる。学校の精神歌や応援歌を作り自作劇上演。一一月二七日、妹トシ二四歳で永眠。	⑦日本共産党結成。⑪アインシュタイン来日。⑫ソ連邦成立。
一九二三	大正一二	二七歳	一月上京し、弟清六に童話原稿を、東京社に持参させるが、掲載を断られる。四月、農学校新築移転し、県立花巻農学校となる。「岩手毎日新聞」に、詩、童話を発表。五月、農学校開校式記念行事として自作劇を上演。夏、青森、北海道を経て樺太まで旅行、挽歌群を作る。	①花巻共立病院開業。⑨関東大震災。
一九二四	大正一三	二八歳	花巻農学校教諭。四月、心象スケッチ『春と修羅』を刊行。春、花巻温泉植樹、花巻病院の花壇を作る。	①レーニン没。⑥築地小劇場開場。⑦米国排

			五月、生徒を引率して北海道修学旅行。八月、学校で自作田園劇を上演。一二月、童話集『注文の多い料理店』刊行。／弟清六、一二月に一年志願兵として弘前歩兵連隊に入隊。	日移民法。⑧花巻温泉開業。⑩文部省、学校演劇禁止通達。
一九二五	大正一四	二九歳	一月、三陸旅行。四月、前年の学校劇禁止措置を受け、代るものとして合奏を試みる。夏、草野心平の『銅鑼』に参加。一一月、東北大早坂博士とイギリス海岸にてクルミ化石を採集。／弟清六、一一月に見習士官任官。	岩手県豊作。③JOAKラジオ放送開始。普通選挙法案・治安維持法案可決。
一九二六	大正一五・昭和元	三〇歳	一月、花巻農学校に開設された国民高等学校で「農民芸術」を講義。三月、依願退職。四月、下根子桜の別宅で独居自炊生活を始める。夏、羅須地人協会設立。一一月、各種講習を始める。年末上京してセロ、タイプライター、エスペラントなど特訓。フィンランド公使と面談。高村光太郎を訪問。／弟清六、三月に除隊。五月、従来の質・古着商をやめ、新たに建築材料等を扱う宮澤商会を開業。	アムンゼン北極横断。出版界円本時代。⑧NHK設立。⑩救世軍ブース大将来日。労農党稗和支部発会。
一九二七	昭和二	三一歳	羅須地人協会としての活動は、農芸化学の基礎講習、	③銀行取付金融恐慌。

			副業制作品の研究、芸術論、合奏、持ち寄りの物品交換など、稲作肥料設計相談には相談所を開設して出張相談に応じた。四月、花巻温泉南斜花壇を作る。相談に応じて書いた肥料設計書は二千枚余に及ぶという。労農党稗和支部にも協力。	⑦芥川龍之介自殺。
一九二八	昭和 三	三二歳	肥料稲作巡回相談。六月上京、伊豆大島に伊藤兄妹を訪問。夏、天候不順で稲作指導に奔走し過労から発病、実家で病臥。一旦協会に戻るが、再び発熱し、病臥。年末急性肺炎となり、実家で療養を続ける。	②第一回普通選挙（男子）。④労農党他三団体に解散命令。
一九二九	昭和 四	三三歳	六月初め、病床に「銅鑼」の同人黄瀛の訪問を受ける。一〇月、東北砕石工場主鈴木東蔵来訪。文語詩の制作も始まる。	花巻町と花巻川口町合併。⑤タゴール来日。⑩世界経済恐慌。
一九三〇	昭和 五	三四歳	病状小康を保つ。春、草花栽培。八月、全快。九月、東北砕石工場を訪問。	①金輸出解禁。昭和恐慌。⑪浜口首相テロ事件。軍部勢力激化。岩手共人会事件。
一九三一	昭和 六	三五歳	一月、東北砕石工場技師となることとし、師関豊太郎の意見を確かめた上で、三月以降本格的に石灰販	不況のため失業者多数。東北冷害。娘身売

			売に奔走。七月、「岩手日報」に稲作不良予想記事を発表。九月、石灰製品宣伝のため上京中に発病。死を覚悟し遺書を書くが、父の厳命と在京の小林六太郎の援けにより帰宅して療養。	り増える。⑨満州事変始まる。
一九三二	昭和 七	三六歳	病床。砕石工場や肥料設計の相談に応答。高等数学独習。作品の推敲につとめる。俳句作る。菜食を続け衰弱する。	①上海事変。③満州国建国。⑤五・一五事件起こり要人暗殺。チャップリン来日。
一九三三	昭和 八	三七歳	病床。肥料相談継続。文語詩の推敲につとめる。九月、氏神祭礼の神輿を拝す。九月二〇日急性肺炎の徴候、短歌二首（絶筆）を墨書する。夜、来訪の肥料相談者に応対して疲労。二一日容態急変、『国訳妙法蓮華経』一千部の刊行頒布を遺言し永眠。	岩手県豊作。①ドイツ、ヒトラー内閣成立。②小林多喜二虐殺。③三陸大地震大津波。日本国際連盟を脱退。⑤米国ニューディール政策実施。

分銅惇作・栗原敦編『宮沢賢治入門』（筑摩書房）〈略年譜〉をもとに、『新校本　宮澤賢治全集』第十六巻（下）「年譜」等を参照して作成。最下段の①などは月を表す。

大正末年頃の花巻町地図

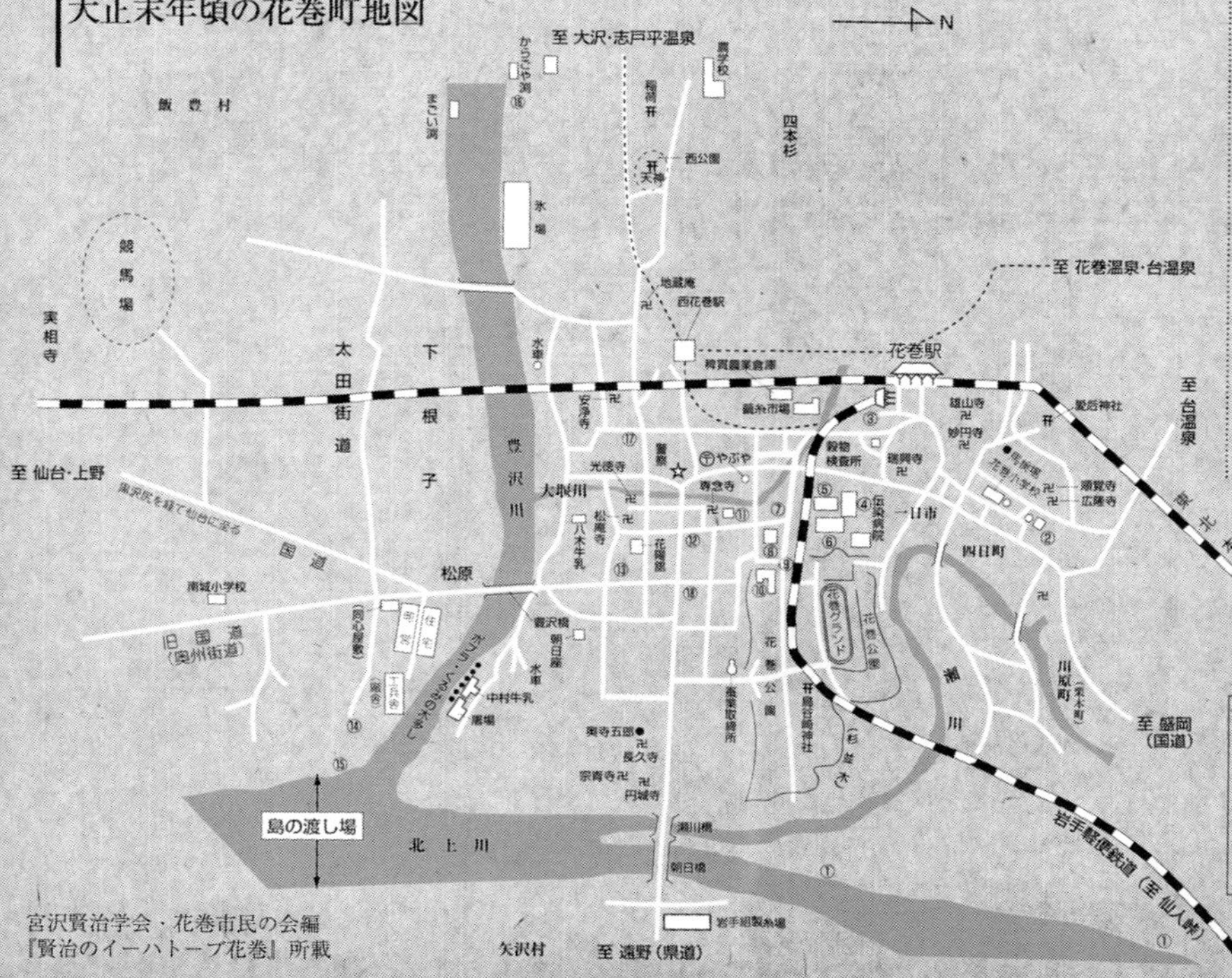

①イギリス海岸
(近くに農学校実習田や煉瓦工場)
②花巻町役場
③軽便花巻駅
④花巻高等女学校
⑤稗貫郡役所
⑥花巻共立病院(旧稗貫農学校)
⑦鳥谷崎駅(軽便)
⑧花巻川口町役場
⑨花巻区裁判所
⑩花城小学校
⑪花巻電灯会社
⑫花巻銀行
⑬賢治生家(豊沢町)
⑭桜の別宅(羅須地人協会)
⑮賢治自作畑
⑯さいかち淵(からこや渕・まごい渕)
⑰母の実家(宮善、鍛治町)
⑱肥料相談所(下町)

〔熊谷章一編『ふるさとの想い出写真集 明治大正昭和 花巻』(国書刊行会、昭55・5刊)付録1「大正14年頃の花巻町図」をもとに『四次元』100号(昭34・1)口絵「賢治生存当時の花巻附近地図」、永田圭一「大正十年頃の豊沢町絵図」(『花巻史談』第12号、昭62・3)などを参照して作成〕

宮沢賢治学会・花巻市民の会編
『賢治のイーハトーブ花巻』所載

ちくま学芸文庫

図《ず》説《せつ》 宮澤賢治《みやざわけんじ》

二〇一一年五月十日 第一刷発行
二〇二四年八月三十日 第五刷発行

編者 天沢退二郎（あまざわ・たいじろう）
栗原 敦（くりはら・あつし）
杉浦 静（すぎうら・しずか）

発行者 増田健史
発行所 株式会社 筑摩書房
東京都台東区蔵前二―五―三 〒一一一―八七五五
電話番号 〇三―五六八七―二六〇一（代表）
装幀者 安野光雅
印刷所 中央精版印刷株式会社
製本所 中央精版印刷株式会社

乱丁・落丁本の場合は、送料小社負担でお取り替えいたします。

本書をコピー、スキャニング等の方法により無許諾で複製することは、法令に規定された場合を除いて禁止されています。請負業者等の第三者によるデジタル化は一切認められていませんので、ご注意ください。

© S.AMAZAWA/A.KURIHARA/S.SUGIURA 2024 Printed in Japan

ISBN978-4-480-09377-6 C0195

CHIKUMA

ちくま学芸文庫　既刊より

高取正男／橋本峰雄	宗教以前
高取正男	日本的思考の原型
高取正男	民俗のこころ
桜井徳太郎	民間信仰
五来重	修験道入門
宮田登	ケガレの民俗誌
宮田登	はじめての民俗学
宮田登	霊魂の民俗学
益田勝実編	南方熊楠随筆集
高木敏雄	日本伝説集
高木敏雄	人身御供論
佐々木喜善	聴耳草紙
筑紫申真	日本の神話
トーマス・カスーリス 衣笠正晃訳　守屋友江監訳	神道
松永美吉 日本地名研究所編	民俗地名語彙事典
網野善彦／塚本学／ 坪井洋文／宮田登	列島文化再考

9784480093776
ISBN978-4-480-09377-6
C0195 ¥1600E
1920195016008
定価（本体価格1600円＋税）

いまなお人々を魅了してやまない数々の童話や詩を生んだ宮澤賢治。肖像写真や、人々との交流を物語る手紙、推敲の過程が克明に残る自筆原稿やメモなど、約250点の貴重な写真と資料で、その生い立ちから、早すぎる死までを辿る。多感な少年時代、驚異に満ちた創作に励みながら、豊かな教育活動を展開した教師時代、使命感に突き動かされて、農村に身を捧げた羅須地人協会時代、そして闘病、再起して砕石工場技師としての仕事に取り組むが、再び病床に臥した晩年。写真・図版資料と、第一線で活躍する賢治研究者たちによるキャプションが、賢治の短くも烈しい生涯と、知られざる素顔を照らし出す。